kremayr
scheriau

TONIO SCHACHINGER

NICHT WIE IHR

ROMAN

KREMAYR & SCHERIAU

I'm my only competition so I'm battling with myself.
Gucci Mane

1

Wer keinen Bugatti hat, kann sich gar nicht vorstellen, wie angenehm Ivo gerade sitzt. Er streckt die Beine aus und schaut durch seine Sonnenbrille nach draußen auf den Platz vor dem Merkur, wo nichts ist, nur eine Telefonzelle und ein leerer Käfig. Er hätte gar nicht mit dem Bugatti kommen sollen, aber er ist froh, es gemacht zu haben, weil durch den Bugatti alles besser wird, die Fahrt her, die Fahrt zurück und sogar das Warten. Bugattis sind Autos für Leute, die nicht warten, und sie alle, die, die keinen Bugatti haben und die, die keine Zeit haben, in ihrem zu warten, verpassen etwas. Ivo würde gerne für immer so in seinem Bugatti sitzen.

Die Mittagshitze sieht durch die verdunkelten Scheiben aus wie früher Abend und die 33 Grad, die es draußen angeblich hat, erreichen den Innenraum des Autos nicht. Ivo stellt sich vor, wie das von außen aussieht, ein schwarzer Bugatti, ganz alleine irgendwo im 20. Bezirk, wie ein Raumschiff aus einer anderen Welt, das von der Sonne nicht berührt wird; eine Black Box, die alle anschauen, ohne reinsehen zu können, eine Fata Morgana in der heißen, flimmernden Luft. Wer jetzt aus dem Merkur kommt und ihn sieht, wird glauben zu träumen, außer es ist Jessy, die wird Ivo sagen, dass er nicht mit dem Bugatti hätte kommen sollen. Ivo lässt seinen Blick über den Platz schweifen. Für einen Moment rinnen ihm die Hitzewellen als Kälteschauer über den Rücken, und er lehnt sich noch weiter zurück.

Die Türen vom Merkur gehen auf und heraus kommt nicht Jessy, sondern ein Mann, irgendein fades Opfer mit Stoffsackerl, und natürlich schaut er her, aber nicht wie jemand, der mitten in der Wüste eine Oase sieht, sondern wie jemand, der Scheiße riecht. Er hält sich eine Hand vor die Stirn, als würden die goldenen Felgen ihn blenden, und verzieht seinen Mund. Soll das ein Lachen sein? Ivo setzt sich ein bisschen auf und kneift die Augen zusammen, um ihn besser zu sehen, aber das hätte er nicht machen müssen. Er könnte sogar noch 30 Meter weiter weg stehen und ein Brett vor dem Kopf haben und würde trotzdem das Gleiche wissen: dass dieser Typ einfach ein Hurenkind ist. Er sieht es an der Art, wie der den Mund seitlich verzieht, wie er lacht, ohne ein Geräusch zu machen. Er sieht, dass der Typ nicht echt ist.

Der Mann holt sein Handy heraus, lehnt sein Stoffsackerl gegen die Wand, macht ein Foto, und Ivo sieht seinem Gesicht an, dass er überlegt, was er Witziges dazuschreiben soll, bevor er es hochlädt. »Du Hurenkind«, sagt Ivo, und die Entspannung fällt von ihm ab, »du dummes, dummes Hurenkind.« Er würde gerne das Fenster eine Handbreit runterfahren, nur damit dem Typen sein schiaches Lächeln vergeht, damit er sieht, dass er beobachtet wird und Angst bekommt vor dem, der da im Auto sitzt, der Ivo, aber genauso gut auch ein Mafiaboss sein könnte, und vor einer ganzen Welt, die er nie betreten wird.

Die Türen gehen wieder auf, ein Kind kommt heraus und stellt sich neben den Mann. Es schreit sofort auf, als es das Auto sieht, möchte näherkommen, aber der Vater hält es zurück, mit einem verächtlichen Ausdruck im Gesicht und diesem dummen, seitlichen Grinser. Der Vater deutet mit seinem Arm zum Merkur und Ivo spürt eine Körperspannung, einen Impuls, den Mann niederzuschlagen, vor seinem Sohn und irgendwie auch für seinen Sohn, ihn mit nur einem präzisen Schlag auszuknocken, als eine lächelnde Frau den Merkur verlässt, auf den Mann und das Kind zugeht und schon in dem Moment, bevor Ivo sie erkennt, hebt ihn dieses eine Gefühl, das sich immer wieder neu anfühlen kann, aus seinem Sitz. Er sieht Mirna und es ist wie früher am Admiralsturm im Prater, in dem Moment, wo man ganz nach oben geschossen worden ist und noch Energie übrigbleibt, die einen weitertreibt, obwohl die Plattform schon eingerastet ist. Dann ruht kurz das ganze Panorama der Stadt und nur die Bügel an den Schultern verhindern, dass man weiter hinausfliegt. Warum fliegt man nicht einfach weiter? Ivo sieht Mirna zu, wie sie lächelt, wie sie sich bewegt, und sie schaut in seine Richtung, ohne dass sich ihre Blicke treffen. Ivo verlässt seinen Körper und sein Auto und schlittert in ein Flashback von Mirnas geschürzten Lippen in einer der Gassen hinter der Neuen Donau, vor über zehn Jahren, durch verschiedene Bilder, die an ihm vorbeirasen, und er glaubt kurz einen Ständer zu kriegen, so unvermittelt, wie er sie damals bekommen hat, aber es ist nicht sein Schwanz, der hart wird, sondern seine Brust oder sein Herz.

Als die Beifahrertür aufgeht und die Hitze, der wütende Schrei seiner Frau und das Licht gemeinsam in sein Auto eindringen, zuckt er zusammen.

»Ich hab dir gesagt, du sollst nicht mit dem Bugatti kommen!«

Der Bugatti hat keinen Kofferraum und keine Rückbank, also muss Jessy sich mit 20 Knoblauchbaguettes und Lena auf den Beifahrersitz quetschen, und Ivo darf auf dem kurzen Weg über die Nordbrücke nach Floridsdorf nicht einen Stundenkilometer schneller fahren als erlaubt. Jessy schimpft über seine Gedankenlosigkeit und das Fahren ohne Kindersitz, und Ivo antwortet, um sie nicht noch mehr gegen sich aufzubringen, stellt ihr ein paar Fragen, verstummt dann aber immer mehr.

Sie redet, und er schaut sie aus den Augenwinkeln an, während der Motor sein niedertouriges Grollen über die Donau verbreitet. Er sieht ihre perfekten Brüste, ihre Augenbrauen und ihr langes, platinblondes Haar, das Tattoo von einem Strumpfband, das unter ihrem Rocksaum hervorragt. Er fühlt nichts.

2

Ivo hatte einen seltsamen Traum: Er ist eine Straße hinuntergegangen, einen Weg, den er schon unzählige Male davor gegangen ist. Seine Beine waren leicht und er ist nicht gelaufen, aber die abschüssige

Straße hat ihn fast fliegen lassen, seine Schritte breit und langsam wie die eines Astronauten gemacht, immer weiter bergabwärts Richtung Gürtel, unter einem weiten, pinken Himmel. Die Stadt unter ihm hat sich nach allen Seiten ausgebreitet, mit Brücken und Schluchten und unten hat jemand gewartet, der ihm genau so vertraut war wie der Weg. Ivo hat seine Sporttasche weggeschleudert und wirklich zu laufen begonnen, zu fliegen, um schneller unten zu sein. Er ist in jemanden hineingerannt und hat ihn geküsst, jemanden mit großen braunen Augen, der nach Juicy Fruit geschmeckt hat, der aber irgendwie kein Mensch war, sondern ein menschliches Reh.

Ivo liegt nackt und verschwitzt in seinem Bett, das Leintuch irgendwie um seinen Körper gewickelt, hat eine Hand auf seinem Ständer und spürt diesem Gefühl von etwas Süßem nach, das nur kurz andauert, bevor es zu etwas Schiachem wird.

Plötzlich steht Jessy im Zimmer, mit ihrem weit ausgeschnittenen, türkisen Kleid und einer gelben Schürze, und war nicht auch sie in Ivos Traum, auf ihm drauf, wie eine Turmspringerin, die hin und her wippt? Sie ist gefallen, hat sich aus zehn Metern runtergestürzt und Ivo war wie die Wasseroberfläche, so glatt wie Beton. War das auch gerade eben erst?

Jessy erkennt Ivos Zustand, lächelt und setzt sich auf ihn drauf, mit dem Selbstbewusstsein von denen, die wissen, dass sie ihr Gegenüber in zwei Minuten zum Kommen bringen können. »Bitte zieh dich schnell an und geh runter, es warten schon alle auf dich«, sagt sie, als sie damit fertig ist, und Ivos Augen zucken.

Nachdem er sich gewaschen hat, schaut er sich im Spiegel an. Jaja, da unten warten alle auf ihn, aber während sie warten, stopfen sie sich natürlich schon seine Steaks und seine Ripperl rein, und wahrscheinlich fällt ihnen gar nicht auf, dass er noch nicht da ist. Ivo hat überhaupt keine Lust, mit irgendwem zu reden oder irgendwelche Leute zu sehen. Am liebsten würde er wieder in seinem Bugatti sitzen und warten, aber nicht auf Jessy, sondern auf gar nichts.

3

Der Garten ist schon voller Menschen, Männern, die um den Grill stehen und mit Ivos Bruder übers Grillen fachsimpeln, Kindern, die durch das Labyrinth aus Beinen rennen, Frauen an Tischen, Frauen mit Kindern im Pool, mit Gläsern in der Hand. »Ivo, Bruder!« Ivo umarmt jemanden, bevor er noch im Garten ist und ohne ihm allzu nahe zu kommen. Zwei Klopfer auf den Rücken, zwei Sekunden und der andere, einer von seinen österreichischen Onkeln, umarmt ihn ein bisschen zu lange zurück. »Du, was war da los bei der EM?« Ivo hört nicht hin und dreht eine Runde, begrüßt alle, sagt manchmal *Servas*, manchmal *Bruder*, schlägt ein, tätschelt Kindern grob über den Kopf, klatscht auf Rücken und gibt Bussis, hantelt sich so durch, bis er endlich am Grill steht, bei seinem Freund Nuri und Kurt, seinem Bruder. Er nimmt zwei winzige Biere aus der Kühlbox, dreht beide auf, ext eines, ohne auf seine Umgebung zu achten und schiebt einen ordentlichen Schluck vom anderen nach, das dann auch schon halb leer ist. »Gemma?«

Kurt übergibt die Grillgabel seinem 11-jährigen Sohn, der ihnen zugeschaut hat und Nuri macht sich einen Spaß daraus, die Gefahren des Grillens und die Verantwortung als Grillmeister übertrieben darzustellen, was das Gesicht des Buben glänzen und seine Hände zittern lässt. »Als Grillmeister musst du immer zu 100 Prozent konzentriert sein, damit nichts passiert und keines von den Kindern in die Kohle rennt, weil egal, was am Grill passiert, es ist immer die Schuld vom Grillmeister. Du bist jetzt wie ein Polizist, oder ein Feuerwehrmann.« Der Neffe schluckt, schaut mit ängstlichen Augen auf die kleineren Kinder und sieht deshalb nicht, wie Kurt einem der anderen Erwachsenen ein Zeichen gibt, damit er aufpasst, dass nichts passiert. Der Neffe schreit ein Kind an, das vier Meter vom Grill vorbeiläuft, verletzt fast ein anderes mit der Grillgabel, mit der er herumfuchtelt, und Ivo, Kurt und Nuri gehen ums Eck in die Werkstatt, so wie es ihre Väter früher gemacht haben. Nuri dreht den Fernseher auf, Kurt holt seine Zigaretten aus dem Versteck und weil Ivo, ohne ein Wort zu sagen, einen Wodka aus dem Gefrierfach nimmt und daran zieht, fragt Nuri: »Ivo, was ist los?«

Ivo kann es eigentlich selbst nicht sagen. Er würde gerne mit Kurt und Nuri in Erinnerungen an Mirna schwelgen, wieder Geschichten hören und über die Unbeschwertheit lachen, mit der sie sie alle toll fanden, weil sie dachten, eh keine Chancen bei ihr zu haben, überzeugt, dass sie es war, die bauchfreie Leiberl erfunden hatte und braune Haare und schöne Augen vielleicht auch, aber er möchte gleichzeitig nicht, dass die anderen wissen, wie es für ihn war, sie wiederzusehen. Man kann mit Freunden über Frauen reden, aber nicht über solche Gefühle, genauso wie er ihnen das Gefühl von davor, als er für einen Moment komplett zufrieden war, weil er nur alleine in seinem Auto gesessen ist, nicht beschreiben könnte.

»Weißt eh, in einer Woche muss ich wieder voll da sein, Laktattests, Training und so weiter, und ich packs irgendwie nicht. Ich pack einfach die Menschen nicht, mir geht die Familie am Oasch und eigentlich will ich überhaupt nicht mit ihnen und meinen Eltern nach Spanien.«

Komisch, dass man mit Nuri, der keine Kinder und keine Frau hat, so gut über Familienprobleme reden kann, besser als mit Kurt und besser als mit Jessy. Nuri erklärt, dass er Ivo versteht und dass es sein gutes Recht ist, keine Lust zu haben, und obwohl er das Gespräch eigentlich nur begonnen hat, um davon abzulenken, wie viel zu schön es gewesen ist, Mirna zu sehen, und obwohl er nicht von diesem Nichts erzählt hat, das er beim Anblick von Jessys perfekten Brüsten gespürt hat, beruhigen ihn Nuris Worte.

»Ja, Familie ist oasch, aber auch super«, sagt Nuri eine Viertelstunde und einige winzige Biere später, und Kurt, der sich in letzter Zeit immer mehr als Hüter der Moral aufspielt, nickt missbilligend. Jetzt kann Ivo es sagen. »Ah ja, und ich glaub, ich hab heute die Mirna gesehen.«

Nuri grinst sein Nurigrinsen. »Und, habts geschmust, seids jetzt fix zam?«

Zehn Jahre ist es her und Nuri verkraftet noch immer nicht, dass Mirna damals mit Ivo geschmust hat, bevor er reich und berühmt war, und nicht mit ihm, der noch immer nicht wirklich reich und berühmt ist, und deshalb weiterhin so tut, als wäre es nicht passiert.

»So fix wie deine Mama eine Hure ist, Nuri.«

Eigentlich hat Ivo sich abgewöhnt, das zu sagen, aber er ist ja wirklich nicht *fix zam* mit Mirna, deshalb kann er das sagen, ohne Nuris Mutter überhaupt zu beschimpfen.

»Ganz ehrlich, eigentlich ist es inzwischen eh wurscht, aber ich glaubs dir noch immer nicht. Hast du mal Fotos von dir gesehen, wie du mit 17 ausgeschaut hast? Ein viel zu gebräunter Prolet mit Irokese. Hast du Fotos gesehen, wie die Mirna damals ausgeschaut hat? Eine fucking Göttin. Niemals hat sie mit dir geschmust und ich werde es dir noch beweisen. Weißt eh, Ivo, Lügen haben kurze Beine!«

»So wie deine Mama.«

Nuri und Kurt lachen und Ivo freut sich, seinen Bruder zum Lachen gebracht zu haben. Nuri schaut so, als ob er eine Idee hätte.

»Ist nicht der Boki heute da?«

»Welcher Boki?«

»Welcher Boki, der Ljubičić Boki, Mirnas Cousin, oida!«

Es stimmt, Ivo hat sein Gesicht irgendwie im Kopf

und weil er nie an den Boki denkt und ihn auch länger nicht gesehen hat, kann es wirklich sein, dass er hier ist.

»Dann klären wir das ein für alle Mal. Ich hol den Boki her, wir fragen ihn nach Mirnas Nummer und dann finden wir raus, ob du ein Lügner bist und vergiss nicht: Ich schimpf dich immer, wenn du lügst. Eine Lüge und ich schimpf dich sofort!«

Boki ist merkbar eingeschüchtert, als er mit Nuri in die Werkstatt kommt und sieht, dass sie nur zu viert sind, so als hätte er Angst, dass sie ihn verprügeln, während Ivo Angst hat, dass Nuri oder Kurt ihn gleich auf Mirna ansprechen, weil er ihnen nicht gesagt hat, sie sollen das nicht tun, aus Angst, das könnte sein unangebrachtes Interesse verraten und Boki würde sich sofort bei Jessy oder bei irgendwem anderen verplappern.

»Boki, Bruder, komm her!«

4

Mirnas Mailadresse, von Boki als Notiz in Ivos Handy getippt, ihr neuer Name, zu wissen, dass sie öfter in London arbeitet, das alles liegt wie ein Gewicht auf Ivo, ein Geheimnis, aber kein schiaches, wie das Knacken eines Nasenbeins oder das Herzrasen bei einer Vollbremsung, von der man niemandem erzählt. Es ist schwer, aber so, wie ein gutes Messer oder ein goldbesetztes Handy schwer sind, schwer wie die

Dinge, die Reichen gehören, wie Ivos Handy oder Ivos Messer.

Er hat ihr noch nicht geschrieben, weil er es bis zum Äußerten hinauszögern will, schauen, wie lang er damit warten kann.

Ivo sitzt am Klo der Suite und sieht fast nichts, weil es vorher draußen so hell war, dass jetzt drinnen alles unterbeleuchtet wirkt, weil er keine Sonnenbrille getragen hat, beim Laufen am Strand, in der spanischen Sonne. Er versucht, nicht daran zu denken, wer vorgeschlagen hat, er solle am Strand laufen, damit er auch mal was von der Sonne hat, statt immer nur drinnen in der Kraftkammer zu sein oder draußen mit Sonnenbrille im Schatten am Pool. In der Früh am Strand laufen, OK, aber der Strand kann ganz schön gefährlich sein. Jessy hätte sich vorstellen sollen, wie er mit einem Bein in ein Loch fällt, das irgendwelche Kids gegraben und zugedeckt haben und sich das Kreuzband reißt und das Schienbein bricht. Gleichzeitig. Er findet, er sollte ihr das nicht sagen müssen, das muss sie selber wissen.

Die Sonne kann man in England leicht vergessen, auch wenn man wie Ivo ein Jahr in Spanien gelebt hat. Man vergisst, wie sie blendet und einen aussaugt, und wenn man dann in der Früh am Strand laufen muss, ohne Sonnenbrille, und praktisch blind zurückkommt, könnte man auf den Stiegen über seine eigenen Füße stolpern und sich weiß Gott was brechen, weil es drinnen so saudunkel ist. Ivo erhöht die Helligkeit seines Displays aufs Maximum und streicht mit seinem Daumen über das Notizblocksymbol, wischt mehrmals drüber, hält dann so lange drauf, bis es zu zittern beginnt und man es mit einem Antippen mitsamt aller Notizen löschen könnte, und drückt wieder auf die Home-Taste, die Sicherheit. Ohne dass vorher Schritte zu hören waren, bewegt sich plötzlich ruckartig die Türschnalle. Ivo grunzt unzufrieden. »Ivo?« Sie weiß, dass er es hasst, mit ihr durch die Klotür zu reden. »Ivo?« Er lässt sein Handy in die Tasche gleiten, wischt sich zweimal wütend über den Arsch, spült, knallt den Deckel auf die Muschel und reißt die Tür auf, ohne sich die Hände zu waschen. »WAS?«

Dann streiten Jessy und er, so wie alle streiten, wegen nichts, nur weil einer wütend ist, mit Worten, für die sie nicht nachdenken müssen, die ihnen einfach so zufliegen, weil man sie schon kennt, und am Ende weint Jessy.

Am nächsten Tag liegt die ganze Familie am Strand, so wie Jessy es wollte, und abgesehen davon, dass sie nicht alle bepackt sind mit Sonnenschirmen und Kühltaschen, weil das Hotel eh alles hat, und davon, dass es Sand gibt, der vom Körper abrieselt statt kleiner, harter Steine, ist alles gar nicht so anders wie Ivos Urlaube als Kind in Kroatien: Die Mutter blättert in einer Zeitschrift, von den Kindern wird erwartet, dass das Meer ihnen Unterhaltung genug ist und der Vater macht gar nichts, starrt nur hinaus auf die Wellen.

Möwen haben keine Angst vor Menschen, aber auch keinen Respekt. Möwen denken nur an ihr eigenes Überleben und das ihrer Frau und ihrer Kinder, sie sind die Overachiever der Meere. Aber man muss bei ihnen gar nicht von Potenzial reden, dem geflügelten Wort schlechthin, dem Wort, das Ivo schon sein ganzes Leben lang begleitet, obwohl es nichts bedeutet. Möwen sind nicht wie Stefan Maierhofer, von dem damals gesagt wurde, er hätte das absolute Maximum aus sich herausgeholt, indem er als absolut untalentierter Schweinskicker 19 Spiele fürs Nationalteam gemacht hat. Stefan Maierhofer wäre eher ein verwirrter Storch, der aus unerklärlichen Gründen am Meer oder in einem Freibad landet und dort gegen jede Natur eine Nische findet. Möwen sind noch schlimmer als der Maierhofer, Möwen sind wie die seelenlosen Maschinen, die jedes Jahr aus den deutschen Akademien strömen, ohne eine Ahnung von der Welt oder von sich selbst, die 500 Pässe spielen können mit einer Quote von 94%, aber keinen einzigen, der ihnen selbst einfällt. Max Mayer ist eine Möwe oder Leon Goretzka oder Timo Werner. Möwen sind witzlos, wie die Menschen im 21. Jahrhundert sein sollen, rotäugig und rücksichtslos aus purer Ignoranz, Einzelgänger, die keine Rudel bilden, keine richtigen Familien, keine Gemeinschaft. Sie nisten nur am selben Ort und nicht gemeinsam, sie jagen oder betteln in Gruppen, aber sobald es etwas zu fressen gibt, geht es jeder gegen jeden. Möwen sind purer Zweck, wie die Passquotenroboter, die das deutsche U21-Team füllen, für die Fußball nur ein Vehikel ist, die genauso gut Unternehmensberater oder Marktforscher sein könnten, während Ivo nichts anderes auf der Welt machen könnte, als Fußball zu spielen. Manuel Neuer ist die Protomöwe, momentan sicher der beste Torwart der Welt, aber wenn man ihm was anderes aufgetragen hätte, würde er es genauso gut machen; er wäre dann die beste Möwe, der beste Ellenbogen, der beste, schlimmste Deutsche.

Ivo dreht sich auf seinem Liegestuhl, um die fünf Möwen zu beobachten, die hinter seiner Familie herumschleichen. Sie nähern sich, den Blick ganz ungeniert auf den leeren Sandwichteller gerichtet, hacken schon, bevor sie die Krümel überhaupt erreichen, mit den Schnäbeln aufeinander ein, flattern mit den Flügeln. Da läuft ein kleines Mädchen, nicht älter als Jelena, von einer der anderen Liegen los. Man hört die Mutter noch auf Holländisch etwas hinterherrufen, so, dass man versteht, das Kind solle etwas nicht machen, aber so, dass man auch merkt, dass es ihr eigentlich egal ist und das kleine Mädchen nimmt direkten Kurs auf die Möwen, die zuerst nur am Boden ein paar Hüpfer weg von ihr machen, aber dann, als sie noch näher kommt, keine andere Möglichkeit haben, als aufzugeben und wegzufliegen. Alle internen Streitigkeiten, alles, was die Möwen gerade noch beschäftigt hat, spielt auf einmal keine Rolle mehr, wegen einem einzigen Kind, das spielen will.

Ivo versucht, sich Tiere vorzustellen, die so groß sind, dass ein einziges Jungtier fünf erwachsene Männer bei der Jagd aus purem Spaß daran vertreiben kann, Bisons, so groß wie Mammuts, Elefanten, so groß wie Wale und dann verfällt er wieder in Gedanken an Möwen und wie lächerlich und dumm sie sind, bevor sein Blick dem Kind zurück zur Liege folgt, dessen Mutter streift und auf dem dicken schwarzen Buch hängenbleibt, das auf dem Tisch neben der Liege liegt und einen alten weißen Mann zeigt und unter anderem ein Wort, das Ivo lange nicht mehr gesehen hat: Kapitalismus. So denkt er wieder an Mirna, ohne genau zu wissen, warum, vielleicht, weil *Kapitalismus* ein Wort ist, das jemand wie sie verwenden würde, und er beschließt, ihr am Abend zu schreiben.

5

Was die Leute nicht verstehen, die Trottel, die sagen, Ivo hätte zu viel an andere Sachen gedacht und so seine Karriere beschädigt, ist, dass manche einfach an zwei Sachen, sogar an zwei Menschen gleichzeitig denken können. Oder gar nicht denken, aber halt eine Sache machen und an eine andere denken. Das Eine liegt ja eh genau vor Ivo. Dem Anderen, der Anderen, den unsichtbaren Linien muss der Körper nur folgen wie einstudierten Laufwegen.

Es ist das erste Spiel der Saison, zu dem alles hingeführt hat: die Vorbereitung mit ihren endlosen Fitnesstests und Besprechungen, die Testspiele und irgendwie sogar der Urlaub, dessen Sinn ja nur darin liegt, ausgeruht zurückzukommen, um möglichst gut zu spielen. Ivo macht kein gutes Spiel, aber das liegt nicht daran, dass er an Mirna denkt. Hat er überhaupt an Mirna gedacht?

Nein. Beim Spielen denkt Ivo nicht. Das Spiel ist ein Scheinwerfer, der keinen Stillstand duldet, der einen, solange er strahlt, für alles blind macht, außer den Ball, für alles, was nicht direkt vor einem ist, und das Einzige, was man machen kann, ist, sich in die Bewegung fallen zu lassen.

Ja, weil wenn nicht an Mirna, woran hat er sonst gedacht?

Eigentlich ist es sogar umgekehrt, denkt Ivo in der Kabine, wo der Trainer seine auf dem Platz zurückgehaltene Wut rauslässt. Eigentlich ist es sogar besser, schon an was anderes zu denken, etwas zu haben, das wichtiger ist, damit man nicht verkrampft. Ivo denkt an seine Führerscheinprüfungen, die erste, bei der er zu nervös war und der Prüfer ein Hurenkind, selbst schon Sohn eines berüchtigten Prüfers und böse auf Ivo, weil er noch alle Finger an beiden Händen hat. Die zweite, bei der er nur an sein Date danach mit Miss Irgendwas gedacht hat und gefahren ist wie jemand, dem die Meinung der anderen egal ist. Wie ein Dachs ist er gefahren, wobei das mit dem Dachs nur gerade so ein Gedanke ist, den er hat, weil er vor Kurzem in der Nacht einen gesehen hat.

Währenddessen schreit der Trainer weiter und seine Worte prallen an Ivo ab. Was ist, wenn wir uns gegenübersitzen und uns nichts zu sagen haben? Was, wenn wir nur über unsere Leben reden, über Familien und Jobs?

6

»Erinnerst du dich noch, dass du mir mal von deiner BE-Lehrerin an der Hauptschule erzählt hast?«

Ivo ist überfordert und kann nicht antworten, weil Mirna jetzt wirklich da sitzt, echt und direkt gegenüber von ihm. Alles ist anders, als er es sich vorgestellt hat und deshalb bringt ihm seine Vorbereitung auf den Moment überhaupt nichts. »Frau Santos-Egger oder so, eine Portugiesin. Ich glaub, du warst damals echt stolz, obwohl du es natürlich nicht so erzählt hast. Sie hat gesagt, dass du Talent hast, dass deine Zeichnungen etwas Expressives haben.«

»Eh klar«, redet Mirna ohne Pause weiter, »damals hast du es so erzählt, dass ihr euch alle drüber abgefetzt habt, wie du wütend geworden bist, als ihr schon wieder mit Bleistiften zerknüllte Papierbemmerl zeichnen solltet, dass es dir wieder nicht so gelungen ist, wie du wolltest. Also hast du rote Farbe drübergeschmiert, daran rumgerissen und das Ergebnis mit Kleber auf ein anderes Blatt gepickt. Du bist vorgegangen, hast es der Lehrerin auf den Tisch geknallt und den Raum ohne ein weiteres Wort verlassen. Du hast es mir ganz genau erzählt. Du hast es ins Lächerliche gezogen, als wär es dumm von der Santos-Egger gewesen, dir künstlerisches Talent zuzuschreiben, aber allein daran, wie du es erzählt hast, habe ich gemerkt, wie wichtig es dir war. Ich kann es mir genau vorstellen, wie der kleine Ivo, der mit dem schmalen Gesicht und der Räubernase, aus dem Zimmer stapft und versucht, seinen ganzen Körper zu einer großen Faust zu machen. Deine Freunde haben gedacht, du würdest eine schlechte Note bekommen, vielleicht eine Klassenbucheintragung, und als sie erfahren haben, dass die Santos-Egger begeistert war, haben sie sich beschwert. Sie haben nicht verstanden, dass du die Aufgabenstellung nicht befolgt hast und trotzdem gelobt wurdest. Wenn wir das gewusst hätten, haben sie gesagt, dass man die Regeln brechen kann, dann hätten wir es auch gemacht. Aber sie haben es nicht gemacht und du schon. Du hast das Papier zerrissen und die Santos-Egger hat dir gesagt, dass du Talent hast fürs Malen, dass in deinem Bild Licht und Schatten und Bewegung sind. Ich weiß sogar noch genau, wo du es erzählt hast, auf der Höhenstraße, ich weiß, dass du ihren Satz im Kopf hattest und ich hab ihn mir für dich gemerkt, dass Bewegung in der Kunst sehr selten ist und du, Ivo, hast sie hineingebracht in dein Bild.«

Mirna atmet tief ein, lehnt sich zurück, streicht rot angelaufen über ihr aus den Haaren herausschauendes Ohr und nimmt einen Schluck aus dem Bierglas. Ivo hat die ganze Zeit nur ihr Gesicht angeschaut, wie sich ihre Mundwinkel und Nasenflügel bewegen und einmal, beim Wort Höhenstraße, an seinem Bier gezogen. Aber irgendwie hat er schon verstanden, was sie sagt und weiß wieder, wie er sich gefühlt hat, vielleicht sogar besser als damals. »Na, ich kann mich nicht erinnern«, sagt er mit einem Lächeln, das lieb und entspannt wirken soll, von dem er aber sofort denkt, es könnte wie das Lächeln von jemandem aussehen, der sonst nichts hat. »Also an die Santos-Egger schon, aber nicht an das, was du jetzt gesagt hast mit der Zeichnung. Aber ich versteh, was du meinst.« Und Mirna versteht, was Ivo meint, das sieht er. »Manche reden halt und ich spiele«, sagt Ivo.

Das Wort »spiele« klingt lange aus und Mirnas Lächeln, das sich verändert hat, zeigt, dass sie trennen kann, was Ivo sagt und wie er es meint. Eine Weile lang lächeln beide sinnlos, Ivo vielleicht noch ein bisschen mehr, und sie sagen nichts, woraufhin Ivo auffällt, wie lange er jetzt schon ganz ruhig gesessen ist, ohne mit den Beinen zu zappeln.

Wir könnten über alles reden, denkt er, und sie ist noch schöner geworden, denkt er noch viel mehr, aber wenn sie ein bisschen weniger schön wäre, dann wäre alles einfacher.

Die Zeit steht und fliegt. Sie reden über Eltern, die älter werden, Krebs, der sie daran hindert, und Mirnas im Barlicht schwarze Augen werden so perfekt eingerahmt von ihrem Gesicht und den darüberliegenden Umrissen von Vögeln. Ivo hat alles ausgeblendet, von der Umgebung angefangen, und nur, wenn er seine Frau umgehen muss, die in jeder seiner Geschichten steckt, die, wie ihm jetzt erst richtig auffällt, bei allem immer das Erste ist, woran er denkt, spürt er so ein unangenehm drehendes Gefühl, bis er sie wegformuliert hat. »Ich habe gehört«, »Mein Freund Nuri sagt immer«, »... dann hat Kurt gesagt«, und schon ist Jessy draußen und er kann wieder nach vorne schauen in Mirnas Augen.

Bei jeder Zigarette, die Mirna aus der Packung zieht, in den Mund steckt und anzündet, bekommt Ivo ein warmes Gefühl im Bauch und ein Verlangen, auch zu rauchen, obwohl er es seit sechs Jahren, als ein Foto von ihm mit Zigarette im Mund auf seiner Jacht durch die Medien gegangen ist, nicht mehr gemacht hat. Bei der ersten Tschick ist er noch nüchtern und hat ganz bewusst keine geraucht, aus Angst, dass ihn wieder jemand dabei fotografieren könnte, aber auch, um Mirna nicht gleich alles nachzumachen. Nachher ist er zu abgelenkt von dem, was Mirna sagt und von der Art, wie sie die Augen beim Anzünden zukneift, wie ein Detektiv mit Hut und hochgeschlagenem Mantelkragen.

Irgendwann ist es drei und Ivo sollte schon längst im Hotel zurück sein, aber er würde das nie sagen. Er ist schon betrunken, sieht im Klospiegel seine roten Wangen und zurück am Tisch Mirnas glühendes Gesicht. »Wir sollten jetzt fahren.« Sie steigen gemeinsam ins Taxi und Ivo sucht durch das Fenster nach einer Bar, einer Ausrede, um weiterzumachen. In Spanien oder Italien wäre alles einfach, denkt er, sie würden irgendwo Bier kaufen oder eine Flasche Wein und in einen Park gehen, dort schmusen, weil das eigentlich das Leichteste auf der Welt ist. Aber in London regnet es natürlich, Scheißland.

Wo sie fahren, sind nur unbeleuchtete Büroblocks und Mirna nimmt Ivos Hand, ohne ihn anzusehen, während er schon überlegt hat, was er beim Verabschieden sagen soll, und niemand bis auf das Taxameter könnte messen, wie lange sie so dasitzen, bevor das Auto in einer Straße mit niedrigen Einfamilienhäusern ausrollt. Ivo steigt mit aus, lässt den Taxler warten und geht mit zur Tür. Schläft ihr Mann da oben? Die Tür kommt ihnen entgegen, deshalb addieren sich die Geschwindigkeiten, deshalb stehen sie schon davor und Ivo weiß, was er jetzt macht, nein, er kann nur was sagen. »Mirna, ich hab dich ur gern.« Und Mirna kann sich nicht entscheiden zwischen Umarmung und Bussi und gibt ihm beides. Dann sehen sie sich von sehr nah in die Augen und es ist klar, dass Mirna weiß, was Ivos *ur* heißt, dass es wirklich ein UR ist und dass er nicht mehr sagen kann als das, aber dass er mit diesem *ur* eh alles sagt, was er kann. »Gute Nacht, Ivo, bis bald.« Gute Nacht, denkt Ivo, Mirna, denkt er immer wieder, so betrunken, dass er nicht mehr denken kann und es überrascht ihn, wie nach der Tür auch sein Hotelbett sich ihm entgegenbewegt und wie sauber und streng es ist.

7

Der nächste Tag beginnt mit weißem, grausamem Licht und Ivo hantelt sich ohne einen Gedanken an etwas anderes als sein kurzfristiges Überleben aus dem Bett, aus dem Zimmer, durchs Buffet und ins Taxi. Dort schnauft er durch und hat nur einen kurzen Moment der Entspannung, bevor er merkt, dass in der Stille alles schlimmer wird. »Can you turn up the music?« Ein Kinderchor im Radio heult auf.

Ivo sieht aus dem Fenster, wo die Gebäude genauso unbeteiligt vorbeiziehen wie in der Nacht davor. Sie wissen nicht, wer er ist und wer er gestern war und schon gar nicht können sie seine Gefühle sehen, seine Aufregung und sein Kopfweh. Gut, dass er nicht mit Mirna geschlafen hat.

Gleichzeitig haben der weiche Körper, den er bei der Halbumarmung gespürt hat, und der Ausdruck in ihrem lachenden Gesicht nur dazu geführt, dass er noch mehr mit ihr schlafen will. Und Mirnas Hand auf seiner im Taxi sagt ihm, dass es ihr genauso geht. Ich bin ein freier Mensch, ich kann treffen, wen immer ich will. Aber Jessy darf es nie erfahren. Sie fände es vielleicht sogar schlimmer, dass Ivo nicht mit Mirna geschlafen hat, sie, die am besten weiß, wie notgeil er ist, wie übersexualisiert, vom zu frühen Pornoschauen, wie sie sagt. Das wär, wie wenn ein Alkoholiker in eine Bar geht und dort einen ganzen Abend lang Spaß hat, ohne zu trinken. Nein, es wäre noch schlimmer, wenn er mit Mirna geschlafen hätte. Es wäre schlimmer, als nur zu reden, und trotzdem ist nur mit Mirna zu reden eigentlich schlimmer, als egalen Sex mit irgendwelchen 20-jährigen Models zu haben.

Ivo lässt sich nach hinten sinken und gerät in einen stressigen Traum, wo er jemanden ganz nah an dessen Gesicht mit explosionsartigem Zorn anschreit oder dieser Jemand ihn, bevor er gefühlte zwei Sekunden später in einer lang ausgleitenden Kurve einer Autobahnabfahrt aufwacht. Er checkt den Inhalt seiner Taschen und richtet alles so zurecht, dass die Musik genau dann einsetzt, wenn er mit seinem Rollkoffer in der Hand losgeht.

Booming blablabla like I'm blue well sexman like blue well 2 girls and they get along like I'm (blue) elle like I'm blue elle I just got the new deal I am in the Matrix and I just took the blue pill. Die Bässe helfen Ivo, sich schwerelos durch diesen abweisenden Flughafen zu bewegen, als wären sie nur für diesen Moment gemacht worden. Tu nur so arrogant, denkt Ivo dem Flughafen entgegen, du öffnest dich mir so leicht, dass ich nie an dir anstreifen muss, als hätte ich eine goldene Keycard mit größerer Reichweite als meine Beine, eine Aura, die alle Türen aufschwingen lässt. *No hoe shit no fucking hoe shit save that for yo shit I don't need no fucking body I run my own shit.* In der Lounge nimmt Ivo die Kopfhörer ab und schläft, während ihn jemand ganz leicht an den Schultern massiert. Er wird gerufen, angeflüstert, und geht die leeren Gänge des Parallelflughafens, den Leute wie er benützen, entlang, bis zum Gate, wo er eine weitere Lounge passiert und dann doch eine Minute warten muss, in dem Schlauch, der zum vorderen Teil des Flugzeugs führt. Er sieht sich um, ein paar Businessficker, ein paar Schnösel und eine Familie, deren Kindern man schon jetzt ansieht, dass sie zu reich aufwachsen, um nicht komplett nutzlose Lebewesen zu werden. Dann, sitzend, Tomatensaft in der Hand, die Beine gespreizt und an den richtigen Stellen mit perfektem Halt abgestützt, sieht er aus seinem Fenster. Der Schlauch für die von hinten ist aus Glas, als würden sie so besser aufs Flugzeug sehen, während sie eigentlich selber durchsichtig werden. Die allerersten sind natürlich Pensionisten, so wie immer die Alten das Gefühl haben, sie müssten sich am meisten beeilen und dann alle anderen aufhalten. Direkt hinter ihnen steht ein Student in zu kleinen H&M-Shorts und einem ebenfalls zu kleinen, kurzärmeligen Hemd, dessen Knöpfe auf dem chubby Körper spannen und sogar von so weit weg die Haut dazwischen, das überschüssige Fett, freilegen. Niemand hat je mehr wie ein Student ausgesehen als dieser Typ, er könnte im Wörterbuch stehen neben dem Eintrag zu Student. Er ist wie das

Wort Studentenfutter, wie Nüsse und Rosinen. Ist es gescheit, Studentenfutter zu essen, weil es gesund ist und die Nüsse viel Magnesium und Kalzium enthalten oder ist es eigentlich saudumm, weil man stattdessen Chips essen könnte, die viel besser schmecken?

Das macht wahrscheinlich so richtige Studenten aus, dass sie Nüsse und Rosinen wirklich leckerer finden als Chips. Ivo hakt das Thema ab und trinkt ohne hinzuschauen den letzten Schluck seines Tomatensafts, in dem sich das Salz, das ihm vorher gefehlt hat, staut. Ein Schauer an der Wirbelsäule. Dass er wegen Mirna über Studenten nachdenkt und nicht wegen diesem Typen, der wie ein Pombär ausschaut, das ist Ivo schon klar. Schließlich ist Mirna eigentlich die Einzige, die er kennt, die wirklich studiert hat, in diesem Studenten-Sinn. Also nicht Wirtschaft, Sportmanagement oder Maschinenbau, sondern eben dieses Studieren, wo man dann gar nichts kann, außer über etwas zu reden, was niemanden wirklich interessiert. Naja, ihn interessiert es schon, auch wenn er nicht immer alles versteht. Mirna hat auch nie ausgeschaut wie eine Studentin. Dieser Typ von dem deutschen Studentenfußballmagazin, das Ivo vor Kurzem auf dem Cover hatte – vor seinem Bugatti stehend mit der Überschrift »Die neue Bescheidenheit« –, der hat schon ausgesehen wie ein Student, mit seinen Button-up und seinen schwarzen Brillen. Früher hätte man gesagt, er schaut aus wie ein Streber oder wie ein Piefke oder wie eine Schwuchtel, heute sagt man wie ein Student oder wie eine Kartoffel oder wie ein Alman. Hat Mirna nicht sogar irgendwas über dieses Magazin gesagt?

Die Leere vom Restalkohol feiert ein Comeback in Ivo. Er weiß überhaupt nichts mehr. Nicht, wie das Magazin heißt, nicht, was Mirna alles gesagt hat. Aber gut, das Magazin hat sicher einen blöden Namen und das, was Mirna gesagt hat, gehört zu gestern. Wenn jemand alles mitgeschrieben hätte, was sie gestern geredet haben, und es jetzt vorlesen würde, dann wäre es eine Lüge. Sogar wenn es 1:1 abgetippt und mit ihren Stimmen vorgelesen werden würde, wäre es nicht echt, weil das, was gesagt wurde, in den Moment gehört, in dem es gesagt wurde und jetzt ist schon ein ganz anderer Moment, der nichts damit zu tun hat.

Mirna ist wirklich scheißklug, denkt Ivo nicht zum ersten Mal, und auch nicht zum ersten Mal zieht er daraus den Umkehrschluss. Mirna muss glauben, dass ich scheißdumm bin, weil ich nicht mal verstehe, was sie studiert hat. Und eine Angst von früher erfüllt ihn, dass es eine Distanz zwischen Mirna und ihm gibt, ein Styropor, das sie voneinander isoliert und dass sie sogar, wenn sie gemeinsam über etwas lachen, was er gesagt hat, eigentlich über verschiedene Sachen lachen. »Sie lachen nicht mit dir, Ivo, sondern über dich!«

Es gibt Schweinsmedaillons mit Spargel und während der Steward das Tablett lächelnd hinstellt, versucht einer der Businessficker auf der anderen Seite des Gangs, Augenkontakt herzustellen. »Fliegen Sie zum Nationalteam?« Ivo macht eine lange Pause, schaut auf sein Essen, wieder rüber zum Businessficker und sagt, so gleichgültig wie möglich: »Ja.« Der Typ lehnt sich beleidigt wieder zurück und Ivo stopft sich sein Essen rein, ohne es genießen zu können. Es kommt ihm so vor, als wäre dieser grindige Sack, dem man schon richtig ansieht, dass er sogar zu seinen Callgirls noch extra deppert ist, nur geschickt worden, um ihn an etwas zu erinnern, woran er lang nicht mehr gedacht hat: Österreich.

8

Der Flieger berührt mit den Rädern den Boden, Ivo wacht auf, schaut aus dem Fenster und ein »Oida« liegt da, bereit, von ihm ausgesprochen zu werden. »Oida.« Wien ist die schönste Stadt der Welt. Schon die Landebahn mit diesen gelben Schildern und den gelben Plastiklichtern, das Gefühl, in Wien zu landen, der Himmel, der einfach wie ein Himmel ausschaut, der Typ am Steuer vom Kofferwagerl mit der 80er-Matte und dem grauen Fu-Manchu-Bart.

Gut, dass Ivo eingeschlafen ist, bevor er zu lange über Österreich oder den Businesstypen nachgedacht hat. Er hat die faden Hügel, mit denen sich Österreich von Bayern kommend ankündigt, mit den Augen gestreift, sich von ihnen aber in lose Träume leiten lassen, statt in Vorstellungen, was so eine Landschaft mit Menschen macht. Er hat geschlafen, statt dem unguten Gefühl nachzugehen, das alle Wiener spüren, wenn sie mit Restösterreich konfrontiert werden. Jetzt nur Wien, Beč, Liebe. Ivo ist ganz von Neuem geil auf die Stadt.

Obwohl er nicht beim alten Terminal mit den Bullaugen rauskommt, sondern beim neuen schwarzen

Klotz, der überall auf der Welt stehen könnte, kitzeln ihn seine Organe. Nirgendwo ist Wiener sein schöner als ihn Wien. Er denkt an die Donauinsel im Sommer, Leute schauen, von der Brücke springen, an den Park, die aufgeheizten Käfige, die klaren Nächte. Ivo muss nicht lächeln, um glücklich zu sein.

Den Mann, der ihn erwartet, hat Milo, Ivos Berater, organisiert und er steht nicht mit einem Schild bei den anderen Fahrern, sondern weiß einfach, durch welche Tür Ivo kommen wird und fährt genau im richtigen Moment vor, verlädt die Sachen in seine Mercedes-Limousine und redet kein einziges Wort. Ivo setzt sich breitbeinig hin und zieht den Zettel vom ÖFB aus der Tasche, wo draufsteht, wann er wo sein muss. Montag Ankunft im Teamhotel, Dienstag 9 Uhr Regenerationseinheit, 12 Uhr gemeinsames Mittagessen, danach Mittagsruhe, 14 Uhr Taktikeinheit. Weiter liest Ivo nicht. Eine Nachricht von Nuri: »ich hol dich um 7 ab 💪🍺«. Es ist drei und Ivo schickt nur das doppelt unterstrichene 100er-Emoji zurück und freut sich auf den Fernseher in seinem Zimmer.

Vielleicht, denkt Ivo, als er Nuri später vor seinem BMW stehen sieht, wäre es doch besser gewesen, mit Mirna zu schlafen, um das Ganze zumindest mit den Freunden besprechen zu können.

Die Ampel vor dem Parlament zeigt rot und Nuri dreht die Musik leise, um zu telefonieren. Ivo lässt seinen Blick von einer Seite zur anderen schweifen und hört ein knackendes Mikro und sieht eine kleine Bühne mit Transparenten und ein paar verwahrlosten

Leuten davor. Jemand steigt gerade aufs Podest und sagt etwas Unverständliches, nur das Wort Donau ist auszumachen, woraufhin jemand auf der Seite von Ivos Fenster über den ganzen Ring hinüberbrüllt, so laut, dass Ivo und Nuri beide zusammenzucken: »Wien liegt ned an der Donau, du Scheißpiefke, die Donau liegt an Wien!«

Und während Nuri weitertelefoniert, kommt das Gefühl wieder, das Ivo am Flughafen gespürt hat, und er freut sich, dass seine Stadt niemanden ernst nimmt. Diese geile Arroganz. Diese Arroganz rettet Wien davor, zu werden wie der Rest der Welt, wie Deutschland. Und es stimmt ja, die Donau liegt wirklich an Wien, so sehr wie an keiner anderen Stadt, mehr als an Belgrad, obwohl das die Serben nicht gerne hören, und mehr als an Prag oder Budapest. Die Donau *gehört* Wien, weil Wien die beste Stadt ist. »Ich hab eine Überraschung für dich, Orhan ist da«, sagt Nuri beim Auflegen. Orhan. Ivo hat ewig nicht an ihn gedacht.

Es gibt Küsse und leichte, freundschaftliche Watschen, Shish-Kebab und Witze, von denen sich ein paar auf Menschen oder Sachen beziehen, die Ivo nicht kennt, die ihn aber alle zum Lachen bringen. Orhan schaut ziemlich fertig aus, sehr alt und mit faltigen Spuren von Unglück im Gesicht, das von vorne aber doch noch das Leuchten von früher hat. Es ist alles normal, bis zu dem Punkt, wo das Gespräch stockt und beide nicht mehr wissen, was sie erzählen sollen. Orhans Stirn legt sich in Falten. Sie können die Stille nicht Stille sein lassen und Orhan redet über die

Kosten, ein Haus in Banja Luka zu bauen und welches Baumaterial er für wie viel bekommen hat und Ivo über Werbeverträge und Berater, Schienbeinschoner und Autos, bis sie beide von anderen Leuten in naheliegendere Gespräche gezogen werden.

Die Gruppe wächst an und über den Zeitraum von drei Stunden zeigt sich, was alles in wenigen Jahren anders geworden ist bei denen, die hier geblieben sind, darin, wie sie darüber reden, was irgendein Opa von irgendwem, der mit irgendwem in der Klasse war und mit irgendwem gekickt hat, beim Kartenspielen über Zdravko Čolićs Haarausfall oder Jelena Karleušas Muttermale behauptet hat. Wien ist gut zu seinen Söhnen, aber vor allem zu denen, die weggegangen sind und es geschafft haben. Für sie macht die Stadt sich noch extra schön, wie eine Ex, die sich für das Wiedersehen auftusst, obwohl sie eh die allerschönste Frau der Welt ist. Sie schaut einen auffordernd an, weil sie weiß, wie gut sie aussieht, weil sie den Blick sehen will von dem, der weggegangen ist und ihm zeigen möchte, was er verpasst. Sie sagt: Ich werde immer so schön bleiben, wie als wir beide 16 waren. Und dann verschwindet die Stadt, tritt hinter die zurück, die hiergeblieben und aneinander verbittert sind.

Als Drago zwei Stunden später direkt aus Kiew in die Bar kommt, mit derselben Freude wie Ivo vor ein paar Stunden und dem Blick von jemandem, der mehr von der Welt kennt als Wien, dreht sich das Gespräch schon ausschließlich um irgendwelche Pseudoprobleme, um lauter unwichtigen Scheißdreck, und als Drago und Ivo gemeinsam mit dem Taxi ins Hotel fahren, reden sie darüber und es macht Ivo traurig, dass er ein Leben führt, das er mit niemandem teilen kann, der nicht selbst auch so ein Leben führt, nicht mal mit einem alten Freund wie Orhan. Und Ivo denkt wieder einmal, dass Wien nur eine Ansammlung von Leuten ist, die hängenbleiben und es nicht rausschaffen in die echte Welt. Noch im Taxi eine Nachricht von Mirna: *bin dir nachgeflogen,* kein Emoji, kein Smiley, nichts. Drago schaut kurz hin und dann wohlerzogen weg. Ivos Herz klopft, aber er lässt den Bildschirm schwarz zuschnappen und legt Mirna für heute weg.

9

Der Morgen passt gut mit seinem Nieselregen und seinem ausgebreiteten Beton. Ivo schaut auf den weißen Bart von dem Fitnessheini, während er eigentlich seinen Kopf leeren und meditieren sollte, als könnte das was ändern. Er muss einfach schnell mit Mirna schlafen, um sein Verliebtsein zu bekämpfen.

Was wohl die anderen denken, während sie hier im Mittelkreis vom leeren Happelstadion stehen und an nichts denken sollen. Wie viele an Frauen denken, wie viele an Fußball, wie viele es schaffen, wirklich an nichts zu denken. Er öffnet seine Augen einen Spaltbreit und schaut in die Gesichter der Spieler gegenüber. Schwer zu sagen. Ein paar schauen ja immer so aus, als würden in ihren Köpfen Heuballen durch eine Alpenprärie wehen.

Er muss mit Mirna schlafen und der einzige Abend dafür ist übermorgen nach dem Spiel, wenn er vom ausgeschütteten Adrenalin eh nicht schlafen kann. Er versucht, sich den Zettel mit dem Zeitplan in Erinnerung zu rufen, ein Schweißtropfen rinnt seinen Nacken hinunter. Da war schon etwas, ein öffentliches Training oder so. Er wird ihr das schreiben und er wird ihr schreiben, dass er nicht rauskann, weil ihn niemand sehen darf und dass sie zu ihm ins Hotel kommen soll. Dann liegt die Wahrheit einmal wirklich auf dem Platz und entweder er spielt gut und bekommt den nächsten Tag frei, oder er spielt scheiße und muss Mirna absagen. Oder er bricht sich den Fuß und verliert ein halbes Jahr seines Lebens.

Sie dürfen die Augen öffnen, die Beine ausschütteln und der Fitnessheini erklärt, warum sie meditieren müssen, wenn man dieses kurze Stehen so nennen kann, und quatscht irgendwas vor sich hin, von Positive Thinking und der Macht der Gedanken. »The reason lies within you«, sagt er, »the reason for every success, every defeat, every illness. It's psychosomatic!«

Dann laufen sie Runden, geben immer abwechselnd einen ihrer Füße nach vorne und den anderen nach hinten und klatschen in einem – laut Fitnessheini brasilianischen – Rhythmus in die Hände. Mirnas Nachricht klingt so trocken, ohne Emojis und Smileys. Was sie alles dazuschicken hätte können. Ein Zwinkersmiley hätte Sex bedeutet, ein lachender Smiley mit großem D, dass sie keinen Sex haben werden und ihr klar ist, wie arg sie handelt, indem sie ihm einfach hinterherfliegt. Hat er Mirna überhaupt gesagt, dass Jessy und die Kinder nicht mitkommen? Ein Kuss-Emoji hätte ihre Nachricht nicht eindeutiger gemacht, es hätte entweder Sex oder Freundschaft bedeuten können. Aber wie soll man befreundet sein mit einer Frau, auf die man steht?

Wenn es stimmt, was dieser Fitnessheini sagt, dass alle Krankheiten und alle Verletzungen aus uns kommen und wir sie allein durch positive Gedanken wegbringen können, dann wüsste Ivo gern, wie oft es dem Fitnessheini schlecht geht, wie oft es seinen Kindern und seiner Frau schlecht geht und was er dann macht, außer ihnen zu sagen, sie sollen positiver denken, und ihnen selber die Schuld zu geben. »Schau, Ivo, dem Kind dort fehlt eine Hand und es weint trotzdem nicht so wie du.« Das Fitnesszeugs ist ja OK, ein bisschen klatschen, ein bisschen Rhythmus, auch wenn die richtigen Österreicher, die Blonden vom Land, Rhythmus nie wirklich überreißen können. Aber bei Krankheiten hört sich der Spaß auf. Was ist denn mit den Kindern, die mit drei Jahren Krebs kriegen, mit all denen, die einfach Pech haben wie Abdelhak Nouri oder Dieter Eckstein? Nichts ist unmöglicher, als auf Zuruf positiv zu denken, wenn alles oasch ist, sich zu entspannen, wenn der ganze Körper pulsiert und der Zorn einem die Nackenhaare aufstellt. Entspann dich einfach. Entspann du dich, du Sohn einer Hure!

Ivos Hände klatschen von alleine mühelos im Rhythmus, der von allen Seiten des Betons widerhallt wie schnelle Schritte in Gemeindebauschluchten. Diese Sachen, die der Fitnessheini sagt, zielen ja nur darauf ab, dass alle gleich sind oder zumindest sein können, wenn sie wollen. Aber was ist mit denen, die nicht wollen können? Für den einen ist das Glas halb voll und der andere mag vielleicht einfach kein Wasser oder keine Gläser oder keine Beispiele. Und weiter? Wie soll man ändern können, was man mag und was man hasst? Mental-Blabla. Sogar die, denen es angeboren ist, positiv zu denken, merken irgendwann, wie es nicht mehr geht. Abhaken, nach vorne schauen, von Spiel zu Spiel denken, jaja. Weder der Fitnessheini noch die vom Verein, noch die Zuschauer, können in die Köpfe der Spieler schauen, um zu überprüfen, wie und woran sie denken, ob an das nächste Spiel oder an ihre Whirlpools oder ihre Väter. Ihre Urteile basieren nur auf Blödsinn, auf Annahmen über die Körpersprache, auf Zuschreibungen, die sie ungefragt von vertrottelten Sportjournalisten übernehmen und auf dem, was die Spieler in Interviews sagen, was immer ausnahmslos ein Blödsinn ist. Entweder sie lügen und quatschen den gleichen Blödsinn nach, den ihnen die PR-Leute vorsagen, oder sie sind ehrlich und dann sagt man, dass sie dumme Proleten sind, wie Sandro Wagner und Donis Avdijaj. Es ist eh nicht schlimm, wenn jemand das PR-Zeug nachplappert. Drago zum Beispiel, der für einen Serben auch ziemlich wenig Rhythmusgefühl hat, wie er gerade wieder zeigt, kann das super. Warum hat es heute nicht so funktioniert? Wir müssen vorne effizienter werden und mehr Tore schießen und hinten kompakter stehen und weniger Chancen zulassen. Hat man das Fehlen des Spielers XY gespürt? Wir sind ein Team und jeder Spieler ist gleich wichtig. Wir haben auch von der Bank große Qualität. Lol, schön wärs. Aber dass da auf der Bank Spieler wie der Franzi sitzen, der sich selber Stürmer nennt und in elf Spielen nicht fähig ist, ein Scheißtor zu schießen, nicht mal EIN TOR, das darf man nicht sagen.

Ivo dreht den Kopf nach rechts und ausgerechnet der Franzi, dieser unrhythmische Tiroler, dreht seinen zu spät weg und schaut noch einen Moment mit einem komischen Gesichtsausdruck in Ivos Augen. Vielleicht sollte sich der Fitnessheini mal mit einem Psychologen zusammensetzen und ausschnapsen, wie das jetzt ist, ob wir immer selbst schuld sind, oder ob es immer unsere Eltern und unsere Ehepartner sind, wie damals bei Jessy, als sie mit Adnan schwanger war und sie, ohne es Ivo vorher zu sagen, bei einem Therapeuten war, der ihr nach einer einzigen Sitzung den Rat gegeben hat, sich scheiden zu lassen.

10

Seit Ivo am rechten Flügel spielt, muss er keine Tore schießen. Es ist gut, wenn er welche schießt, aber sie sind nicht mehr Teil seiner Identität wie früher. Er muss sich vorbeidribbeln, key passes spielen, Flanken schlagen. Sein Spiel ist nicht »Ich gegen den Torhüter« oder »Ich gegen die Welt«, sondern »Ich gegen dich«, 1 gegen 1, immer wieder, bis niemand mehr übrig ist und der Ball im Netz liegt. Und gerade, weil er nicht muss, weder Tore schießen noch das Gerede anhören von wegen »Er hat den Torriecher nicht« und

»Er ist kein Knipser«, dieses dumme Gerede, das sich selbst erfüllt, indem es auf den Charakter des Spielers übergeht statt ihn zu beschreiben, gerade dashalb hat er in der letzten Saison so viele Tore geschossen wie schon lange nicht mehr. So wollen das die Leute halt. Sie wollen, dass der Mensch und der Fußballspieler zusammenpassen, obwohl das fast immer erfundener Scheißdreck ist. Sie wollen Freaks, wie Lewandowski, Müller, Higuaín und Ibrahimović, um sich Erklärungen zurechtzulegen, warum die immer treffen. Bei Müller ist es so eine Art Bauerndummheit, ein Nicht-darüber-Nachdenken, bei Lewandowski eine glatte, emotionslose Professionalität, bei Higuaín ist es dieses Latino-Klischee eines Typen, der sich gehen lässt, dauernd ur viel fickt und nur an den Tagen vor den Matches damit aufhört, damit sich seine Energie so aufstaut, dass er praktisch treffen muss, um sich zu entladen, was natürlich beides nicht stimmt. Ibrahimović chillt inzwischen mit seiner zehn Jahre älteren Frau, spielt mit seinen Töchtern Verstecken oder macht Taekwondo und ist bei allem der Beste.

Und wenn die sogenannten Stürmer nicht treffen, nennt man es Ladehemmung und bezieht es auf beides, auf das Toreschießen und auf sie als Menschen. *Er hat die Nerven nicht. Er ist nicht abgebrüht genug.* Ivo denkt über den Tag verteilt mehrmals darüber nach, wie schwachsinnig das ist, bevor er sich nach dem Match selber dabei erwischt, es zu wiederholen.

Er hat ein sehr gutes Spiel gemacht, eines seiner besten im Nationalteam, ein Tor geschossen und zwei aufgelegt. Der Tag und Ivo sind gelaufen wie auf Autoplay, unhinterfragt, und jetzt sitzt er im Whirlpool mit dem Satz im Kopf »Ich habe meine Ladehemmung abgelegt« und dem Gefühl im Körper, dass er für alles bereit ist, was gemacht werden muss.

David und Marko spielen Musik auf den kleinen Boxen und Ivo geht dem Brennen in seinen Beinen nach, während ein paar von den anderen, die morgen auch frei haben, Pläne für den Abend machen. Auch sie können nicht wirklich raus, weil sie in Wien jeder erkennt, aber sie wollen zumindest im Hotel Red Bull trinken und Fifa spielen. Sausageparty. »Bist du dabei, Ivo?«

»Na. Ich mag nix machen.«

»Wieso, was machst?«

»Nix, oida, hab ich eh gesagt. Was soll ich machen? Mit euch Fifa spielen? Deine Mama ins Hotel bestellen? Geht's mir nicht am Oasch!«

Im Hotelzimmer legt Ivo sich so, wie er ist, im Bademantel und nach Schwimmbad riechend, auf das Bett und wartet mit immer kribbelnderem Gefühl. The time has come to PUSH THE BUTTON. Eine halbe Stunde noch, bis er dieses endlose Denken und Wünschen, das er seit zehn Jahren oder zwei Monaten mitschleppt, auslöschen kann. Ivos Herz klopft und er beginnt, mit sich selber zu reden, wie es die Menschen in Pornos machen, mit Ankündigungen davon, was sie gerade tun. Ich fick dich jetzt so richtig, du Fotze. Du Fut. Ich fick jetzt deine Fut. Ich fick dich, wie dus brauchst. Ist es nicht eigentlich beruhigend, dass unabhängig von allem anderen, Geld, Schönheit, Bildung, der Sex zwischen einem Mann und einer Frau immer aufs Gleiche hinausläuft?

Als er um 2 nach halb 10 das Klopfen an der Tür hört, regt sich Ivos Körper kein bisschen. Er hat auf den Moment gewartet und fühlt sich eiskalt, lauernd wie ein Torjäger, der die Flanke schon antizipiert hat, abgebrüht wie ein Pornostar. Mirna sieht vollkommen anders aus. Sie küsst ihn mit gesenkten Augen auf eine Wange, legt ihre Tasche mit einem Klimpern auf das Bett und schaut ihm ganz offen in die Augen. »Darf ich bei dir duschen? Ich bin schon ewig unterwegs.«

Während sie im Bad ist und Ivo, mit der Hand im Bademantel, das Wasser hört, das an ihrem nackten Körper entlangrinnt, verändert sich die Pornostimme in ihm ein bisschen und er denkt an Colin Farrell und wie der in dem geleakten Amateurporno die ganze Zeit »You're so focking beautiful« sagt. Du geile Drecksau, du bist so schön, ich fick dich. Er hat das Bild von Mirnas Jeans im Kopf, die sie an den Schenkeln und beim Arsch so ausfüllt, wie Jessy es nie könnte. Jetzt nicht an Jessy denken. Du geile Sau, jetzt fick ich dich. Und trotzdem ist es eigentlich komisch, dass Mirna schon durch das Duschen Ivos Pläne durchkreuzt und ihm den Abend irgendwie aus der Kontrolle nimmt, weil er nicht darauf vorbereitet war, und jetzt, wo er darüber nachdenkt, ist er verstört, dass Mirna von seinem Bademantel nicht verstört war und verwirrend an- und abgetörnt davon, dass sie einfach so nebenan nackt duscht, als wär das normal.

Das Wasser hört auf zu tropfen und es ist zu hören, wie Mirna aus der Dusche kommt und ein Handtuch mit einem Scheppern von der Halterung nimmt. Dann öffnet sich die Tür, die Lichter gehen aus und Mirna steigt barfuß und lächelnd im weißen Frotteebademantel aus dem Bad, das nasse, fast schwarze Haar eingedreht und glänzend wie ein Otter, der Rest weiß und weich, setzt die Füße mit der Ferse zuerst auf den Teppichboden. Sie geht zielstrebig auf Ivo zu und plötzlich *ist* alles normal, Ivo und Mirna, die Körper, das Hotelzimmer als einziger Ort und Ivo verlässt das Bewusstsein der Pornos und Tore und betritt ein anderes, ein logisches.

Sie reiben sich aneinander, sie fallen rauf und klettern runter, sie sind wie geriffelte Chips, überall Oberfläche, Rillen, Poren. Mirnas Hände fahren wie tiefergelegt Ivos Körper entlang, die Tattoos, die nur noch Formen sind, und Ivos Hände können nicht aufhören zu schauen, wie weit Mirna sich erstreckt. Sie drehen sich um etwas und reden kein Wort, während alles sich auflöst, und auch keines, als sie nebeneinander liegen, Mirna an Ivos Schulter gelehnt und beide jenseits der Gedanken. Dann, nach einer langen und sehr klaren Pause, sagt Mirna: »OK, also das ist erledigt.«

Eine Minute vergeht und Ivo lacht auf, so, dass er sich gar nicht wiedererkennt in dem Lachen, und Mirna küsst ihn auf den Mund. Dann springt sie auf, holt ihre mitgebrachte Tasche, nimmt eine DVD und eine Flasche Wein raus, legt die DVD ein und setzt sich mit dem Wein zu Ivo aufs Bett, während er, gleich nach dem Lachen, zum ersten Mal im Leben das

Gefühl hat, dass ihm das Wegswitchen vom Sex zu schnell geht.

Sie sitzen nebeneinander und sehen, wie Al Pacino auf einem Wagen durchs Spital rollt und über sein Leben nachdenkt, aber Ivo hört nur halb hin, denkt nur halb mit und könnte eigentlich gar nicht genau sagen, was in ihm vorgeht, in diesem langgedehnten Zeitraum, bis Mirna etwas sagt.

»Gefällt dir der Film?«

Er fühlt sich, als ob er viele Fragen hätte und gleichzeitig gar keine.

»Ivo?«

Jetzt dreht sich Mirna zu ihm um und Ivo zuckt kurz zusammen, als sein Blick ihre Augen trifft. Er erklärt ihr, dass es für ihn komisch ist, den Film zu sehen, weil für ihn Al Pacinos Geschichte um sich ballernd in einer Koksvilla endet und nicht alt, arm und traurig, und dann reden Mirna und er über Gangster und solche, die keine Gangster mehr sein wollen, über die Idole ihrer Jugend, die entweder tot sind oder fett, und darüber, wie ein Happy End für sie aussehen könnte, während der Film vor sich hinläuft. Erst als Pacino auf dem Dach sitzend seine Ex beim Ballett beobachtet, beginnt der Film, Ivo zu interessieren und er spürt eine aufkommende Geilheit in sich.

»Eigentlich«, sagt er, »gefällt mir die Frau aus dem Club viel besser als die Ex« und Mirna sagt, es geht ihr genauso. Aber später, bei der wichtigsten Szene des Films, als Pacino die Ballerina zu Hause besucht, halten sie trotzdem beide den Atem an und hören auf zu reden. Pacino kommt zur Tür seiner Ex, sie öffnet nur einen Spalt und weigert sich, ihn reinzulassen. »The only way you will enter this door is if you kick it in«, sagt sie und Pacino antwortet nur: »I'm too old for that.« Die Ballerina macht ein spöttisches Gesicht, geht nach hinten in ihr Schlafzimmer, aber so, dass er sie durch den Türspalt sehen kann und beginnt sich auszuziehen. Pacino seufzt und geht weg von der Tür, und Ivo ist sich für einen Moment sicher, dass Pacino jetzt aufgibt, dass er wirklich zu alt ist, als er mit Anlauf die Tür eintritt und zur Ballerina läuft, um mit ihr zu ficken. Ivo und Mirna beugen sich zueinander, küssen sich und haben noch einmal Sex, ganz schnell und schön. Im Einschlafen sagt Ivo: »Jetzt werden wir nie erfahren, wie der Film ausgeht«, und Mirna antwortet: »Es endet so, wie es angefangen hat, im Spital, wie er stirbt.« Ivo versteht nicht, was sie meint, fragt sich, wie spät es ist, schaut auf seine Uhr, ohne sich die Uhrzeit zu merken und rollt sich in Mirnas Haare ein, bereit, abgeholt zu werden.

11

Deine Träume sind jedem wurscht. Man sagt dir, du sollst darüber reden, aber die Zukunftsträume gehen nicht in Erfüllung, wenn man sie ausspricht und die Träume in der Nacht sind nur Gefühle, die versuchen, einen auszutricksen, die nur wichtig werden, wenn man von ihnen erzählt. Deshalb sollte man andere damit in Ruhe lassen und nie erwarten, dass sie sie verstehen. Deshalb erzählt zumindest Ivo niemandem von seinen Träumen und vergisst die meisten sofort. Er geniert sich für die Momente der Schwäche als Kind, in denen seine Ziele nicht Ziele waren oder Pläne, sondern nur Träume, dadurch, wie er über sie gesprochen hat. Wenn die Großen ihn nicht mitspielen lassen und er mit Tränen in den Augen sagt: »Ihr werdets schon sehen, wenn ich bei Barcelona spiel«, und sich auf einmal nicht mehr sicher ist. Oder mit 19 in Madrid, ein Kind am Lenkrad eines metallicblauen Maserati, das dachte, einen Freund gefunden zu haben und diesem Freund erzählt, was sein Vater im Traum schreit, über einen ganzen Trainingsplatz voller Menschen hinweg. Sie fahren weiter, der andere weiß nicht, was er antworten soll und steigt stattdessen aufs Gas. Hinten sitzt Sofia, nein, sie sitzt neben ihm und Ivo sitzt am Steuer, tritt das Gaspedal durch, sieht nur noch das Gefühl von Beschleunigung in einem Tunnel vor sich, wacht auf und der letzte Traum der Nacht rutscht über seinen Gaumen und durch seine Fingerspitzen und löst sich auf.

Ist das noch die gleiche Welt? Ist Ivo noch der Gleiche? Das Zähneputzen ist gleich, die DVD-Hülle am Boden des Hotelzimmers anders, und alle 30 Sekunden erinnert Ivo sich an etwas von gestern und ein Bild von Mirna klatscht hart geschnitten in das hinein, was gerade wirklich passiert. Auf dem Schreibtisch hat sie ihm eine Nachricht hinterlassen, mit Schwurbelschrift auf den Hotelblock geschrieben. Ein Satz, der wahrscheinlich etwas mit dem Film zu tun hat: *Wenn das Ende am Anfang kommt, dann weiß man schon, wie es ausgeht.* Ivo liest ihn, bevor er in die Dusche steigt, schafft aber nicht, über ihn nachzudenken und kommt zu dem Schluss, dass er ihn nicht versteht. Er schaut sich den Zettel noch einmal an, während er mit der anderen Hand ein Fanta aus der Minibar holt, und knüllt ihn zusammen. Wie damals als Kind denkt er: »Wenn ich von hier aus in den kleinen Mistkübel im Bad treffe, dann ...«, aber anders als damals fällt ihm nichts ein, das er sich wünschen könnte.

In der Dusche denkt er, dass jetzt, wo er mit Mirna geschlafen hat, der Drive weg sein wird und er sich wieder beruhigen und auf sein Leben konzentrieren kann. Kurz ist er zufrieden und sicher, alles richtig gemacht zu haben. Beim Anziehen, während er noch einmal durchlebt, wie er Mirnas ganzen Körper abschleckt, sie sich wie ein Kreisel auf ihm bewegt, er ihre Zähne spürt und sie ihn anschaut, wird ihm klar, dass es nicht funktioniert hat und dass es dumm von ihm war zu glauben, Sex könnte die Lösung sein. Als ob Sex je für irgendwas die Lösung gewesen wäre. Und vor allem, was kommt nach dem Sex? Kein Sex mehr? *OK, also das ist erledigt.* Gespräche? Lange Nachrichten? Noch mehr Sex?

Es reicht einfach nicht, einmal mit ihr Sex zu haben, denkt Ivo später im Hotelrestaurant und stopft sich die Schinkenfleckerl in den Mund, dass sie an beiden Seiten runterfallen. Man braucht eine Woche. Man muss es machen, bis es keinen Spaß macht, bis man so oft gekommen ist, dass plötzlich das Licht angeht im Club. Man muss sich in einer taghellen Umgebung gegenübersitzen. Man muss anfangen zu besprechen, wann man isst und was und wo, anfangen über Sachen zu diskutieren, die man mit jemand anderem schon längst alle geklärt hat und die einen deshalb noch mehr nerven. Dann weiß man, wie es wirklich ist. Aber dafür ist keine Zeit; keine Zeit für nichts. Nur eine Woche voller Termine und noch ein Spiel und der Rückflug und die Familie und dann das nächste Spiel für den Verein und die Familie und das Training und das nächste Liga-Spiel und dann der Cup und dann die Liga und dann wieder das Nationalteam. Und die Familie gibt es die ganze Zeit, permanent, dauernd, und Jessy wird sich schon wundern, warum Ivo in letzter Zeit so wenig schreibt.

Er hat nicht mal genug Zeit, um sich wieder zu entlieben.

Als er vollgefressen im großen Besprechungsraum sitzt, an einem der hintersten, äußersten Sessel und sein Blick die ÖFB-Funktionäre streift, die sich am Buffet bedienen, die Landespräsidenten, von denen niemand weiß, wozu sie gut sein sollen, wird ihm schlecht. Seine Gedanken bewegen sich immer schneller und er hat ständig Bilder von Mirnas nacktem Körper aus den verschiedensten Perspektiven vor sich. Diese fetten, alten Säcke. Allein daran, dass sie beim Buffet stehen, könnte man erkennen, dass sie Funktionäre sind, fette, überbezahlte Bastarde, die fressen, als wären sie vorm Verhungern, egal, wie grindig es ist. Und daran, dass es um halb drei ein Buffet gibt, merkt man, dass das hier Österreich ist, wo der Präsident weiß, dass niemand was Böses schreibt oder sagt, solange er genug gemästet wird mit einer »Jause« um halb drei. Ja, schaufel dir noch eine Ladung gebackenes Gemüse auf den Teller, Rudi, noch ein paar fetttriefende Tortellini drauf. Ja klar, Cocktailsauce über alles drüber, du verfressenes Stück Scheiße. Der Grindsack von der Kaiser-Zeitung nimmt den Teller gleich in beide Hände und frisst mit der Zunge direkt davon runter und als Ivo das sieht, liegen Mirnas Beine wieder an seinen Ohren verknotet und er taucht mit der Zunge und den Lippen in sie. Wie anders ihre Pussy war als die von Jessy, wie anders sie geschmeckt und sich angefühlt hat, und trotzdem vertraut. Wie ein Erdäpfelsalat aus Süßkartoffeln. Dann schaut er wieder den Rudi an, wie er sich ein Schnitzel reinschiebt, und den bladen Jungen neben ihm, den fetten, nutzlosen Neffen von irgendwem, und stößt auf.

Das Licht ist scheißhell, die Luft trocken und Ivo wird wütend auf die Leute vom Hotel, die es so heizen, dass einem in Jogginghose und T-Shirt zu heiß wird und versteht nicht, wie die bladen Funktionäre es schaffen, mit ihren Krawatten und ihren Westen unter den Sakkos. Er fühlt sich aufgeblasen von den Schinkenfleckerln und in seinem Kopf summen verschiedene Satzfetzen herum wie im Film. Warum hat Mirna beim Sex Bosnisch geredet? Er hat sie schon Bosnisch reden gehört, mit ihren Eltern und mit seinen, aber wenn sie zu zweit waren, haben sie nie Bosnisch miteinander geredet, nur ein paar Worte eingestreut, und auch gestern, mitten im Sexrausch, hat sein Herz deshalb geklopft und seine eigenen Worte haben seltsam geklungen auf Bosnisch oder zumindest denkt er das jetzt. Er spürt Wut auf die Leute, die die Sessel so deppert aufgestellt haben, dass man die Beine nicht ausstrecken kann und nicht nach vorne sehen kann, ohne dass die Hälfte vom Bild verstellt wird. Zwischen dem Blickfeld seines rechten Auges, das bis zur Bühne geht und dem linken, das an Fabians Schrumpfkopf hängenbleibt, entsteht ein Knick in der Optik, als würde Ivo schielen und sein Herz schlägt sehr schnell und dann sehr langsam, unregelmäßig wie ein Dubstep-Beat. Ivo konzentriert sich aufs Atmen. Ein, aus. Es wird unnatürlich und er atmet viel zu lange aus. Bei jedem Ausatmen verschwimmt die Welt (Jessy, Mirna, Kinder, Eltern), wird mit der einströmenden Luft wieder klarer und gerader (Schüsse, Tore, gelupfte Pässe in den freien Raum) und er weiß nicht, ob er ohnmächtig wird oder einschläft. Als er die Augen aufmacht, lacht der ganze Raum auf und schaut ihn an und er hasst, dass er nicht weiß, was passiert ist. Es geht gar nicht um den Sex, sondern um das gemeinsame Aufwachen, es geht nicht um die Zeit mit Mirna, sondern um die ohne sie.

Es geht nicht um die anderen und nicht um Ivo, sondern um das, was zwischen ihnen fehlt.

12

Drei Stunden später würde Ivo am liebsten aufhören, was zu fühlen, aber man kann das nicht verhindern, wenn man nicht verhindern kann zu denken und nur Bewegung hilft gegen beides, also fühlt er sich wie ein nasser Fetzen. Die sogenannte Regenerationseinheit regeneriert ihn nicht im Geringsten. Ivo würde lieber spielen, auch wenn ihm jeder Knochen wehtut, lieber für ein paar Sekunden allein mit dem Ball sein oder unter kompletter Anspannung stehen, als hier im leeren Stadion Runden zu laufen und dabei zu verstehen, dass sinnlose Bewegung, Bewegung, die keine Richtung hat und sich immer wiederholt, nicht eine andere Form von Bewegung ist, sondern das komplette Gegenteil davon. Statt die Gedanken und die Gefühle, die einem die Gedanken aufzwingen, durch die Geschwindigkeit zu verblasen, wärmt man sie bei jeder Runde nochmal auf, denkt jedes Mal, wenn man an der gleichen Stelle vorbeikommt, das Gleiche wie beim Mal davor. Bei der riesigen Uhr über der Anzeigetafel, wie spät es ist, warum die Zeit nicht vergeht, beim Fitnessheini, was er gerade schreit und warum es einen nicht wütend macht, diesen Motivationsscheiß schon wieder zu hören. Wenn Ivo wütend wäre, dann würde das zumindest heißen, dass er die Welt verändern will, auch dann, wenn die Veränderung nur ein Kaputthauen der Welt wäre. Aber Ivo will gar nichts wissen von der Welt. Er legt seinen Kopf an, wie ein Nashorn, hebt immer wieder abwechselnd die Füße ein bisschen, schleift sie weiter, schaut auf die Uhr und fühlt sich leer, ohne zu wissen, was das bedeutet.

Er will nach Hause, zu Jessy und den Kindern, irgendwohin, wo er nie darüber nachdenken muss, was er sagt. Mitten im Nieselregen von Wien denkt Ivo an ein Cordon Bleu, als ultimatives Bild für Geborgenheit: Jessy der Käse, die Kinder der Schinken und alle auf Ivo, dem Fleisch, auf der Couch, umgeben von der warmen Panier ihres Hauses. Er schleppt sich weiter, schaut wieder auf die große Uhr und nach einer Ewigkeit kommt endlich der Pfiff der Erlösung.

Eine Dusche und eine saubere Jogginghose später liegt Ivo auf dem frisch gemachten, fleckigen Bett und skypt Jessy an, erschrickt darüber, wie schnell sie abhebt. Man könnte sie in jedem Moment ihres Lebens anrufen und würde sie nie bei etwas erwischen, denkt er. Nie ungeschminkt, nie unpassend angezogen.

Jessy redet ganz selbstverständlich los, gratuliert zum Spiel, das Ivo schon unendlich weit weg erscheint, erzählt ihm von den Kindern und dass sie ein neues Blini-Rezept von ihrer neuen Freundin gelernt hat und diese Normalität beruhigt und entspannt Ivo. Dann kommt Lena ins Bild mit ihrem Puppengesicht und plappert drauflos und Ivo sinkt weiter nach hinten in seinen Polster.

Am nächsten Tag klärt sich auf, wie es mit Mirna erst einmal weitergeht: mit Fragen. *Wie geht es dir Ivo?*, schreibt sie. *Gut,* antwortet Ivo ohne zu zögern und wartet, bis die zwei Hakerl anzeigen, dass sie es gelesen hat. Weil keine Antwort kommt, schreibt nochmal er: *und dir?*

Komischer Satz auf dem Zettel, schreibt Ivo.

Haha, antwortet Mirna.

Was machen wir?

Das fragst du mich?

Wann sehen wir uns wieder?

Es ist wie ein Spiel und Ivo spielt mit, einfach, weil es eines ist, das er noch nicht kennt oder schon längst vergessen hat.

Früher war alles anders, weil man noch für alle 160 Zeichen eine eigene SMS schreiben musste und je mehr Nachrichten es waren, desto öfter ist eine davon verloren gegangen, und gekommen sind sie alle durcheinander und im Abstand von Minuten, 5/8, 2/8. Früher, als es noch um hdl und xxx ging und darum, ob die kleinen x für Küsse stehen oder für Sex. Man konnte nicht einmal wissen, ob die Nachricht überhaupt angekommen ist und deshalb hatte man immer zumindest die Freiheit, sich an den Gedanken zu klammern, die SMS sei verlorengegangen. Jetzt gibt es zwei grüne Hakerl und man weiß genau, dass die andere Person nicht antworten will. Fortschritt.

Ivo hat sieben Minuten lang auf die zwei grünen Hakerl gestarrt und weil Mirna ihm nicht antwortet, beschließt er, dass ihm das egal ist.

Ivo sollte eh schon seit zehn Minuten im Besprechungsraum 7 sein. In seinem von Jessy ausgedruckten Zeitplan steht: 15:00 Treffen mit dem ÖFB-Kommunikationsmanager, Besprechungsraum 7, also schaut er noch einmal auf sein Handy, wo sich nichts verändert hat, steckt es ein und macht sich auf den Weg. Erst nach einigen Schritten wird ihm klar, dass er keine Ahnung hat, wo der Besprechungsraum 7 sein soll, also bleibt er wieder stehen. In seinem Mund ist ein schlechter Nachgeschmack von den zwei grünen Hakerln, die bedeuten, dass Mirna ihm nicht antworten möchte, und ohne Ivo zu fragen, holt seine Hand das Handy raus. Vor vier Minuten aktiv.

Dann geht er weiter und registriert im Vorbeigehen die Schilder der Räume, während er sich fragt, wer genau der Kommunikationschef sein soll. Dieser grauhaarige Unsympathler? Werner, Günther, Willi? Irgendwer hat mal was Witziges über den gesagt, was war das? Dass er immer ausschaut, als ob er Scheiße direkt unter der Nase hat, sogar wenn er lächelt? Dass er ausschaut wie ein arrogantes Pissoir?

»Ah, Ivo, schön, dass auch du hergefunden hast.«

Günther sitzt in einem weißen Raum, Zlatko neben ihm und dazwischen eine Wasserkaraffe und Gläser. Beides stimmt, das mit der Scheiße und das mit dem Pissoir und weil Ivo darüber nachdenkt, checkt er erst nach einem Moment, dass nur Zlatko und er da sind und was das Thema des Treffens ist.

»Das Spiel gegen Bosnien ist für euch natürlich etwas ganz Besonderes«, sagt Günther, und mit seinem falschen Lächeln klingt das Wort »Besonderes« genau umgekehrt, als es klingen sollte.

»Und deshalb …«

»Wieso sind Marko, Bojan und Drago nicht da?«, unterbricht ihn Ivo.

»Marko und Drago sind Serben und Bojan ist Montenegriner, deshalb betrifft sie das nicht.«

»Na und? Als wir damals gegen Serbien gespielt haben in der WM-Quali, waren Ivo und ich auch bei dem Briefing, also könnten die anderen heute genauso da sein. Außerdem ist Bojans Mutter bosnische Kroatin!«

»Bojan ist in Montenegro geboren, also ist er Montenegriner«, sagt Günther und man sieht ihm an, dass er stolz darauf ist, das richtig zu sagen, Montenegriner, »und außerdem …«

»Montenegro gibt's noch gar nicht so lang wie den Bojan!«, wirft Ivo angefressen ein. »Und geboren«, fügt er nach einer Pause hinzu, während Günther überrascht schaut, »ist er in Sjenica, das zu Serbien gehört.«

Günther verdreht die Augen und atmet tief durch, so, als wäre es das Schlimmste in seinem Leben, dass jemand anderer auch was zu sagen hat. Dann lächelt er wie der Böse in einem Film. »Schau, und genau darüber sollt ihr nicht reden in Interviews, über Territorialgrenzen und ethnische Zugehörigkeiten. Wir wollen hier keine Selbstfindungsreise machen, sondern euch auf ganz konkrete Fragen vorbereiten, also hebt euch eure Fragen und Anmerkungen bitte für den Schluss auf, OK?«

Du Missgeburt. Ivo schaut zu Zlatko rüber, der sich überhaupt nicht anmerken lässt, was er denkt, und auch Ivo kontrolliert sich, weil er jetzt erwachsen ist, und genau das heißt es, erwachsen zu werden: nicht jedem Hurensohn zu sagen, dass er einer ist.

Also hört er sich an, wie der Kommunikationsmanager so tut, als ob er über Bosnien reden würde, obwohl er in Wahrheit über Österreich spricht.

Ivo verdient, das Sponsoring nicht eingerechnet, 100 000 Euro die Woche, seine Zeit ist also sehr wertvoll. Wenn er 40 Stunden arbeiten würde, wären das pro Minute ... es wäre sehr viel. Es wäre sicher viel mehr als bei Sido damals, der in *Goldjunge* angegeben hat: *Ich verdiene heute vier Cent pro Sekunde.* Aber schon vorher, als Ivos Zeit nichts wert war, als er den ganzen Tag gemacht hat, was er wollte, war ihm seine Zeit zu schade, um irgendwelchen ignoranten Schwabos seine Herkunft zu erklären.

Vielleicht liegt es an Mirna und daran, dass sie gestern beim Sex Bosnisch mit ihm geredet hat, vielleicht liegt es an etwas anderem, aber während er so dasitzt und dem Günther zuhört, überlegt er zum ersten Mal seit Langem, eine Ausnahme zu machen. Er stellt sich vor, wie er den Kommunikationsmanager im Schwitzkasten hält, während jemand anders ihm den Arm verdreht und ihm dann die Basics erklärt, damit er vielleicht versteht, was der Unterschied ist zwischen bosnischen Serben wie Mirna, einem bosniakisch-kroatischen Bosnier wie Zlatko, einem serbisch-kroatischen Montenegriner wie Bojan, einem Bosniaken wie Edin Džeko und Ivo, der zu einem Viertel bosnischer Kroate und zu einem Viertel bosnischer Serbe ist, damit er versteht, was es bedeutet, dass Ivos bester Freund ein Albaner ist, und dass er nach den Auswärtsmatches in Pristina und Skopje genauso mit den gegnerischen Spielern essen geht wie nach den Spielen in Zagreb und Novi Sad. Dass Ivo und seine Freunde endlich den Traum einer großen Einheit aller Jugos leben, den sein Großvater geträumt hatte, und den Männer der Generation seines Vaters zerschossen haben.

Ivo würde eine halbe Stunde seiner wertvollen Zeit spendieren, um den Günther aufzuklären, obwohl es ihn ärgert, dass die Österreicher im Team nicht zu dieser Besprechung kommen müssen. Sie müssen nichts, nur Fifa spielen, schlechte Musik hören und

Julian oder Lukas oder Oliver heißen, ohne irgendwelche Stricherl über den Buchstaben.

Der Effekt von der Besprechung ist auch gar nicht, dass Ivo mehr über Bosnien nachdenkt. Das macht er sowieso immer. Seit dem Moment, als die Spieltermine bekannt gegeben wurden, hat Ivos Handy tagelang pausenlos vibriert von den Nachrichten von jedem einzelnen Bosnier, den er kennt. »Ich werde zu dir halten und zu Bosnien«, »Ich hoffe, ihr spielt 2:2 Unentschieden und Edin und du schießt die Tore«, »Haha, jebo te, scheiß uns nicht ins Nest, Brate!«

Also was, bitte, soll dieser Beidl Günther ihm erzählen? Und es geht ja gar nicht um Bosnien, das wird spätestens klar, als die anderen erzählen, dass sie auch einen Termin beim Günther hatten, die Nicht-Bosnier und Nicht-Österreicher, David, Rajko, Veli, Bojan, Deniz und Tori, damit sie wissen, was sie antworten sollen, falls jemand sie fragt, ob sie je überlegt haben, für ihr anderes Herkunftsland zu spielen oder als was sie sich mehr fühlen. Und deshalb fühlt sich Ivo nicht mehr wie ein Bosnier am Abend vor dem Spiel, sondern nur mehr wie ein Ausländer.

Ivo sind Worte egal; er weiß, dass sie nichts bedeuten. Deshalb ist es ihm auch egal, ob jemand »Ausländer«, »Tschusch« oder »Mensch mit Migrationshintergrund« sagt, obwohl er natürlich jedem, der ihn Tschusch nennt, sofort in die Pappn hauen würde. Neue Worte gibt es nur, um alte Sachen mit ihnen zu sagen. Und es sind immer die anderen, die diese

Worte brauchen. Ivo muss ja nicht wissen, ob seine Freunde und er Ausländer sind oder Neo-Österreicher, Migranten, Tschuschen oder Jugos. Ivo ist in Wien aufgewachsen, also kennt er nur ein großes Wir, zu dem prinzipiell jeder dazugehören kann, egal ob er Kroate, Bosnier, Serbe, Türke oder Perser ist, egal, ob er auf der VIS war oder in der Hauptschule, egal, ob seine Eltern Botschafter sind wie die von Ismael Tajouri oder Krankenpfleger wie Markos. Man kann sogar als Österreicher dazugehören, solange man cool ist. Oder man entscheidet sich eben, keine Ausländerfreunde zu haben, verpasst alles, was gut an Wien ist, und schimpft im Wirtshaus über Tschuschen.

Aber wenn jemand Tschusch meint, dann soll er auch Tschusch sagen, statt Tschusch zu meinen und Mensch mit Migrationshintergrund zu sagen. Ivo hasst diese neue, nervige, pseudohöfliche Art der Schwabos. Ein kolumbianischer Taxler fragt ihn ja nicht »Entschuldigen Sie, dürfte ich vielleicht fragen ..., weil sie ja so ... exotisch aussehen, woher Sie ursprünglich ... ihren Migrationshintergrund haben?« Der schaut ihn an und fragt: »Von wo kommst du?« Und Ivo antwortet: »Aus Bosnien. Und du?« – »Aus Kolumbien.« – »Ah, cool.« Und vielleicht erzählt er dann, dass er mal mit Radamel Falcao Krocket gespielt hat, bei einem Geburtstagsfest von einem gemeinsamen Bekannten, aber auch wenn nicht, ist damit alles geklärt. Er sagt nicht dazu, dass er auch halb aus Österreich kommt und erklärt auch nicht, in welchem Verhältnis er sich als was fühlt, weil der Taxler weiß, dass es darum überhaupt nicht geht und dass diese Frage

»Als was fühlst du dich?« nur von Leuten gestellt wird, die es sich selber nicht aussuchen können. Das ist so, wie wenn man Toni Polster fragen würde: »Heast Toni, willst du lieber eine Tschick oder ein Bier?« Der will ja auch auf keines von beiden verzichten.

Wenn der Taxler fragt »Von wo kommst du?«, dann zweifelt er damit nicht an, dass Ivo ein Österreicher ist, sondern will nur wissen, was das andere ist. Österreich plus X.

Wenn aber irgendein Österreicher mit diesem »Entschuldigen Sie« beginnt, dann lässt Ivo ihn absichtlich ein bisschen leiden in seiner blöden Fragerei. »Ursprünglich komm ich aus Wien.« Und wenn der Österreicher nach fünf Minuten endlich die Information hat, die er wollte (nämlich: was für einen Ausländer er vor sich stehen hat), dann schafft er es meistens, was viel Asozialeres zu sagen, als es der Kolumbianer je könnte. »Ah ja, das hab ich mir schon gedacht, dass Sie irgendwie ... einen Akzent haben. Ja, schön, der Balkan soll ja sehr schön sein. Hat auch schon mal dazugehört zu Österreich, früher. Und, gefällt es Ihnen bei uns?« Dann geht Ivo und bereut, sich nicht gleich bei der ersten Frage einfach weggedreht zu haben.

Und überhaupt, wenn je ein Land dankbar für seine Ausländer sein sollte, dann Österreich. Man muss ja nur nach Deutschland schauen, um zu sehen, wie Österreich geworden wäre, wenn rundherum nicht Tschechen, Jugos und Ungarn gelebt hätten, sondern andere Kartoffeln. Es gäbe keine gescheiten Knödel, keine schönen Leute und keine gute Musik. Österreich ohne Migranten wäre genauso fad wie Deutschland.

Nicht nur, dass es keinen einzigen schönen Deutschen ohne Migrationshintergrund gibt, die Deutschen verstehen nicht einmal, was Schönheit ist. Sie können die WM gewinnen, weil sie Erfolg so definieren, dass sie keine Fehler machen, und weil sie Özil, Boateng und Khedira haben, aber sie können Schönheit nicht verstehen, weil sie glauben, Schönheit sei das Fehlen von etwas Schiachem. Schönheit ist wie ein Witz: Man kann sie nur fühlen und nicht erklären.

Deshalb gibt es fesche Deutsche, aber keine schönen und sogar die feschen sind fad. Niemand sonst kann auf so eine langweilige Art fesch sein wie sie. Die Deutschen sind schon fesch, wenn sie nicht entstellt sind. Wenn nichts an ihnen zu groß oder zu klein ist, sondern alles ungefähr gleich. Dann sagt man: »Wow, der ist schön.« Aber man sagt es nicht wegen ihren schönen Augen oder ihrem schönen Haar oder weil das halbe Land nicht anders kann, als über irgendeinen bestimmten Körperteil nachzudenken, eine schöne Nase oder ein geiles Ohrläppchen. Es gibt zum Beispiel keinen einzigen schönen Deutschen mit einer Charakternase wie Francesco Totti. Fesche Deutsche schauen aus wie Joko von Joko und Klaas, oder wie Klaas von Joko und Klaas und niemand weiß, wer wer ist. Fesche Deutsche schauen aus wie Til Schweiger und wenn sie nicht das Glück hätten, dass es ärmere Länder mit schöneren Menschen gibt, die zu ihnen kommen, hätten sich die Deutschen schon längst selbst ausgelöscht mit ihrer Langeweile.

Sogar Helene Fischer, die geschminkt ist wie eine 45-Jährige, hat russische Wurzeln und deshalb tritt sie im Fernsehen auf und schaut nicht von der Couch aus zu wie irgendeine Deutsche.

13

Die Pressekonferenz ist knackevoll, bis auf den letzten Platz gefüllt von Sportreportern Typ Oliver Polzer, mit in die Hosen gesteckten lila Hemden und Mobbingopfer-Gesichtern. Modellbahnsammler, EAV-Hörer, Kabarett-Fans, Österreicher, als ob sie beweisen wollten, dass Österreicher vielleicht nicht so fad, aber oft noch viel schiacher und geschmackloser sind.

Die einzige Frau sitzt auf der Bühne neben Ivo, Susi, die Medienfrau vom ÖFB. Warum war das Meeting nicht mit ihr, wenn sie die Pressekonferenz leitet?

Ivo ist froh, dass die Susi mit ihm da oben sitzt und nicht der Günther, und während am Anfang irgendwelche organisatorischen Sachen geredet und auf Bosnisch übersetzt werden, überlegt er, warum sie immer die ÖFB-Puma-Trainingsanzüge trägt und der Günther Sakkos und die Trutschen von Sky Röcke und Blusen. Danach stellt er sich eine Minute lang vor, wie er sich Bruce-Lee-mäßig durch den ganzen Raum boxt, jedem Sportjournalisten eine reinhaut, ihnen Sessel drüberzieht, die kleinen Komplexler vom ORF wie Bud Spencer hochhebt und durch eine Wand wirft und diesen einen Proleten mit der Brille, der sich besonders gescheit vorkommt, in den Bauch tritt. Ivo kennt keinen Schiri und keinen Journalisten und er respektiert auch keinen von ihnen. Nur eben die beiden Zwerge vom ORF kennt er, weil die ihn nach den Spielen interviewen und den einen von der Kaiser-Zeitung, weil er genauso ausschaut, wie Ivo sich einen Kinderverzahrer vorstellt.

Dass er sie nicht kennt, ist also nicht der Grund dafür, dass er sie nicht respektiert, weil er die, die er kennt, noch weniger respektiert. Es liegt einfach prinzipiell daran, dass sie nicht verstehen, wie wertlos sie sind. Sie stellen Fragen, schreiben Artikel und glauben, das wäre wichtig, obwohl sie die letzten Wappler sind. Wie viele Millionen Kinder träumen davon, Fußballer zu werden und wie viele schaffen es? Und Ivo gehört ja nicht nur zu dem Prozent, das es schafft, sondern innerhalb dieses einen Prozents zum obersten Prozent. Wenn die Journalisten, die ihn interviewen, genauso ausgesiebt werden würden, dass nur einer von Hunderttausend dort sitzen und Fragen stellen dürfte, dann wäre es was anderes. Aber so, wie die ihren Job machen, könnte das ein trainierter Affe auch. »Wie fühlst du dich?«, »Was geht in dir vor?«, »Warum hat es heute nicht gereicht?« Und selbst wenn sie gut wären, wäre es nicht das Gleiche, weil Journalismus immer zweite Liga ist, weil er nicht für sich steht, sondern immer etwas braucht, auf das er sich bezieht. Und die, die nur über andere schreiben, vergessen das, vergessen, dass das, worauf sie sich beziehen, das ist, worum es wirklich geht und sie somit nie auf der gleichen Stufe stehen können. Fußball kann man spielen und man kann ihn schauen, dafür ist er da. Punkt. Alles andere, jeder Artikel, jede Analyse, ist nur ein Nebengeräusch. Man kann es machen oder man kann es lassen und im Endeffekt spielt es keine Rolle, während man das Spiel natürlich nicht weglassen könnte. Deshalb ist es denen, die wirklich was machen, die wirklich spielen, scheißegal, was irgendwelche Schreibtischcowboys denken. Ohne uns könntet ihr alle Schuhe putzen gehen, denkt Ivo den Journalisten vor ihm entgegen, und ohne euch könnten wir genauso weiterspielen. Ihr seid nichts.

»Ivo, bist du bereit?« Susi lächelt ihn an und wird sofort wieder ernst, als sie sich den Journalisten zuwendet. »Bitte warten Sie mit Ihren Fragen, bis das Mikrofon bei Ihnen ist, damit die Fragen übersetzt werden können und sagen Sie am Anfang Ihren Namen und für welches Medium Sie arbeiten.«

»Ja, Stefan Eschen von der Kaiser-Zeitung, ich hab eine Frage für den Ivo. Ivo, für dich ist das natürlich ein ganz besonderes Spiel. Kannst du uns sagen, was in dir vorgeht?«

14

Ivo kommt mit einem leichten Zwicken im Rücken zurück und Jessy holt ihn vom Flughafen ab und umarmt ihn. Sekundenlang stehen sie so da, in der Tiefgarage, und er merkt, wie wohl ihm das tut, wie er sich verändert hat, wie weit weg er war und wie nahe Jessy und er einander davor waren. Und in dem Moment, in dem er die Nähe spürt, die er vergessen hatte, vergisst er die Distanz.

Im Auto ist es schon wieder anders und sie reden über Vertrautes, aber nicht über sich. Sie sind kein Paar mehr, obwohl sich das gerade kurz so angefühlt hat, sondern eine Familie, ein Teil einer Familie. Und die Familie ist wie ein Fußballteam, von dem Ivo zwar am Platz der wichtigste Spieler ist, aber Jessy der Trainer.

Nächste Woche wird Lena fünf. Jessy hat eine Kinderparty mit Hüpfburg organisiert, den Termin mit Ivos Verein abgesprochen, damit er da sein kann, und sich in seinem Namen um ein Geschenk für sie gekümmert. Adnan hat gelernt, sich alleine umzudrehen. In zwei Wochen wird Jessy ihr Geburtstagsgeschenk einlösen und sich von Ivo nach London ausführen lassen, für ein romantisches Essen in einem Restaurant, das man ein halbes Jahr im Voraus reservieren muss, und um sich endlich ihren Traum zu erfüllen, in ein Ballett am Royal Opera House zu gehen. In drei Wochen kommt seine bosnische Oma zu Besuch und bleibt dann über Weihnachten, Silvester und bis zum 7. Jänner bei ihnen.

Ivo freut sich auf seinen Abend mit Jessy, und dann rinnt ein Schauer seinen Rücken entlang, bei dem Gedanken, dass die Sachen, die Jessy gerade aufgezählt hat, neben Fußball und zu Hause rumsitzen alles sein werden, was er in den nächsten anderthalb Monaten machen wird. Nachdem die ganze Familie durch ist, Jessy gefragt hat, wie es in Wien und in Sarajevo so war und Ivo nicht wirklich was erzählt, weil er nicht wusste, was, redet sie wieder über ihre neue Freundin und Ivo schweift in Gedanken an einen Freund ab, den er einmal hatte.

Als Ivo mit 20 zu Chelsea gekommen ist, waren die wichtigen Spieler alle deutlich älter als er und lauter Typen, die mit jeder Faser ihres Körpers Respekt ausstrahlten. Michael Essien war dort, Frank Lampard, Florent Malouda und Nicolas Anelka. Und Didier Drogba war dort, ein Mann, der schon vor dem Champions League-Sieg das Größte erreicht hat, was man als Fußballer erreichen kann, das Größte, was man überhaupt erreichen kann, größer als der WM-Titel, das, wofür Ivos Vater ihn mehr bewundert als alle anderen Fußballer: Er hat sein Land vor einem Bürgerkrieg bewahrt.

Und mitten unter diesen ernsten Männern, diesen Profis, gab es einen, der anders war: Diego, genannt »El Principe«. Diego war damals auch schon 31, aber irgendwie war er jung geblieben, unbeeindruckt von dem Leben, in das er hineingeraten war. Er hat sich als Einziger für Ivo und seine Freunde interessiert, für die Jungen, die Kleinen, die Kids. Sie haben ihm von ihren Frauengeschichten erzählt, von ihren Blödheiten, und Diego hat ihnen nicht gesagt, dass sie sich zamreißen sollten, im Gegenteil: Er hat sie angefeuert, so zu sein. »Lebt euch aus!«, hat er gesagt. »Macht alles, solange ihr noch könnt. Ihr werdet diese Erinnerungen später brauchen. In ein paar Jahren seid ihr verheiratet, kriegt Kinder und alles, was ihr jetzt erlebt, wird wie Pornos in euren Köpfen gespeichert bleiben.«

Zwei Jahre später hat Ivo Diego das letzte Mal gesehen. Sie sind um die Alster herumgefahren und Ivo hat von seiner bevorstehenden Hochzeit erzählt, von seiner schwangeren Frau, wie er sie in Basel kennengelernt hat, an seinem ersten Abend dort, davon, wie er sich freut, eine Familie zu gründen. »Das freut mich für dich, Ivo«, hat Diego mit Blick aus dem Fenster gesagt und sehr alt ausgesehen. Danach waren sie Fisch essen in Travemünde und Diego hat Ivo erklärt, wie man eine glückliche Ehe führt.

»Es ist wie bei den Amis: Don't ask, don't tell«, hat Diego gesagt und Ivo konnte sein Lachssteak gar nicht essen, weil er so gespannt zugehört hat. »Alle, die länger als fünf Jahre zusammen sind, machen das so. Sie haben ein Agreement, aber man darf so ein Agreement nie aussprechen, weil, wenn man es aussprechen würde, wäre es offiziell, und offiziell wird niemand je sagen: *Du darfst mit anderen schlafen.* Alle, die betrogen werden, wissen, dass man sie betrügt, aber man darf es nie ansprechen und es darf nie rauskommen, sonst ist die Beziehung vorbei oder reißt in der Mitte auseinander. An der Rissstelle bildet sich ein Krater voller Lava und sobald er einmal aufgerissen ist, taucht er jedes Mal auf, wenn man sich an ihn erinnert und dann muss man einander an der Hand nehmen, drüberspringen und jedes Mal wieder die Gefahr in Kauf nehmen, abzustürzen und alles zu verlieren.«

Ivo sieht diesen Krater vor sich, während seine Frau in die Einfahrt biegt. Er sieht den Krater vor sich, als sie ihn küsst, und als seine Tochter auf ihn zuläuft, wird ihm ein bisschen schwindlig vor schlechtem Gewissen.

15

Kindergeburtstage sind arg. Ivo hat nicht gedacht, dass der Unterschied so groß sein wird, weil alle seine Bekannten Kinder haben und deshalb eh jedes Fest ein Kinderfest ist, wo geweint, einander wehgetan und gestritten wird, und weil er Kinder eigentlich mag. Aber heute, wo 20 Kinder schreiend durch sein Haus laufen, total überfordert von der Aufmerksamkeit und dem Zucker, merkt er wieder, wie durchgedreht sie sein können, wenn sie im Mittelpunkt stehen.

Lena sitzt in einem Haufen Papier, vor ihr steht noch ein weiterer Haufen mit bunt eingepackten Geschenken und sie ist vollkommen weg vom Fenster, überfordert von all den Reizen, die auf ihren kleinen Kopf einprasseln. Lena versteht gar nicht, was sie geschenkt bekommen hat, wer die anderen Kinder sind und wie Zeit funktioniert. Als Outfit für ihren fünften Geburtstag hat sie sich ein pinkes Prinzessinnenkleid aus Tüll ausgesucht, es aber, seit sie im Planschbecken war, nicht mehr angezogen und deshalb läuft sie den ganzen viel zu warmen Novemberabend nur mit einem kleinen Partyhut bekleidet herum. Jessy wollte sie mehrmals überzeugen, sich anzuziehen, aber das war umsonst und Jessy sollte da auch nicht immer so sein, mit der Nacktheit, deshalb spricht Ivo irgendwann ein Machtwort, mit dem Satz: »Wenn ein Kind nicht einmal mehr an seinem Geburtstag nackert herumrennen kann, können wir uns gleich alle erschießen.«

Das andere, woran er vorher nicht gedacht hat, ist, dass man sich bei Kinderfesten die anderen Erwachsenen nicht aussuchen kann, weil sie mit den Kindern mitgeliefert werden, die die eigenen Kinder im Kindergarten oder in der Schule aussuchen, und Kinder haben überhaupt keine Ahnung, was normal ist und was nicht, weshalb sie sich dann mit Kindern anfreunden, die Frodo oder Leopold heißen und deren depperte Eltern sie keine Tomaten essen lassen und in Ivos Garten rumsitzen.

Wobei die Eltern heute eigentlich ganz OK sind. Viele haben die Chance genützt, ein bisschen Freizeit geschenkt zu bekommen und die Kinder überhaupt an der Haustür abgegeben, die anderen lassen sich in drei Gruppen aufteilen: die Neugierigen, die sehen wollen, wie Fußballstars leben, die, deren Kinder so schrecklich sind, dass sie sie praktisch immer beaufsichtigen müssen und die, die einfach nichts Besseres zu tun haben, als auf Kindergeburtstage zu gehen. Die letzte Gruppe erkennt man daran, dass ihnen, wenn ihr Mund gerade nicht voller Torte oder Sekt ist, kein anderes Thema einfällt, als Kinder, Kindernamen, Kindererziehung und Kindergeburtstage. Ivo, der nie mit solchen Leuten redet, schafft es auch heute, kaum in fade Gespräche reingezogen zu werden. Er redet mit einem winzigen snobby Latino, der offensichtlich auf den letzten Drücker noch eine deutlich jüngere Frau geschwängert hat, über das Wetter und den Brexit und mit einer gut angezogenen Wissenschaftlerin über das, was sie macht, was sie »medizinische Informatik« nennt und so klingt, als würde sie hauptsächlich Ratten foltern, in der Hoffnung, dadurch irgendwann Prothesen für Menschen zu entwickeln, bevor eine grauhaarige Frau aus der dritten Gruppe ihn in ein Kindergespräch zieht. Ivo wartet nur eine Minute, bevor er eines der Male, wo sie »Kind« sagt, als Chance nimmt und so tut, als ob es ihn an eines seiner eigenen Kinder erinnert und er danach schauen müsse, was die Frau natürlich versteht. Als ob er Lena je für einen Moment vergessen könnte!

Da läuft sie eh gerade kreischend mit den anderen Mädchen vorbei, mit einem Gesicht, das Ivo auch manchmal macht, wenn er Spaß hat und außer diesem Spaß nichts mehr wahrnimmt. Die grauhaarige Frau stopft sich schon wieder Torte rein und redet dabei auf den alten Latino ein, der zu höflich ist, um sich zu schleichen, und eigentlich ist alles in Ordnung. »Alles okay, Ivo?« Jessys verständnisvoller Ton erinnert Ivo daran, dass sein Freund Dušan heute nicht da ist, weil er für eine Untersuchung ins Spital musste. »Alles super«, antwortet er und gibt seiner Frau einen Kuss, bevor er ins Haus geht, am Klo die Ergebnisse der gerade laufenden Matches nachschaut und wer von seinen Freunden ein Tor geschossen hat. Wenn Dušan da wäre, dann müsste er das nicht, weil der alle 30 Sekunden auf sein Handy schaut und Ivo weiterleitet, wie es steht. Das ändert sich also, denkt Ivo. Und wenn Ivos Vater da wäre, dann würde er vor dem Fernseher sitzen, weil er der Einzige ist, der auch an Geburtstagen nicht von seiner Routine abweicht, und Ivo könnte sich neben ihn setzen und einfach über Fußball reden.

In der Küche, wo Ivo sich einen Eistee einschenkt, steht ein kleiner Junge mit braunen Haaren und großen Augen. »Spielst du mit mir Fußball?«, fragt er Ivo und das Arge ist, dass er wirklich eine Frage stellt, die eine Frage ist. Er sagt nicht: »Spiel mit mir Fußball!«, sondern er fragt interessiert und zurückhaltend, ob das passiert, ob Ivo jetzt mit ihm Fußball spielt oder nicht. Der Kleine will nicht raus, deshalb spielen sie in der Küche mit einem Mini-Ball, und die Tür ist das Tor vom Kleinen und die Lücke zwischen Geschirrspüler und Kühlschrank das von Ivo. Dabei führen sie ein ganz normales Gespräch, wie zwei Menschen, die ein Gespräch führen, und Ivo erfährt, dass der Kleine Jakob heißt und vier Jahre alt ist und verschiedene andere Dinge, während die übrigen Kinder immer wieder in einer schreienden Traube vorbei- oder durchrennen, manchmal begleitet von Jessys Schimpfen oder dem der anderen Eltern, aber auf einer komplett anderen Realitätsebene.

Natürlich lässt Ivo den Kleinen gewinnen und obwohl der sich freut, wenn er gewinnt, macht er das auf eine Art, an der es absolut nichts auszusetzen gibt. Und wenn Ivo draufknallt, dann lacht der kleine Jakob, statt wie so viele andere Kinder zu jammern, dass das unfair ist, und wenn Ivo irgendwas runterschießt, dann lacht er so hysterisch, dass er Ivo damit ansteckt.

Erst nach einer halben Stunde lässt Ivo den kleinen Jakob mit den beiden anderen Burschen weiterspielen und geht zurück in den Garten, weil ihm die Küche zu eng geworden ist und sie schon dreimal das Gleiche gespielt haben. Er setzt sich mit übereinandergeschlagenen Beinen neben Jessy und sie lächelt, nimmt unter dem Tisch seine Hand und drückt sie sehr fest.

Die Wissenschaftlerin redet schon wieder über ihre Arbeit und Ivo schaut sich um und wundert sich, wie alt die anderen Eltern alle sind. So alt, dass sie mehr zu seinen eigenen Eltern gehören als zu ihm. Er schnappt sich Lena, die gerade vorbeiläuft und setzt sie auf seinen Schoß. »Hat dir das Geschenk gefallen?« – »Ja, Tata, aber wir spielen jetzt verstecken«, antwortet sie mit ruhelosen Augen, während sie sich in seinen Armen windet wie ein Fisch. Ivo holt sein Handy raus, macht ein Selfie mit seiner Tochter, das ziemlich lustig wird, weil man darauf sieht, wie sie versucht zu entkommen, und während er das Foto anschaut, läuft sie schon wieder davon zu den anderen Kindern, unter denen auch die zwei Töchter von Vincent Khan, dem Everton-Präsidenten sind.

Die grauhaarige Frau nähert sich wieder der Sitzgruppe, auf der anderen Seite vom Garten schreit jemand »Aeneas! Aeneas!« und Ivo geht zurück in die Küche, ohne konkreten Plan, was er dort machen wird. Er schaut in den Kühlschrank, macht ihn wieder zu und schickt Mirna das Foto mit seiner Tochter. Auf dem Weg zum Klo, wo er sich kurz hinsetzen möchte, trifft er wieder den kleinen Jakob, der zwar nicht weint, aber sehr traurig dreinschaut und wieder mit Ivo spielen will. »Was ist mit den anderen Jungs?« – »Die wollen nicht mit mir spielen, die schießen mich immer nur ab und sagen Homo zu mir.« Diese kleinen Wichser. Gerade die haben es nötig, der Fette mit der Brille und der, der selber ausschaut wie eine Schwuchtel. Die lassen jetzt wahrscheinlich beim kleinen Jakob das raus, was ihnen die anderen in der Schule antun, nur weil er ein Jahr jünger und einen Kopf kleiner ist.

Die gehören wirklich gemobbt, diese kleinen Arschlöcher. »Scheiß auf die anderen Burschen. Was die denken, muss dir vollkommen wurscht sein. Komm, ich spiel wieder mit dir.«

Der kleine Jakob hat am selben Tag Geburtstag wie Ivo und lädt ihn jetzt schon zu seiner Party ein. Eine Frau fragt Ivo, ob der Jakob sein Sohn ist, während sie ein Tiramisu aus dem Kühlschrank holt, und er denkt sich, dass es eigentlich OK wäre, so einen Sohn zu haben, obwohl er ein bisschen strebermäßig ist, und dann versucht er sich vorzustellen, wie es sein wird, wenn Adnan ein richtiges Kind ist und er auch einen Sohn hat.

Später, nachdem ein Kindermädchen die beiden Töchter vom Präsidenten abgeholt hat, fragt Ivo seine Frau, wer von denen, die da waren, Jakobs Eltern sind, und als sie die Mutter beschreibt, kann sich Ivo nicht erinnern, sie gesehen zu haben. »Sein Vater war nicht da.« Jessy macht eine komische Geste mit beiden Händen. »Er hat Krebs und ...«, sie verzieht das Gesicht, »es schaut nicht gut aus.«

Ivo versteht das nicht, warum gerade der Vater von so einem lieben Kind Krebs bekommt und nicht irgendwer, der es wirklich verdient, und warum es überhaupt Krebs geben muss und er Leute tötet und warum die Ärzte nichts dagegen machen, warum ihnen nichts Besseres einfällt als Chemotherapien und Bestrahlungen. Du blöde Drecksau, würde Ivo dem Krebs gern ins Gesicht sagen, du gschissene, depperte, grindige Drecksau.

16

Woran hat Ivo gedacht, als er sein Bein gestreckt hat? Es war kein konkreter Gedanke, es war nur ein Schweifen, vielleicht überhaupt mehr ein Gefühl oder ein Lied als ein Gedanke, während sein Körper abgespeicherte Muster abgerufen hat. Irgendwie zum Ball kommen vor dem anderen, den Verteidiger davon abhalten, den Ball aus dem eigenen Strafraum nach vorne zu hauen. Es spielt keine Rolle, was er gedacht hat, auch nicht in dem Moment, als er versucht hat, sein Bein noch zurückzuziehen. Es spielt keine Rolle, dass der Gegenspieler sich nicht verletzt hat. Der Schiedsrichter zeigt Ivo die rote Karte und er bleibt ganz ruhig, entschuldigt sich bei zwei Mitspielern, an denen er vorbeigeht, kriegt an der Seitenlinie einen Klaps vom Trainer, der gleichzeitig zum vierten Offiziellen etwas von »absolutely ridiculous horseshit« schreit, und schlurft in die Katakomben des Stadions, in die Dusche.

Früher ist er ausgezuckt, wenn er eine ungerechtfertigte rote Karte gekriegt hat, am meisten damals in der EM-Quali, als dieser eine ungarische Außenverteidiger sich ins Gesicht gegriffen und so getan hat, als hätte ihm Ivo ins Gesicht gespuckt, woraufhin er ihn am Hals gepackt und zugedrückt hat.

Bei allen fünf roten Karten, die er im Laufe seiner Karriere bekommen hat, hat er sich gefühlt wie jemand, der mit Watschen aus dem Schlaf geweckt wird und nicht anders als mit Wut reagieren kann, der größten Wut, die es gibt, der ohne Vorbereitung, die erst in dem Moment entsteht, in dem etwas passiert.

Aber früher war er nicht er, nicht der Ivo, der er jetzt ist, sondern eine Version von sich selbst mit weniger Pixeln, oder ein Fremder.

Diese rote Karte fühlt sich an wie ein Wecker, dem er einfach folgt, ohne zu verstehen, warum, aber auch ohne zu zweifeln, noch halb versunken in den Autopiloten der Müdigkeit und mit der Sicherheit, folgen zu müssen.

Wenn Everton die rote Karte nicht anficht, wird er drei Spiele verpassen. Drei Wochen Ferien, aber auch drei Wochen, in denen er das, was er am liebsten macht, nicht machen darf. Immerhin fährt er in ein paar Tagen mit Jessy nach London, schläft dort mit ihr in einem Hotel und sieht sie vielleicht einen Abend lang wieder einmal so richtig.

Im Fernseher in der Kabine läuft das Spiel weiter, ohne Ivo, nur mit den anderen zehn, die sich mit aller Kraft dagegen stemmen, einer weniger zu sein, die noch mehr laufen, noch mehr kämpfen, weil jeder von ihnen das mitlaufen und mitkämpfen muss, was von Ivo fehlt. Eigentlich hat er sich heute gar nicht wie ein Kämpfer gefühlt.

Als die anderen zur Halbzeitbesprechung in die Kabine kommen, fällt ihm auf, dass er mehr als 20 Minuten geduscht hat, völlig zufrieden in den warmen Tropfen und noch viel deutlicher merkt er, dass er gerade überhaupt nichts mit seinen Teamkollegen zu tun hat, dass er gedanklich auf einem ganz anderen Planeten ist, und er freut sich darauf, drei Wochen mit seiner Familie zu verbringen, weil er zwischen sich und ihnen auch so einen Abstand gespürt hat, nachdem er zurückgekommen ist und diese Schlucht jetzt schließen will.

Seine Teamkollegen schwitzen, ihre Gesichter sind rot und sie haben diesen Adrenalin-Tunnelblick, bei dem man eigentlich überhaupt nichts wahrnimmt, sondern nur reagiert. Er würde sie gerne fragen, wer sie sind. Ihr seids nicht meine Familie, ihr seids alle irgendwer, ihr seids wurscht, das Spiel ist wurscht, aber meine Familie ist nicht wurscht, sondern das Einzige, was es überhaupt wirklich gibt. Ivo hat keine Verantwortung für die anderen, keine für den Verein, sondern eigentlich nur eine Verantwortung für seine Familie und diese Verantwortung, die die Kinder einzementieren, zwingt ihn sogar richtig dazu, auf alle anderen zu scheißen.

Bei der Pressekonferenz nach dem Match sagt der Trainer, dass Ivo ein Opfer des schlechten Rufs geworden ist, aber er meint damit seinen eigenen Ruf, kompromisslos harten Fußball spielen zu lassen, und nicht den von Ivo. Trotzdem ist sein erster Impuls, als er in einer der österreichischen Scheißzeitungen einen Artikel mit der Überschrift »Ivo Trifunović ein Opfer?« sieht, sofort zu antworten: »Oida, deine Mama ist ein Opfer!«, ohne zu wissen, wem jetzt genau. Dann wirft er einen Blick auf die Kommentare drunter und fühlt sich in seiner Meinung bestätigt, dass man das Internet zusperren und allen Hurenkindern, die dort ihre dummen Meinungen loslassen, in die Goschn hauen sollte.

17

Ivo legt sein Handy weg, dreht das Radio auf, nimmt die elektrische Zahnbürste und steigt in die Dusche. Gerade hat er versucht, auf der Seite vom Royal Opera House herauszufinden, wie lange das Ballett dauert; jetzt steht er in der Dusche und merkt erst, als er schon nass ist, dass jemand das Radio von den normalen Sendern, die sie sonst hören, auf die BBC umgestellt hat, wo irgendwelche alten Briten quatschen. Er hört kurz hin, was sie sagen, aber versteht kaum was von ihrem Englisch, nur einen italienischen Namen, der wiederholt wird. Gaytano, haha, Gaytano Donizetti. Sein Rücken zwickt heute noch blöder als die Tage davor, die Zahnbürste summt und er versucht zu ertasten, wo es zwickt. Oder zieht es? Immerhin gehen sie ins Ballett, wo die Ballerinas fesch sind und man ihnen unter die Röcke schauen kann. Sind die guten Sitzplätze unten oder oben? Dieser Dillo vom Verein, der die Tickets besorgt hat, hat irgendwas von einer Loge geredet, von Privatsphäre, aber sind die nicht oben und sieht man von oben überhaupt unter die Röcke?

Er versteht nicht, wie irgendwer lieber alten Männern beim Quatschen zuhören mag als jungen Frauen beim Singen? Vor allem Jessy, die damals beim Beyoncé-Konzert in New York total ausgezuckt ist vor Freude, als sie zwei Meter von ihr entfernt gestanden sind, ganz locker, für den eigentlich lächerlichen Preis von 7000 Pfund pro Karte. Also warum jetzt auf einmal so ein Sender. Wem will Jessy damit etwas beweisen?

Ivo kann nicht wirklich nachvollziehen, warum Jessy sich auf einmal so für Ballett interessiert. Er versteht eigentlich prinzipiell nicht, warum so viele Mädchen und Frauen Ballett toll finden, wahrscheinlich auch weil er, als er jung war, ein paarmal mit einem Model geschlafen hat, das früher professionelle Ballerina war, immer in dem gleichen Hotel in Monaco, und bei dem, was die so erzählt hat, würde sich jedes kleine Mädchen anspeiben, wenn sie wüsste, wie es im Ballett wirklich zugeht: mit knallharten, rumänischen Ballettlehrern, die einen pushen, bis man nicht mehr kann, offenen Brüchen auf der Bühne und vom Tanzen verformten Füßen. Aber ja, ausschauen tut es schon OK.

Jessy kommt ins Bad und kramt auf der Suche nach etwas in einer Lade. »Kannst du den Sender umstellen?« Sie schaut ihn kurz an und geht zum Radio. Daneben liegt Ivos Handy, nicht gesperrt, und ihr Blick bleibt darauf hängen. »Was schaust du da zum Ballett nach?«, fragt sie mit einem Ausdruck im Gesicht, den er zuerst nicht deuten kann, der dann aber etwas Gleichgültiges hat, so als würde sie sich von der Antwort nichts erwarten. Sie weiß wahrscheinlich einfach, dass er nicht hinwill und sehr schlecht darin ist, zu verstecken, wenn ihm etwas nicht gefällt. Sie will sich wieder runterbeugen, sein Handy macht *Ding* und Jessy dreht sich um. Ivo gefriert der ganze Körper, weil er sicher ist, dass es Mirna ist, die schreibt, und dass Jessy, egal was da steht, schon an der Art, wie Mirna es macht, wissen wird, was er getan hat oder tun will, und von einem Moment auf den anderen ist alles kaputt, seinem ganzen Leben wird der

Boden unter den Füßen weggezogen wie dem Kojoten, wenn er beim Versuch, den Scheiß-Roadrunner zu erwischen, von der Klippe gelaufen ist und die Schwerkraft einsetzt. Jessy schaut kurz drauf und sagt von ihm abgewandt: »Wahrscheinlich ist die Bürste im anderen Bad.« Ivo weiß nicht, ob das noch dieselbe Gleichgültigkeit ist wie vorher oder eine ganz schlimme, endgültige. Sobald sie die Tür zugemacht hat, springt er aus der Dusche, lässt die Zahnbürste auf den Boden krachen und grapscht mit den nassen Händen nach seinem Handy, nur um zu sehen, dass seine Angst umsonst war und er von Nuri ein Video von einem Katzenfutter fladernden Waschbären bekommen hat, das er schon längst kennt. Mirna hat seit zwei Wochen nicht geschrieben und Ivos Rücken zwickt.

Fußballer kennen keinen Schmerz. Ihnen tut immer etwas weh, eine Rippe, ein Muskel oder der Kopf, und die Gegenspieler wissen meistens genau, wo es ihnen wehtut und hauen dort immer noch extra rein. Fußball ist halt ein Männersport, ein Sport für echte Männer, auch wenn sehr viele Fußballer, die Ivo kennt, eigentlich keine Männer sind. Er ist einer. Er ist eine Maschine. Er spielt mit gebrochenen Armen und ihn wird dieses scheiß Zwicken oder Ziehen im Rücken zu tausend Prozent nicht davon abhalten, mit seiner Frau auf ein Date zu gehen. Überhaupt heute, wo er sich fühlt, als ob er seit Jahren nicht mehr ausgegangen wäre. Den ganzen Tag hat er sich schon auf seinen Abend mit Jessy gefreut, so wie er sich manchmal freut, indem er innerlich wiederholt, wie sehr.

»Wann müssen wir los?«, schreit er in die Richtung, in der er Jessy vermutet und dass sie nicht antwortet, heißt, dass noch Zeit ist. Er schaut auf seine Breitling, überlegt, ob er eine andere Uhr tragen soll und dann fällt ihm ein, dass er ja die Limousine bestellt hat oder zumindest dem Typen vom Verein gesagt hat, er soll es machen und eigentlich wissen sollte, wann sie kommt. Es wird schon noch Zeit sein.

Er macht sich auf den Weg runter in die Küche und sobald er geht, spannt sich sein ganzer Brustkorb an, wie wenn er eines von diesen elektrischen Muskelstimulationsgeräten tragen würde. Seine Rippen zittern vor Schmerz. Er braucht ewig für die paar Meter und als er in der Küche steht, schenkt er sich zur Beruhigung ein Fanta in ein Glas, wobei der Griff ins obere Regal das Zittern noch schlimmer macht. »Is everything alright?«, fragt das Kindermädchen von hinten und Ivo zuckt zusammen und flucht vor Schmerz. »Jaja«, antwortet er mit verzogenem Gesicht, »yeah yeah.« Er geht wieder die Stiege rauf, ohne an etwas anderes zu denken als an seinen Rücken oder eben an seinen Oberkörper, weil das Zucken sich immer weiter vervielfacht und ausbreitet. Oben huscht Jessy an ihm vorbei, halb nackt und die Haare hochgesteckt, auf dem Weg von einem Bad ins andere.

Wie ein 80-Jähriger zieht er sein Hemd, seine Hose und sein Sakko an und als Jessy schon fast fertig aufgetusst wiederkommt, will er sich gerade in den Sessel setzen, dreht, noch halb in der Luft, um, und da passiert etwas, etwas macht *BOOM* und ein Schmerz so schnell, als würden Lamborghinis mit Seilen an seinen Armen und Beinen reißen und ihn vierteilen, breitet sich aus und nimmt die ganze Welt ein und Ivo weiß nicht mehr, was los ist und schreit so laut, wie er kann, ohne Kontrolle über sich zu haben, und der Schrei und der Schmerz werden eins.

Als die Explosion vorbei ist, liegt er zusammengekauert im Bett und Jessy lehnt über ihm und sagt »Fuck« und »Scheiße«, »Fuckscheiße«. Sie ist vom Geburtstagsmodus nahtlos in den Krankenschwestermodus übergegangen. Innerhalb von Sekunden hat sie eine Wärmflasche und ein Schmerzmittel geholt, ein Glas Wasser und eine Salbe und dabei schon ihr Handy in der Hand, um den Arzt vom Verein anzurufen. Aber Ivo hat kein Gefühl mehr für Zeit. Vielleicht ist auch schon eine Stunde vergangen.

Er hat die Augen zu, die Beine angewinkelt und ist so hinüber vor Schmerz und Überraschung, dass sich nicht einmal Wut auf den Schmerz herausbilden kann. Er schmeißt eine Tablette in seinen Mund und versucht sie so seitlich, wie er daliegt, zu schlucken, während Jessy flucht, weil der Arzt nicht abhebt. Jessy flucht eigentlich nur, wenn Ivo nicht flucht, wenn ihm etwas so Ungerechtes passiert, dass er gar nicht mehr fluchen kann. Sie übernimmt seine Rolle. Sie merkt, dass es wirklich schlimm ist, wenn er sich nicht mehr aufregt und aus einer Mischung von Angst und Mitgefühl flucht sie dann für ihn, als ob fluchen beten wäre. Sie ruft sofort wieder den Arzt an, flucht noch einmal, legt ihr Handy nicht weg, bis sie ihn erreicht und schildert ihm die Situation, fragt Ivo das, was der Arzt sie fragt, wie lang es gedauert hat, was genau passiert ist, und ob es sich eher wie ein Zwicken oder wie ein Ziehen anfühlt und übersetzt seine Brummlaute in Antworten. Dann legt sie auf und erzählt ihm, dass der Arzt meint, es sei wahrscheinlich ein eingezwickter Nerv und halb so schlimm, dass er in circa zwei Stunden da sein wird, um ihm eine Spritze zu geben und Ivo bis dahin einfach so daliegen soll, wie es am wenigsten wehtut und ein Schmerzmittel nehmen soll. Ivo reagiert nicht und Jessy holt noch etwas und hört auf zu reden, setzt sich neben ihn und streichelt seinen Kopf. »Es geht schon, Jessy, es ist nicht so schlimm.«

Sie schweigen eine Weile, Ivo vollkommen in sich und seine Schmerzen gekehrt und Jessy sagt mit sehr entschlossener Stimme: »Wir machen das ein andermal. Ich ruf die Limousine an und stornier sie.«

»Nein, Jessy. Fahr!«

18

Manchmal hat Ivo das Gefühl, Jessy schaut in verschiedenen Momenten nicht nur ganz anders aus, sondern wird überhaupt ein anderer Mensch, als ob in ihr mehrere Jessys wären oder gar keine. Jetzt hat er es, weil er ihr Instagram-Profil durchscrollt und sie auf keinem der Fotos so wiedererkennt, wie sie wirklich ausschaut. In seinem Kopf ist ein ausgefranstes Bild davon, ein Time Lapse von all den verschiedenen Fotos und Erinnerungen, aber es wird nie eindeutig, weil jeder Haarschnitt, jede Haarfarbe, jede Sonnenbrille, jede Art von Outfit sich direkt darauf auswirken, wer sie ist. Er hat das Gefühl aber auch, weil es ihm noch von der Verabschiedung nachhängt. Von der Jessy, die er da gesehen hat.

Jessy hat seit einer Weile eine Schwäche für junge Mädels, 20-Jährige, die zu ihr aufschauen, weil sie schon eine richtige Frau ist, eine, die ihnen erklären kann, wie die Welt funktioniert, und im Gegenzug schaut Jessy nicht runter, nur weil sie raufschauen, sondern wird so etwas wie ihre große Schwester. Sie nimmt sie unter ihre Flügel. Aber Kata, die Neue, muss was Besonderes sein, so wie Jessy über sie redet. Ivo hat sie noch immer nicht gesehen, aber jetzt ist er wirklich neugierig auf sie, weil Jessy sie ohne nachzudenken gefragt hat, ob sie für ihn einspringen will und weil Jessys Augen so geglänzt haben, als sie sich zum Telefonieren weggedreht hat, in ihrem winzigen schwarzen Kleid und dem weißen Pelz, und weil ihre Brust sich so gehoben und gesenkt hat. Er ist neugierig, wegen dieser neuen oder sehr alten Jessy, die er gesehen hat, als sie sich auf den Weg hinunter gemacht hat, um ihre Freundin zu treffen.

Ivo denkt einige Minuten nach, bis ihm das richtige Wort einfällt: nervös. Das ist es! Das ist es, was Ivo so lange nicht mehr gesehen hat, Jessy war nervös, wie bei den ersten Dates mit ihm. Sie war nervös wie jemand, der auf ein Date geht.

Wahrscheinlich erkennt Ivo das nur, weil er vor Kurzem selber so war, nervös wegen einem Date, weil er das gespürt hat, was er heute an ihr sieht. Aber sie trifft sich ja mit einer Frau, also muss es etwas anderes sein.

Trotzdem sucht er auf Instagram nach Kata. Sie hat ihre Fotos auf privat gestellt und wenn er ihr jetzt eine Anfrage schickt, dann kriegt Kata die Benachrichtigung, während sie neben seiner Frau in der Limousine sitzt. Das will er nicht. Er denkt an Jessys Brüste, wie sie im schwarzen Kleid ausgeschaut, wie sie daraus hervorgeschaut haben und jetzt bedeuten sie ihm wieder etwas, nicht weil sie perfekt sind, sondern weil sie unerreichbar sind, irgendwo auf der Autobahn nach London, leicht wippend von den Bewegungen der Limo. Er schaltet den Fernseher ein, lacht nicht über die Witze in »Two and a Half Men« und geht dann auf den Home-Kanal, wo die Aufzeichnungen der Kamera in der Einfahrt gespeichert werden. Er spult zurück und sieht die Limo ankommen und den Fahrer aussteigen und dann, wie Jessy, noch mit einem Turban auf dem Kopf und halb angezogen, rauskommt, um ihm zu sagen, dass er warten soll und wie der Fahrer ihr auf den Hintern schaut, als sie wieder reingeht. Man muss denen nicht sagen, dass sie warten sollen, die warten, bis sie nicht mehr warten, oida! Und schon gar nicht soll so ein Perversling seine Frau halb angezogen sehen. Er spult vor und sieht den Fahrer wie in einem Cartoon schnell hin- und hergehen, ein- und wieder aussteigen und dann fährt ein Taxi vor und er schaltet nicht schnell genug die Geschwindigkeit runter und so dauert es nur zwei Sekunden, Kata aussteigen, zur Tür gehen und sich bei Jessy einhaken zu sehen, bevor sie gemeinsam in der Limo verschwinden.

Er spult noch einmal zurück und sieht es sich in Echtzeit an. Zuerst sieht man nur Katas Knöchel aus dem Taxi schauen, dann die ganzen, sehr langen Beine und dann auch nicht viel mehr als die Beine und ihren hellbraunen Mantel von hinten, während sie die Stufen raufgeht in Highheels und mit großen sicheren Schritten, wie auf einem Laufsteg. Welcher unfähige Wichser hat diese Kamera so angebracht, dass man nicht die Gesichter der Leute sieht, die auf das Haus zugehen? Jessys strahlendes Gesicht hingegen erkennt man gut, als sie durch die Tür kommt, trotz der eher schlechten Qualität der Kamerabilder. Kata hakt sich bei Jessy ein, die gibt ihr einen Kuss auf die Wange und alles in der gleichen fließenden Bewegung, in der sich Kata umdreht und so selbstverständlich, als wären sie zwei Teile, die genau ineinanderpassen. Jessy schaut kein einziges Mal zurück, steigt in die Limo und der Fahrer glotzt ihr sicher schon wieder auf den Hintern, so viel kann man sich denken.

Ivo spult noch einmal zurück, um mehr von Kata zu erkennen als ihre schönen Beine und ihren Mantel, aber sie bleibt fast unsichtbar, hinter ihren Stirnfransen, und dann greift er instinktiv in seine Jogginghose, bevor der Oberkörper wieder blockiert und ihn an seinen Zustand erinnert. Er schaltet den Fernseher ab.

Manchen Leuten wird nie fad, weil sie selber so fad sind, dass sie nicht checken, was fad ist und was nicht. Den anderen, den Normalen, ist oft fad, einfach weil sie fad sind. Menschen wie Ivo wird nie fad, weil sie es nicht zulassen, weil sie zu interessant sind, um sich zu langweilen, zumindest dann, wenn sie frei über ihre Zeit verfügen können. Ivo ist nur fad, wenn er faden Leuten zuhören muss oder mit faden Leuten reden oder fade Sachen machen muss, aber in seiner Freizeit ist ihm nicht fad.

Jetzt ist ihm scheißfad. Er hat sich durch den Fernseher gezappt und eine halbe Stunde lang die Insta-Storys seiner Freunde geschaut. Auf eine Art, denkt er, hat Instagram die Welt noch langweiliger gemacht, weil man jetzt, während einem fad ist, sieht, wie seine Freunde ihre Zeit verbringen, auf welchen Partys sie sind, welche Urlaube sie machen. Ivo legt sein Handy weg und schließt die Augen.

Er hat alles gemacht, was er machen kann und liegt noch immer genauso da wie vorher, während Jessy, so fesch wie sie jemals war, mit einer anderen jungen schönen Frau durch London streift und macht, was sie will. Sie weiß, dass egal was passiert, eine schon bezahlte Hotelsuite mit Whirlpool und Aussicht über die ganze Innenstadt auf sie wartet, dass sie nicht nach Hause kommen muss. Genau von zwei solchen Frauen träumt jeder reiche Mann auf der Welt, versucht sie auf Getränke oder in sein Hotelzimmer einzuladen, und Ivo kann nicht kontrollieren, was seine Frau macht. Sie kann machen, was sie will.

Aber was will sie? Diese Frage taucht komplett aus dem Nichts auf, als wäre sie vorher nie gestellt worden oder schon längst beantwortet. Was will Jessy? Sie will zu Hause sein, mit ihm und den Kindern, würde er sagen, sie will für ihre Familie da sein. Aber sie ist nicht da, sie zieht durch London, wahrscheinlich aufgeregt vom Ballett und dem feinen Essen und den unendlichen Möglichkeiten einer solchen Stadt, bei Kata eingehakt und glücklich. Und er liegt hier, wie ein halb zertretener Käfer und verzweifelt.

Die Zeit dehnt sich auf die schlimmste Art, sie hat vollkommen aufgehört sich zu bewegen, sie kann nur noch daran gemessen werden, wie Ivos Blase immer lauter sagt, dass er nicht endlos so daliegen kann. Ivo schaut wieder auf die Uhr, verflucht den Arzt und fühlt sich, als wäre die ganze Geschichte der letzten Monate ein Sprint gewesen und jetzt hat man ihm die Beine abgeschnitten und ihn im Straßengraben liegengelassen.

Der Arzt ist noch immer nicht da. Ivo sieht das Sandwich und das Fanta, das das Kindermädchen gebracht hat und braucht fünf Minuten, in denen er sich unter Schmerzen Zentimeter für Zentimeter nach oben windet, bis er so aufrecht sitzt, dass er es sich irgendwie in den Mund schieben kann. Er erstickt trotzdem fast daran, weil sich das weiße Sandwichbrot an seinen Gaumen klebt. Er trinkt einen Schluck Fanta und hat das Gefühl, es erhöht in dem Moment, in dem es in seinen Körper reinkommt, den Druck auf seine Blase. Die scheiß Zeit vergeht nicht! Er würde gerne in einer anderen Situation aufwachen, sich wegbeamen, den Kanal wechseln, aber das geht nicht. Wie kann die Zeit immer gleich vergehen, wenn er 30 Minuten in der Dusche stehen kann, ohne es zu merken und jetzt jeder einzelne Moment und jedes einzelne Detail sich ihm aufdrängen und ihn langweilen, ohne Entkommen? In einer Viertelstunde sind die zwei Stunden um und der Arzt sollte da sein, aber Ivo glaubt nicht daran, glaubt überhaupt an nichts mehr.

»Ich gehe jetzt aufs Klo, um mich, nachdem der Arzt da war, bis morgen Früh nicht mehr bewegen zu müssen«, sagt er zu sich selbst wie ein Coach. Er macht es so vorsichtig, wie er kann, hält sich mit einer Hand an der Bettkante fest und stützt sich mit der anderen auf die Matratze, lässt die Beine ganz ganz langsam runter, bis seine Bauchmuskeln wieder zu zittern beginnen und blockieren wie die Räder eines Autos ohne ABS. Bevor er auch nur zur Hälfte sitzt, schreit er schon wieder auf vor Schmerz und kann an nichts anderes denken, als irgendwie wieder in die gleiche Position zu kommen, in der er die letzten zwei Stunden gelegen ist. Der Weg zum Klo ist unvorstellbar lang geworden. Wie soll er dort hinkommen, wenn er sich nicht einmal aufsetzen kann, keine Bewegung machen kann, ohne von Tasern in seinem ganzen Oberkörper in die Knie gezwungen zu werden? Ivo könnte weinen vor Wut und Hilflosigkeit. Vorher hat er zumindest dann, wenn er seitlich dagelegen ist, an etwas anderes denken können als an seinen Rücken, aber jetzt tickt seine Blase vor sich hin wie eine Lüge, von der man nicht weiß, wann und wie sie ans Licht kommen wird, deren Explosion einem aber sicher erscheint, und ihr Ticken ist lauter als jeder Gedanke. Es ist die größte Demütigung, die er sich vorstellen kann. Wie er daliegt und über seine Blase nachdenkt, während seine Frau ganz woanders ist und ihren Spaß hat, wie für jemanden wie ihn, für einen fucking MULTIMILLIONÄR, die einfachsten Sachen – sitzen, gehen, brunzen – Dinge der Unmöglichkeit werden, das ist so unwirklich, dass er es selbst nicht glauben kann. Sein Handy macht *Ding.* »der arzt braucht noch ein bisschen, er hatte einen kleinen auffahrunfall und kann erst in einer stunde da sein aber ihm ist nichts passiert und du sollst dir keine sorgen machen. ich hoffe dir gehts ok, das essen war großartig und das ballett war soo schön, das kannst du dir nicht vorstellen!! xx.« Dem Arzt geht es gut, soso. Ivo wäre es lieber, wenn er gestorben wäre, bei seinem scheiß erfundenen Auffahrunfall.

Er lässt sich vom Kindermädchen eine große Plastikflasche und eine Schere bringen, was sie ohne zu fragen erledigt, sagt ihr, sie soll heute nicht mehr raufkommen und beginnt, sobald sie die Tür geschlossen hat, die Flasche knapp unter dem Deckel aufzuschneiden. Er schiebt seinen Körper wieder Stück für Stück nach oben, dreht ihn ganz langsam bis zur Bettkante und pisst in die Flasche, pisst und pisst, denkt kurz, dass er mehr als die eineinhalb Liter pissen könnte und spürt das schönste aller Gefühle, das der Erleichterung, das er nicht Jessy und nicht dem Arzt zu verdanken hat, sondern nur sich selber. Dann schiebt er die Flasche, so gut es geht, ohne mehr als seinen Arm zu bewegen, hinter das Bett. Wenig später klingelt es endlich unten an der Tür und der Arzt kommt mit Entschuldigungen rein. Ivo überlegt, ihn zu zwingen, seine noch warme Pisse ausleeren zu gehen, als Strafe dafür, dass er so spät kommt, entscheidet sich dann aber dagegen, weil er sich nicht sicher ist, ob er sich selber damit stark oder schwach macht vor dem Arzt. Immerhin, er kann wieder denken! Die Spritze pfeift sofort rein, Ivo spürt, wie sich das Entspannungsmittel in ihm ausbreitet und bevor er aufhört, irgendwas zu spüren, im Einschlafen, schreibt er Jessy: »du musst heute wiederkommen, ich brauch dich.«

Als sie ins Zimmer kommt und er aufwacht, hat sich die Zeit längst wieder aus ihrer Verankerung gelöst, seine Zunge ist genauso schlaff wie der restliche Körper, und er sagt nichts, sondern nickt nur in die Richtung der Pissflasche, registriert Jessys strahlendes Gesicht, wie etwas endlos weit Entferntes. Sie will schon hingreifen, sieht, was es ist und schlüpft in einer einzigen Bewegung aus ihrem feinen Kleid, um es nicht anzupatzen, bückt sich, in Unterwäsche, sexy, wunderschön, strahlt in Ivos Gesicht oder durch es durch und geht mit seiner Pisse ins Bad, als wäre die Flasche der WM-Pokal und sie ein Model von Victoria's Secret. Und er der Opa, bei dem sie wohnt.

19

Ivo humpelt die Stiegen in den Keller hinunter, schaltet die Gegenstromanlage seines Pools aus und legt sich ins Wasser. Sind die stärksten Gefühle die, die nur ganz kurz halten oder die, die nie aufhören? Ivo planscht vor sich hin und denkt an das Gefühl der Erleichterung, als die Schmerzen aufgehört haben, an die Erleichterung, nachdem man dringend aufs Klo musste, die Geilheit, die in einem Moment das einzig Wichtige ist und die man schon im nächsten so sehr vergisst, dass man sie nicht mehr nachvollziehen kann. Das heißt ja gerade, dass es ein starkes Gefühl ist, denkt er, wenn man es davor und danach nicht nachvollziehen kann. Er fragt sich, ob das beim Verliebtsein und beim Lieben auch so ist. Ist er verliebt? Ivo schaut durch das Panoramafenster nach draußen, wo dieser typische, feige, englische Scheißregen an der Scheibe runterläuft.

Ihm ist nie etwas wirklich schwergefallen im Leben. Das Schwerste in Ivos Leben, neben der Schule, war, wie leicht alles geht und wie langweilig die Sachen sind, die einem leichtfallen: der Fußball, die Liebe, wie schlecht man darin werden kann, wenn es einem wurscht ist.

Er denkt daran, wie sein Athletiktrainer in London versucht hat, ihnen beizubringen, den Rücken so gerade zu halten und so ruhig zu atmen, dass sie im Wasser nicht untergehen, nur durch Konzentration und Körperspannung, wie die Otter es machen. Weder er noch sein Freund Luís haben es geschafft, weil sie gelacht und gezappelt und die Stille durchbrochen haben, obwohl sie es sicher gekonnt hätten, und der Trainer war wütend auf sie. Jetzt herrscht Stille und Ivo streckt seinen Rücken durch, obwohl er das nicht sollte, breitet seine Arme aus und atmet ganz natürlich, während er sich immer mehr der Otterposition annähert. Seine Ohren gleiten unter das Wasser und in Gedanken an Luís und daran, wie viel Spaß sie damals hatten, merkt er gar nicht, dass er es schafft, völlig ruhig vor sich hinzutreiben.

Später, als Ivo gerade in der Küche steht und sich ärgert, dass es kein Fanta mehr gibt, meldet sich sein

Agent per Telefon. Milo fragt nicht, wie es Ivo geht, sondern beginnt sofort, über die Ärzte zu schimpfen, in dem für ihn typischen Sprachenmix. Er erzählt, dass er mit dem Sportdirektor geredet hat und dass dieser nicht glaubhaft erklären konnte, wie der Arzt, nur von dem, was ihm Jessy beschrieben hat, wusste, dass es sich um einen eingezwickten Nerv und nicht um einen Bandscheibenvorfall handelt. »This guy got lucky, but he should have taken you straight to the hospital, Ivo, direttamente! Don't worry, I will fuck them for this. These stupid segaioli. You're my client, for fuck's sake e i clienti di Milo non sono trattati male!«

Ivo sagt nichts. Er ist in einer komischen Stimmung, weil er so lange allein war, gestern mit seinen Schmerzen und heute beim Schwimmen, aber auch, weil er seinen ganzen Abend, an dem für ihn so viel passiert ist, in zwei Sätzen zusammenfassen könnte. Er ist ja nur gelegen und genau wie früher trägt alles, was er alleine erlebt und nicht wiedergeben kann, seine Gedanken, die ihm vollkommen lächerlich vorkommen, dazu bei, ihn von der Welt zu entfernen.

»I would not like to go into the hospital yesterday«, sagt Ivo, und danach sagt wieder mehrere Sekunden lang keiner etwas.

Nach einer Weile fragt Milo: »Ivo, cosa hai?«

Milo ist kein netter Typ, aber er ist sehr gut darin, auf andere nett zu wirken. Das ist sein Job, für manche nett zu sein und für andere der größte Hurensohn der Welt. Wer bei seiner Agentur einen Vertrag unterschreibt, der wird entweder ein Superstar, bringt eine fette Provision nach der anderen, oder er sieht Milo nie wieder und hasst ihn.

Bei Ivo war es damals nicht anders. Milo hat ihn in Basel unter Vertrag genommen, weil er im ersten Jahr 17 Tore in der Liga und vier in der Champions League geschossen hat, und in der zweiten Saison 20 in der Liga und sieben in der Champions League-Gruppenphase, davon alleine drei gegen die Bayern. Ivo war einer der interessantesten jungen Spieler Europas und deshalb war Milo nett zu ihm, hat sich mit ihm getroffen, um einen Vertrag zu unterschreiben, ihn hin und wieder angerufen und seinen Namen in Interviews mit den verschiedensten Top-Vereinen in Verbindung gebracht, bevor er ihn schließlich für neun Millionen an Real Madrid vermittelt hat.

»It's OK, Milo, I just have to get well again.«

Ivo war immer schon viel egal, aber gerade er selbst und sein Körper, der sein Kapital und sein Arbeitsgerät ist, darf ihm nicht egal sein. Trotzdem fühlt es sich heute so an, weil er, seit sein Rücken wehtut, nur wütend war, aber nie besorgt, dass es wirklich schlimm oder ernst sein könnte und deshalb ist er doch irgendwie froh, dass Milo sich da so reinhängt. »If you were eligible to play, the doc would have been there in 15 minutes«, sagt er, und Ivo glaubt ihm das.

Milo sorgt dafür, dass der Arzt noch einmal kommt und Ivos Rücken erneut untersucht. Danach muss der Arzt Milo im Lautsprechermodus anrufen und ihm Rechenschaft ablegen, während Ivo danebensteht, und es ist klar, dass es dabei nicht um Medizin geht, sondern darum, den Arzt zur Sau zu machen.

»How could this happen, eh? How can a professional athlete have the same thing as my 70 year old mamma? How can you not notice the tension in Ivos back, you fucking amateur? How can you let him rot for hours, without making an MRI?«

Ivo freut sich, dass Milo den Arzt beschimpft, obwohl er weiß, dass das nicht nur ein Vorwurf an den Arzt ist, sondern auch an ihn selbst. Er hätte sagen müssen, dass sein Rücken zwickt, aber weil Milo den Arzt beschimpft, fühlt Ivo sich weniger schuldig dafür, nicht auf sich geachtet und nicht an sich gedacht zu haben.

»That's not easy to say«, antwortet der Arzt, ohne auf die Provokation einzugehen, »this may happen just randomly or because the player didn't inform his physiotherapists. It may be a sign of psychological stress or just the result of an unfortunate movement. As for the MRI ...«

»OK, that's enough. You can go now, Doc. But I'll tell you right now: If you ever try to blame my client for your negligenza again, if you ever mistreat him or have the audacity to project your professional failure onto his psychological state, I will have you fired, and declared unemployable, and I will sue you so hard that even your great-grandchildren will be poor. Capito?«

Als der Arzt weg ist, merkt Ivo an Milos Stimme, dass er nichts von dem, was er zum Arzt gesagt hat, ernst meint.

»My papà was a doctor, quindi mi piace insultare i dottori«, sagt er lachend und Ivo weiß, dass Milo es generell mag, Leuten Angst einzujagen, egal ob sie Ärzte, sich seinen Plänen widersetzende Spieler oder Vereinsfunktionäre sind, und er weiß, dass Milo keiner von den Guten ist, aber er freut sich, dass er auf seiner Seite steht und er ist dankbar, dass Milo ihn nicht fragt, woher seine psychische Anspannung kommen könnte. Außerdem hat er ja recht damit, dass der Arzt sicher früher dagewesen wäre, wenn Ivo nicht gesperrt wäre und dass man überhaupt mit allen, die nett zu einem sind, wenn sie einen brauchen, die einen umarmen, wenn es einem gut geht, vorsichtig sein sollte.

Milo ist ein lustiger Typ, aber wenn Ivo mit Milo in einer Situation wäre, in der er auf ihn angewiesen wäre, zum Beispiel ausgesetzt auf einer einsamen Insel, würde er drauf wetten, dass Milo in kürzester Zeit die für ihn beste und für alle anderen schlimmste Entscheidung treffen würde. Trotzdem, man sucht seine Berater nicht danach aus, ob man mit ihnen ausgesetzt werden will, und Ivo findet es cool, dass Milo ihn anruft. Es zeugt von Respekt und wenn man Ivo fragen würde, was für ihn das Wichtigste auf der Welt ist, dann würde er wahrscheinlich Respekt sagen, oder Fußball, oder Familie.

Bei Milo und Ivo ist es sowieso ein besonderer Fall, weil Ivo sehr früh, kurz nachdem er nach Madrid gekommen ist, gelernt hat, ihm nicht zu vertrauen, und danach noch sehr lange sein Klient geblieben ist, so lange, dass er ihm irgendwie doch wieder vertraut.

Ivo ist voller Erwartungen zu Real gekommen. Er dachte, dort wird er ein Superstar, und Milo hat ihn darin bestärkt, obwohl er Ivo genauso gut zu Schachtjor Donezk oder Zenit St. Petersburg geschickt hätte, wenn er daran mehr verdient hätte, und erst nach Wochen hat Ivo gemerkt, dass er bei Real ein Niemand war.

Der Trainer in Madrid hat nicht mit ihm geredet, der Sportdirektor sowieso nicht, niemand hat ihm erklärt, warum er auf der Bank sitzt oder überhaupt nur auf der Tribüne, Milo hat nicht abgehoben, und Ivo war so verloren wie ein Kieselstein im Meer. Natürlich hat er auch viel Party gemacht damals, viel gekauft, ist viel Auto gefahren, aber nicht, wie später gesagt wurde, weil ihn das mehr interessiert hätte als zu spielen, sondern gerade weil er so gerne spielen wollte, dass er das Herumsitzen nicht ertragen konnte.

Zuerst ging es um alles, die Liga, den Cup und das Weiterkommen in der Champions League und es wurde gesagt, ein junger Spieler wie Ivo könne in dieser Phase keinen der Älteren aus dem Team spielen, aber als Ende Februar klar war, dass Real auf keinen der drei Titel eine Chance haben würde, wurde er erst recht nicht eingesetzt. 72 Minuten hatte Ivo bis dahin gespielt, aufgeteilt auf 6 verschiedene Spiele, in denen er ganz zum Schluss eingewechselt wurde. Im März war er auf dem Gipfel der Verzweiflung und erst im April, nachdem Ivo seinen Assistenten nicht mehr in Ruhe gelassen hat, hat Milo eingewilligt, ihn in einem Seminarraum vom Hotel Villa Magna zu treffen, wenn auch nur, um ihn als Klienten zu entlassen.

Ivo wird nie vergessen, wie verdammt wütend er damals war. Er war wütend auf den Trainer, der ihn nicht spielen ließ, und auf seine Mitspieler, denen das egal war, wütend auf seinen Bruder, der nicht sein Manager sein wollte und auf seinen Vater, der beleidigt war, weil er *Ivo* auf dem Trikot stehen hatte statt *Trifunović,* und dessen einziger Ratschlag war, dass er zu Roter Stern Belgrad wechseln hätte sollen, was 2009 eine gleich schlechte Karriereoption gewesen wäre, wie sich ein Bein abzuschneiden. Aber am wütendsten war er auf Milo, diesen verlogenen, schleimigen Hurensohn.

Und genau dieser Hurensohn hat ihm die Tür vom Seminarraum im Hotel Villa Magna geöffnet, mit einem breiten Grinsen im Gesicht und in einem Aufzug, der so absurd schiach war, dass Ivo für einen kurzen Moment seine Wut vergessen hat. »Do you like it? C'est une pièce de Vivienne Westwood!«, hat Milo gesagt und Ivo hat geantwortet, nicht aus Wut, sondern aus instinktiver Ehrlichkeit, und weil er nicht dachte, dass Milo gut genug Deutsch spricht, um ihn zu verstehen: »Du siehst aus wie das Arschloch von einem Arschloch.«

Weil Milo so gelacht hat, konnte Ivo keinen der hundert Sätze, die er sich zurechtgelegt hatte, aussprechen, keinen der Vorwürfe, die sich über Monate in ihm zusammengebraut hatten, in Worte fassen. Milo war gut drauf, weil er gerade Ángel di María für 35 Millionen nach Madrid vermittelt hatte. Deshalb hatte er diesen scheußlichen, viel zu engen, grünen Anzug mit den Dollarscheinen drauf an, den er seither bei jedem seiner großen Deals trägt, um die Vereinsleute noch zusätzlich zu provozieren, und nur deshalb hatte Ivo überhaupt einen Termin bei ihm bekommen. Bevor Ivo die Chance hatte, unter größter Anstrengung die Essenz all dessen, was ihn in den letzten Monaten bedrückt hatte, in eine Frage zu verpacken, ist Milo ihm zuvorgekommen.

»You're funny Ivo, you're simpatico. Forget Real, you have no future here but I'll get you something else.«

»But I want to play here!«

»Well you just won't! Sei simpatico ma ingenuo. You will not play here, Ivo!«

Und dann hat Ivo doch die eine Frage gestellt, die er seit Monaten in sich herumgetragen hat: »Why? Why won't I play?«

Milo hat ihn angeschaut, zu lachen begonnen und auf die Weltkarte an der Wand gezeigt. »Vieni, Ivica. Look at the map. Show me, where are you from?«

»Vienna.«

»Il paese, Ivica, the country!«

»Austria«, sagt Ivo, und nach einer kurzen Pause, »and Bosnia.«

»Show me on the map.«

Ivo hat nicht verstanden, was das soll, und es gehasst, wie Milo auf einmal mit ihm redet, wie diese Lehrer und Trainer, die nur eine ganz bestimmte Antwort auf etwas hören wollen. Trotzdem hat er einen Finger auf Österreich und den Daumen der anderen Hand auf Bosnien gelegt und gewartet, was passiert.

»Ivo, do you see what I mean? Your finger è più grande del tuo paese! Now show me Brasil, or show me Colombia. Show me France, show me Germany! Think about all the players from these countries, think about how much Real paid for them and how much they paid for you. Think about Nike and Adidas! Brasil is Nike, France is Nike, Germany is Adidas. And Austria?«

»Puma.«

»Ivo, fuck Puma and fuck Austria, coño! No offense. Verstehst du, was ich meinen? You are too young, too cheap and you're not a hotel, so you have no lobby here, capito?«

Und dann hat Milo ihm in einer halben Stunde mehr über das Fußballbusiness beigebracht, als er in all den Jahren davor verstanden hatte, über den Einfluss von Ausstattern, über Sponsoring-Deals, Absatzmärkte, Selbstdarsteller und die verschiedenen Einflussgruppen im Aufsichtsrat und im Präsidium von Real Madrid, und statt Milo in die Goschn zu hauen, wie er es sich vorgestellt hatte, statt ihn zur Rede zu stellen, hat Ivo sich gefreut, dass jemand ihm erklärt, was er offensichtlich nicht verstanden hatte. Er hat sich gut aufgehoben gefühlt bei Milo, und irgendwas ist auch bei Milo passiert, sonst hätte er Ivo nicht noch immer als Klienten, obwohl er mit jedem 20-Jährigen, den er transferiert, mehr verdient als mit Ivo in dessen ganzer Karriere.

Für Ivo sind sie seit damals Freunde, obwohl es schwer ist, mit jemandem befreundet zu sein, der sein Geld mit einem verdient.

Am Nachmittag kommt der Physiotherapeut vorbei, massiert Ivo und gibt ihm einen ausgedruckten Plan für die nächsten zwei Tage. Ein bisschen von allem, aber nichts zu viel, ein bisschen schwimmen, aber eben nicht richtig schwimmen, sondern planschen, wie er es schon heute gemacht hat, ein bisschen sitzen, ein bisschen auf dem Laufband gehen und ein bisschen liegen, und alles zu Hause und nicht draußen, wo noch immer dieser Scheißregen vor sich hinrieselt, so dünn, dass man ihn kaum sieht, aber immer spürt.

Am Abend kommen Ivos Eltern mit seiner Oma vom Flughafen und eigentlich wollten die Erwachsenen gemeinsam essen gehen, aber Ivo hat keine Lust rauszugehen und will nach ein paar Stunden mit so vielen Leuten im Haus eh wieder seine Ruhe, und seine Oma will auf die Kinder aufpassen, also gibt Jessy der Nanny frei und Ivo bleibt mit seiner Oma zu Hause.

20

Er hat nie verstanden, warum seine Oma ihn mehr liebt als alle seine Cousins und mehr als seinen Bruder – auch jetzt, wo er erwachsen ist und sie Urenkel hat –, so stark, wie sie sonst nur kleine Kinder oder Katzen liebt. Er war der jüngste Enkel und hat sie von allen am seltensten besucht, am wenigsten angerufen und wenn er sie nicht gesehen hat, eigentlich auch nie an sie gedacht. Zu Weihnachten und an Geburtstagen, wenn sie angerufen hat, damals, als die Verbindung nach Bosnien noch so weit weg geklungen hat, als würde in der Mitte der Leitung jemand sitzen, der zwei Telefonhörer aneinanderhält, wollten alle mit ihr sprechen außer Ivo. Man musste ihn richtig dazu zwingen und es war ihm peinlich, ein paar Worte auf Bosnisch reinzumurmeln, sich für das Geld und den Pullover zu bedanken und zu hören, wie wichtig es seiner Oma ist, dass es ihn gibt. Und je älter er geworden ist, desto weniger konnte er nachvollziehen, warum einen jemand liebt, der einen eigentlich nicht kennt, nur dafür, dass man sich Essen reinstopft und existiert. Sogar jetzt, wo er selbst Kinder hat, versteht er es nicht ganz. Er versteht, dass man Kinder mehr liebt, als sie es verstehen können, aber bei seiner Oma ist es so, dass sie die Leute schon dafür liebt, dass sie sich um sie kümmern kann und Ivo liebt seine Tochter und das Baby, weil sie ein Teil von ihm sind und weil er ihr Vater ist, nicht dafür, dass er etwas für sie tun oder ihnen etwas kaufen kann.

Was er vielleicht verstanden hat, in den letzten Jahren, ist, dass es egal ist, warum einen jemand liebt, dass man sich damit gar nicht beschäftigen sollte. Er genießt es, seine Oma dazuhaben, die ihm Suppe kocht, ihm Kohlwickel für den Rücken macht und Lena immer mit so leuchtenden Augen anschaut, als wäre sie ein riesiger Diamant. Sobald die Kinder im Bett sind, kommt seine Oma mit dem Babyfon und ihrem Strickzeug in der Hand und setzt sich zu Ivo vor den Fernseher. Ihr ist völlig egal, was sie schauen, sie ist glücklich, jemanden zu haben, mit dem sie fernschauen kann, so, wie sie es mit ihrem Mann gemacht hat. Sie schaut ja gar nicht wirklich fern, sie braucht nur das Geräusch, das der Fernseher macht, um in Ruhe zu stricken, so, wie sie es sonst machen würde, wenn die ganze Familie um sie versammelt wäre und sich unterhalten würde, statt weit weg von ihr in verschiedenen Ländern zu leben. Auch dann wäre ihr Blick auf ihr Strickzeug fixiert und ihre Gedanken würden darum kreisen, was sie morgen kochen oder nähen könnte. Hin und wieder fragt sie Ivo, ob er noch etwas möchte, mehr Suppe, eine Süßigkeit oder ein Bier, oder ob sie seinen Wickel erneuern soll und einmal sagt sie nach einer längeren Pause ohne erkennbaren Grund: »Ivo, du kannst sehr froh sein, eine so gute Frau und so brave Kinder zu haben.«

Erst, als Ivo auf einen Kanal zappt, wo Tennis läuft, schaut sie auf und blinzelt durch ihre Brille, um zu erkennen, wer spielt. Ivo erinnert sich dunkel daran, in die Küche im Haus seiner Großeltern in Sarajevo zu kommen, um für seinen Opa, seinen Vater und seinen Onkel neue Biere zu holen und seine Oma dort alleine sitzen zu sehen, wie sie das Abendessen vorbereitet und mit der gleichen Anspannung, mit der die Männer im Wohnzimmer das Spiel von Roter Stern Belgrad ansehen, auf dem kleinen Küchenfernseher irgendein Tennismatch verfolgt.

Zufällig hat gerade das indirekte Duell Österreich gegen Serbien, Thiem gegen Raonic begonnen und Ivo hilft seiner Oma, den Lehnsessel so nah an den Fernseher zu schieben, dass sie was sieht. Sie hält das Strickzeug weiter in den Händen, aber strickt nicht mehr, sondern folgt mit ihren Augen dem Ball, wie er von einer Seite zur anderen fliegt. Als sie über Tennis reden, hat Ivo das Gefühl, dass das ihr erstes richtiges Gespräch ist, ein Gespräch mit einem Thema, bei dem Meinungen ausgetauscht werden, statt nach der Schule oder dem Job zu fragen, oder zu sagen, wie gerne man sich hat und dass Gott einen segnen soll, und er ist überrascht, wie gut sich seine Oma auskennt.

Ihr Liebling ist Roger Federer, der, wie sie sagt, eine sehr nette Frau und sehr süße Zwillinge hat, und in allem der Beste ist. Aber Dominic Thiem, der erst seit einem Jahr wirklich in den Top Ten spielt, mag sie auch sehr gerne, weil er ein sympathisches Gesicht hat und schön spielt. Bei den Serben tut sie sich schwerer. Natürlich ist sie Fan von Novak Djoković, aber mehr aus Pflichtgefühl als aus Sympathie. Ivo weiß, welche Marketingleute hinter dem Djoković stehen und versuchen, ihn durch ein Rebranding irgendwie sympathisch zu machen. Dass sie sogar versucht haben, seinen Spitznamen Djoker loszuwerden, weil die Leute da an den Bösen von Batman denken, dass sie ihn drillen, nett zu den Balljungen zu sein oder nach dem Spiel irgendwen zu umarmen und nicht zu sehr zu jubeln, wenn sein Gegenspieler einen Fehler macht. Aber es funktioniert nicht. Seit 220 Wochen, sagt der Kommentator, ist Djoković schon die Nummer 1 der Welt und trotzdem mag ihn niemand, was ihm ja eigentlich egal sein könnte, würde es ihn nicht Geld kosten wegen niedrigen Sympathiewerten und niedrigen Followerzahlen. Wahrscheinlich ist er sogar genau deswegen so unsympathisch, weil es ihm sein ganzes bisheriges Leben egal war, dass ihn niemand mag, solange er gut spielt. Und jetzt muss er es doch lernen.

Ivos Oma weiß von all dem nichts, sie sieht ihm nur zu und spürt, dass da was nicht passt. Während sie über Roger Federer und seine Familie stundenlang reden könnte, sagt sie zum Djoković immer die gleichen zwei Sachen, dass seine Eltern ein Restaurant im Kopaonikgebirge hatten, in das sie Ivos Opa einmal ausgeführt hat und dass es eine Schande ist, was Andy Murray ihm angetan hat.

Ivo kennt die Geschichte, dass Andy Murray auf Djokovićs Hochzeit war und dann zu seiner eigenen Hochzeit den Djoković nicht eingeladen hat, aber er hat sie wieder vergessen und hätte sich nicht vorstellen können, dass das für seine Oma noch immer so wichtig ist. »Ich verstehe das nicht, Ivo, wie kann man jemanden, der einen zu seiner Hochzeit, zu sich nach Hause einlädt, so schlecht behandeln? Was ist das für ein Volk, wo man so etwas macht und wie kann ein Serbe so eine Schande zulassen?« Ivo hat seine Oma nie wirklich wütend erlebt, aber die letzte Frage zeigt auch schon wieder, dass sie den Djoković nicht richtig mögen kann. Sie ist zwar böse auf Andy Murray und hasst ihn, was Ivo ihr gar nicht zugetraut hätte, aber sie dreht es trotzdem wieder auf den Djoković und sagt indirekt, dass er dem Murray eigentlich seinen Tennisschläger ins Gesicht hauen sollte, wenn er ein Mann wäre, statt so zu tun, als ob ihm dieser Vertrauensbruch egal wäre.

Ivo hat nichts gegen Andy Murray. Andy Murray ist Sportler und eigentlich genau so ein Standardarschloch wie 90 Prozent der Sportler, die Ivo kennt, aber er merkt, wie es seiner Oma gefällt, wenn er über ihn schimpft und schimpfen kann man sowieso über jeden, wenn man will, und noch leichter über so eine klobige rothaarige Missgeburt, also schimpft er und freut sich darüber, wie sie ihn dafür tadelt und versucht, ihr Lachen zu unterdrücken. Er redet sich in Rage, lässt die Schimpfworte einfach aus sich rausfließen, und seine Oma lacht so leise, dass er nicht ihr Lachen hört, sondern nur das Klackern der Stricknadeln. »Geh, Ivo«, sagt sie dann nach einer Pause, als sie ihren Ernst wiedergefunden hat, »versündige dich nicht.«

Während Dominic Thiem von einer Seite des Platzes zur anderen sprintet, denkt Ivo, dass der Djoković eigentlich Glück hat, dass es Milos Raonic gibt, so wie jeder Mensch sich über eine schlechtere Version von sich selber freut, weil er im Vergleich besser wegkommt. Jeder Dicke schaut dünner aus, wenn neben ihm ein noch viel Dickerer steht, sogar Toni Polster wirkt neben Hans Krankl intelligent. Und Milos Raonic ist wie eine schlimmere Version vom Djoker, noch seelenloser, unsympathischer und unförmiger. Noch dazu ist er nur ein halber Serbe und kann nichts, außer hart aufschlagen.

Im Stadion ist es so still, dass man die Schweißtropfen auf den Sand fallen hören könnte und wie bei einem richtigen Duell gibt es nur die beiden, die gegeneinander kämpfen, keine Geräusche, keine Trainer, keine Familien, kein Publikum, nur Dominic und Raonic, Mensch und Maschine, Sieger und Verlierer. Wenn Dominic Thiem einen Punkt macht, jubeln Ivo und seine Oma, und wenn er nervös wird und anfängt, über seine Fingerkuppen zu blasen, fängt auch Ivos Oma an zu zittern.

Dominic verliert das Spiel schon beim ersten Matchball und es ist ein Ende, das es in keinem Film gibt, sondern nur im Sport und im Leben. Das Schlechte hat gewonnen und Ivo geht wütend schlafen. Er ärgert sich, wie jedes Mal, überhaupt an Gerechtigkeit geglaubt zu haben, und denkt beim Einschlafen an seine Oma, die noch mehr leidet, um den armen kleinen Dominic, der so jung ist und so eine schwere Last auf seinen Schultern trägt.

21

Ivo hasst es, wenn irgendwelche seiner Kollegen in Interviews Sachen sagen wie: »Um richtig gut zu werden, muss man den Fußball wirklich lieben«, weil es nicht stimmt und weil es behindert ist. Was liebt man denn, wenn man den Fußball liebt? Das Gefühl, wenn 50 000 Leute einem zujubeln, weil man ein Tor geschossen hat oder die Verletzungen, die endlosen Trainingseinheiten? Dass man aufhört, der Chef seines eigenen Lebens und seines Körpers zu sein, dass jeder Volltrottel eine Meinung zu einem hat? Um gut zu werden, muss man den Fußball nicht lieben, man muss ihn aushalten! Jedes Kind, jeder blade Fan liebt den Fußball mehr als die Spieler, weil sie nicht wissen, wie dreckig es wirklich zugeht, wie dumm alles ist, wie viel Arbeit hinter allem steckt. Wie viel davon umsonst ist. Und was Ronaldo und Messi von allen anderen Spielern abhebt, hat auch absolut nichts mit Liebe zu tun. Wer glaubt, dass die beiden die besten sind, weil sie den Fußball mehr lieben, hat keine Ahnung. Was man braucht, um wirklich gut zu sein, sind nicht die Voraussetzungen, das Talent, das Glück, sich selten zu verletzen, das Glück, zur richtigen Zeit am richtigen Ort zu sein, Trainer zu haben, die auf einen bauen, Familien, die einen unterstützen, das haben viele. Entscheidend ist, dass man ein langweiliger Mensch ist. Je langweiliger, je weniger Interessen abseits des Platzes, desto besser. Messi zum Beispiel hat sich seinen Arm nicht tätowieren lassen, weil er Tattoos liebt oder ihn die Idee fasziniert, Bilder mit Bedeutungen auf seinem Körper zu tragen, sondern weil ihm seine Marketingberater gesagt haben, er soll es machen. Sie haben sich genau überlegt, wann der beste Zeitpunkt für das Restyling ist, wann er sich den Bart wachsen lassen kann, ohne dass man mitkriegt, wie er länger wird, und wo er sich was in welcher Größe stechen lassen soll, damit möglichst viele Medien überrascht sind und über den »neuen« Messi schreiben, damit er im Vergleich zu anderen Spielern keine Fans verliert, weil seine Trikots nur noch von den dicken Kindern mit Brillen gekauft werden. Ihm ist es sowieso egal, weil er von Haus aus nichts anderes im Kopf hat als Fußball, keine Freundschaften, keinen Style, keine Liebe, keine Musik, keinen Spaß. Deswegen sind Messi und Ronaldo die perfekten Fußballer, nicht weil sie so gut sind, sondern weil sie nur eine Sache im Kopf haben und ihnen alles andere, was die Welt cool macht, scheißegal ist. Ronaldo ist sicher noch okayer als Messi, der hat zumindest seinen Sohn als einzige Sache neben dem Fußball und er lebt sein Arschlochsein zumindest aus, während

Messi, die Ratte, immer den perfekten Schwiegersohn spielt, obwohl er der Erste ist, der seinem Ausstatter sagt, er soll Druck machen, um jemanden von Barça wegzumobben.

Die Frage ist also nicht, ob man den Fußball liebt, sondern ob man ihn braucht, und wenn man ihn braucht, warum man ihn braucht. Braucht man ihn nur, weil man sonst nichts hat, weil zufällig Fußballspielen das ist, was man am besten kann, oder braucht man ihn, weil er einem etwas geben kann, was man nirgendwo anders kriegt, weil man beim Spielen die beste Version von sich selbst ist?

An manchen Tagen denkt Ivo, dass er den Fußball gar nicht braucht, dass er auch ohne ihn leben könnte. Ein paar Körbe werfen mit Dušan, zu Hause Mittagessen und fernschauen, mit den Kindern spielen, und an anderen Tagen ist er schon frustriert, bevor er einen Schritt aus seinem Bett gemacht hat, weil er merkt, wie die ganze Energie in ihn reingeht statt aus ihm raus und dort etwas kaputt macht. Am 24. Dezember wacht Ivo auf und könnte sofort jemandem in die Pappn hauen.

Wie soll man sich auf Weihnachten mit der Familie freuen, wenn man die Familie ständig sieht und vor allem, wie soll man sich auf Weihnachten freuen, wenn man es nicht einmal feiert, sondern zweimal? Als Ivo ein Kind war, musste er es aushalten, dass alle anderen ihre Geschenke schon am 24. bekommen haben und die ganzen Ferien über damit spielen konnten, während er bis zum 7. Jänner warten musste und erst Zeit für sie hatte, als die Ferien schon vorbei waren. Damals dachte er, er würde das bei seinen eigenen Kindern nicht so machen, jetzt denkt er sich, dass er das aushalten musste und dass Lena das auch aushalten soll. Klar, mehr als die Hälfte von Ivos Freunden als Kind waren eh Bosniaken oder Türken, die gar keine Geschenke bekommen haben, aber er hat die Warterei trotzdem gehasst. Und so wie er es sich damals geschworen hat, wiederholt er die Fehler seiner Eltern nicht bei Lena und sie feiern am 24. Dezember wie in Österreich und am 7. Jänner, wie es sich gehört, wie Orthodoxe. Und was macht Lena? Sie jammert, dass sie nicht am 25. in der Früh die Geschenke bekommt wie ihre Kindergartenfreunde.

Ivo trinkt einen Orangensaft und geht mit Lena in den Garten, damit Jessy die Geschenke einpacken kann. Die Scheißgeschenke. Jessy liebt es zu schenken und bildet sich etwas drauf ein, für alle immer die perfekten Geschenke zu haben, aber Ivo freut sich nicht mehr drüber, aus Trotz und weil er gar nichts anderes erwartet als die perfekten Geschenke und es immer das Gleiche ist: Sachen, die er braucht, Sachen, die er schön findet, Sachen, die etwas mit früher zu tun haben, Sachen, die zeigen sollen, wie gut ihn Jessy kennt. Die Erinnerungssachen, ein Foto in einem Rahmen, eine Muschel von irgendeinem Strand, wo sie gemeinsam waren, stellt er irgendwo hin, sucht nicht mal selber aus, wohin, weil Jessy sich schon vorher überlegt hat, wo man es hinstellen könnte und die Sachen, die er brauchen soll, haben ihm vorher in seinem täglichen Leben gar nicht gefehlt, sondern sind etwas Neues, etwas, das ihn dazu zwingt, etwas zusätzlich zu machen, ein Rudergerät, obwohl er eh schon ein vollständiges Homestudio hat und hauptsächlich im Verein Fitness betreibt, oder eine Krawatte, die er nie tragen wird.

Er schaukelt Lena und denkt, wie anstrengend es ist, so zu tun, als ob einem etwas gefällt. So zu tun, als ob man glücklich ist. Und dabei fällt ihm eine Geschichte ein, die Mirna ihm erzählt hat: Im ORF gibt es eine eigene Abteilung, die nur dafür da ist, damit die Leute bei den Führungen sehen können, wie eine Abteilung arbeitet, in der aber niemand wirklich arbeitet, weil das gar nicht geht, wenn ständig irgendwelche Gruppen durchlatschen. Alle tun nur so als ob und kriegen trotzdem schneller einen Burn-out als in den Abteilungen, wo richtig gearbeitet wird, weil das Faken schwieriger ist, als wirklich was zu machen. So fühlt er sich, wenn er nicht spielt, auch wenn das nicht ganz das Gleiche ist und es vielleicht gar nicht Mirna war, die ihm das erzählt hat, oder die Geschichte gar nicht stimmt. Genau das ist es. Erst als ihr Kreischen zu ihm durchdringt, merkt Ivo, dass er Lena zu hoch geschaukelt hat.

Jessy ruft, dass sie wieder reinkönnen und er würde ihr gerne antworten, dass er nichts von ihr braucht, dass er nur Fußballspielen und Autofahren möchte.

Heute kriegt er eine Kette, ein Fotobuch, einen Gutschein für einen Wellnesstag mit Jessy, ein besonders gutes Navi mit fünf verschiedenen Halterungen, damit er es in allen seinen Autos benützen kann, ein Buch über Dominic Thiem und ein Bild für das Esszimmer. Die Kette ist das Schöne, man sieht ihr an, dass sie was Besonderes ist und sie hat den heiligen Ivan drauf, der Ivo beschützen soll. Das Navi ist das Nützliche, das Ivo nicht braucht – er hasst es, wenn eine Stimme ihm sagt, wie er fahren soll – und das Bild ist auch Kategorie schön, soll aber gleichzeitig zeigen, dass Jessy sich für Ivo erinnert, weil er einmal gesagt hat, dass er es cool findet und schon längst wieder drauf vergessen hat. »Das können wir ins Esszimmer hängen, es passt sicher gut zu den goldenen Sesseln«, sagt Jessy mit einem Lächeln, das aussieht, als ob sie stolz auf sich wäre und Ivo lächelt halb zurück und ärgert sich, dass es so gut ins Esszimmer passt. Er würde es aus Prinzip gern irgendwo anders hinhängen. Weil er Jessys Lächeln nicht mehr spiegeln kann, schaut er wieder zum Bild und solange er es anschaut, muss er keine andere Reaktion zeigen als diesen interessierten Blick, mit dem man Bilder anschaut und trotzdem sieht er es nicht wirklich. Er sieht, wie es aussieht, goldenes Camouflagemuster und in der Mitte der gemalte Schriftzug »You Only Live Once«, aber er fühlt nicht, wie es aussieht.

Das Buch über Dominic Thiem ist so ein klassisches Ich-zeige-dir-wie-gut-ich-dich-kenne-Geschenk, nur weil er jetzt einmal mit seiner Oma Tennis geschaut hat, und Ivo muss so tun, als ob er sich auch darüber freut, obwohl er gerne vor allen zu Jessy sagen würde: »Wenn du mich wirklich kennen würdest, würdest du mir Kondome schenken, um mit einer anderen zu pudern.« *She asked what I wished for on my wishlist.*

Have you ever asked your bitch for other bitches? Er starrt auf das Cover. »Die Dominic-Thiem-Methode, Erfolg gegen jede Regel.« Das Buch hat genau das gleiche Design wie die McFit-Werbungen, schwarzer Hintergrund, Schwarzweißfoto mit gelber Schrift und einem gelben Sticker. Plus 17 Sieger-Tipps für Beruf, Alltag und Sport. In Ivos Leben sind diese drei Begriffe deckungsgleich. Er schlägt das Buch auf irgendeiner Seite auf und liest »Leistung entsteht nicht aus Selbstvertrauen, Selbstvertrauen entsteht aus Leistung«.

Nach der Bescherung fahren Jessy und er zur Weihnachtsgala vom Verein und Jessys Brüste bedeuten ihm wieder überhaupt nichts. Ivo gibt an der Garderobe seine Jacke ab, begrüßt mit Jessy gemeinsam den Präsidenten des Vereins und seine Frau. Der Präsident, ein kleiner und sehr reicher Inder, der möchte, dass Ivo ihn Vinny nennt, klopft Ivo auf den Rücken und lädt Lena zum Geburtstag seiner Tochter ein, und als er und seine Frau sich wegdrehen, um die nächsten Gäste zu begrüßen, geht Ivo ohne Jessy anzusehen weg von ihr und begrüßt seine Mitspieler. Eine halbe Stunde später sieht er aus der Entfernung, wie böse ihm Jessy dafür ist, dass er jetzt Spaß hat, nachdem er den ganzen Abend über schlecht gelaunt war und es ist ihm vollkommen egal. Er muss sich hier nicht um sie kümmern. Sie ist eine erwachsene Frau und kann sich selber beschäftigen. Es sind eh genug andere Spielerfrauen da, mit denen sie über Make-up und Kinder reden kann.

Jessy hat das nie so gut gekonnt wie er, einfach mit Fremden zu sprechen, und manchmal fand Ivo das anziehend an ihr, dass sie so arrogant war, wenn irgendwer sie anspricht, dass sie dann lieber alleine rumsteht als mit irgendwelchen Typen zu reden, die dabei eh nur an ihre wunderschönen Titten denken, oder mit irgendeiner Frau, die sie verachtet, weil sie ein drittklassiges Model ist und keine erstklassige Mutter und Familienmanagerin mit perfekter Figur wie sie selbst. Heute nervt es ihn nur. Er sieht, wie Samirs Freundin versucht, ein Gespräch mit Jessy anzufangen und an ihr abprallt und findet, sie sollte netter zu den Frauen seiner Freunde sein, auch wenn sie nur irgendwelche hohlen Tussis sind und es nervt ihn, dass sie immer wieder zu ihm rüberschaut, so als müsste er jetzt etwas machen. Später, als sich die Gala schon leert, sieht er, dass Jessy sich angeregt mit Brad unterhält und das nervt ihn noch mehr. Sie hat nicht ihr Partylächeln aufgesetzt, sondern ihr ehrliches und einmal, als Ivo rüberschaut, lacht sie sogar, und ihm stellen sich innerlich die Haare auf. Auf dem Weg zum Klo geht er extra an ihr vorbei, sagt in seinem gemeinen Tonfall »Na, hast du Spaß«, aber nicht als Frage, und geht weiter, bevor sie antworten kann. Beim Pissen sieht er ihr angewidertes Gesicht vor sich und fühlt sich gut.

Beim Nachhausefahren schweigen sie lange und beginnen erst, als sie fast zu Hause sind, zu streiten, zuerst ohne Grund und dann, weil sich herausstellt, dass Jessy seinem Mitspieler Brad von Ivos Rückenproblemen erzählt hat und dann – noch schlimmer –, weil er ihr ein Shiatsu-Massagestudio empfohlen hat, mit den Worten: »Es schaut aus wie ein Puff und die Masseurinnen weisen einen immer wieder drauf hin, dass es ein legitimes Massagestudio ist, aber die kriegen dort Verspannungen raus, die die Teamärzte gar nicht verstehen«, woraufhin Ivo endgültig die Nerven schmeißt und ruckartig abbremst. »Bist du vollkommen deppat?! Erstens red nicht über meinen Rücken mit irgendwelchen Leuten und red schon gar nicht über Puffs oder Sex mit meinen Mitspielern! Ich mein, hat's dich irgendwie? Natürlich sagen die dem Brad, dass das kein Puff ist, weil er genauso ausschaut wie irgendein englischer Sextourist, mit seiner schiachen roten Birne.« Sie stehen nur wenige Meter von ihrem Haus entfernt, aber Ivo will nicht weiterfahren, bevor er alles losgeworden ist. »Du sollst nirgendwem was über meinen Körper sagen, oida! Weißt du, was da alles passieren kann?« Ivo will gerade ausführen, dass Brad die Info an die Medien weitergeben könnte, die sich darauf stürzen würden, weil sie sonst nichts zu tun haben, aber Jessy steigt aus dem Auto und geht zu Fuß Richtung Haustor. Er lässt das Fenster runter, fährt neben ihr her und schreit ihr das mit den Medien zu, weil er stolz darauf ist, dieses Argument gefunden zu haben, aber Jessy stöckelt nur schneller, von ihm abgewandt, weiter und verschwindet im Haus, bevor Ivo aus der Garage zurückkommt, und so geht er in sein Bett, das Ehebett, in dem er seit Adnans Geburt alleine schläft, ohne sich richtig abreagiert zu haben.

Am nächsten Morgen ist er schon nach dem Aufwachen viel zufriedener. Es ist wirklich nett von Jessy, mit seinem Sohn in einem anderen Zimmer zu schlafen, damit Ivo ausschlafen kann. Er streichelt seiner

Tochter über den Kopf, isst zwei Toasts mit Salami und zwei mit Nutella und entschuldigt sich bei seiner Frau. Sie ignoriert ihn weiterhin, also fragt er sie, wann nochmal ihre Ballettaufführung ist, weil er weiß, dass sie darauf antworten wird.

»Am 17. April? Perfekt!«

»Wieso?« Jessy dreht sich zu ihm um.

»Na, ich hab mit der Ballettlehrerin geredet, um auch mitzumachen bei der Aufführung, so als einer der Bäume im Hintergrund.« Ivo stellt sich so hin, wie er sich vorstellt, dass Ballettbäume stehen und sieht mit gespielter Ernsthaftigkeit dem Gesicht seiner Frau dabei zu, wie es sich von überrascht zu belustigt verändert, und als sie lacht, weiß er, dass sie verloren hat und ihm verzeihen muss, und er nimmt seinen Laptop unter den Arm und geht zufrieden nach oben in sein Zimmer.

22

Natürlich kann man sagen, so ein Tag ist ehrlich, so ein grauer Tag, der ausrinnt und einen anpatzt wie eine grindige Suppe, von der zu viel in den flachen Teller geschüttet wurde, ein Tag, an dem die Sonne nie auftaucht und man den Regen nicht sieht, aber in jeder Faser riecht. Man kann auch sagen, dass die Leute ehrlicher sind hier in England, in Belgien, in Hamburg, überall da, wo es diesen feigen Scheißregen gibt. Aber wenn Ehrlichkeit heißt, dass man die Badtür nicht absperren kann, oder dass man keine

Vorhänge hat, damit jeder von der Straße aus reinschauen kann wie in Ivos erstem Zimmer in Brügge und im Haus von seinen Nachbarn gegenüber, wo ein Ehepaar jeden Tag nebeneinander sitzend Zeitung gelesen und nie auf dem Esstisch gefickt hat, dann kann man nicht von Ehrlichkeit reden, weil man ja gar nichts zu verstecken hat.

Ehrlich zu sein ist leicht für Leute, die jeden Tag mit dem gleichen Gefühl aufstehen, jeden Tag das Gleiche denken und fühlen. Ehrlichkeit ist leicht für vernünftige Leute, aber richtig ehrlich sein heißt, jemandem im selben Satz »Ich liebe dich« und »Ich hasse dich« zu sagen.

Man kann ehrlich sagen: »Darling, could you get me another Ginger Ale?«, aber man kann nicht ehrlich sagen: »Schatz, heute würde ich mich am liebsten erschießen«, und ein paar Stunden später wieder kein Problem im Leben sehen. Heute ist so ein Wetter wie in Hamburg, ein Wetter, das sein ehemaliger Trainer ehrlich genannt hätte. Heute ist das gleiche Wetter wie immer.

Heute vor einem Jahr war Ivo ganz oben: seit September fix qualifiziert für die EM, Doppeltorschütze im Derby gegen Liverpool, hat einem traurigen Steven Gerrard respektvoll die Hand geschüttelt, war glücklich. Heute ist Ivo niedergeschlagen, und morgen wird er es auch sein und übermorgen und überübermorgen, und genau deshalb ist er niedergeschlagen, weil alle Tage gleich sind.

Gerade ist das Scheißjahr vorbei, schon reden alle drüber, was im letzten Jahr passiert und was nicht passiert ist, und Ivo muss an die EM denken, nicht weil er will, sondern weil alle ihn daran erinnern, und er spürt ein Knacksen, wie man es hört, wenn eine Nase bricht oder ein Traum stirbt. Ein Traum, von dem jeder wusste. Ein Knacksen von etwas, das nicht wieder zusammenwachsen wird.

Und natürlich fragt er sich, was zur Hölle mit Mirna los ist, warum sie nicht schreibt, das hat er sich in den letzten Wochen öfters gefragt. Aber man kann halt in niemanden reinschauen. Man kann nie wissen, was in jemandem vorgeht. Jeder sieht alles nur so, wie es für ihn ausschaut und wenn die Lehrer sagen: »Stell dir vor, wie sich das für *ihn* angefühlt haben muss«, kann Ivo sich das nicht vorstellen, weil er sich nicht vorstellen kann, jemand anders zu sein und schon gar nicht irgend so ein kleines Opfer mit Brille, das zur Lehrerin petzen geht und vor der ganzen Klasse weint, weil Ivo ihm seine Jause weggenommen hat.

Ivo kommt es vor, als wäre sein Leben nicht mehr ganz, als würde eine Hälfte fehlen, als wäre sein Leben ein Auto, das der Länge nach durchgeschnitten ist. Und der beschissene Regen hört auch nicht auf.

23

Ivo lässt sich massieren und schaut währenddessen Sky Sport News HD, wo sie behaupten, der Co-Trainer von Red Bull Leipzig habe zu Davie Selke, einem 22-Jährigen, den sie erst ein Jahr vorher um 8 Millionen von Bremen gekauft haben, gesagt: »Alle anderen haben sich entwickelt, nur du stagnierst«, und Ivo denkt länger über diesen Satz nach, als er will.

Im Grunde kann niemand wissen, ob jemand zu früh wechselt oder nicht, ob jemand sich überschätzt oder genau richtig einordnet. Der Präsident von Palermo hat 2015 auch gesagt, Dybala übernimmt sich mit seinem Wechsel zu Juve, aber ein Jahr später ist Palermo abgestiegen und Dybala steht mit Juventus Turin im Champions League-Finale.

Bei Selke hat damals niemand verstanden, warum er aus der Bundesliga zu Leipzig in die zweite Liga gewechselt ist, nur Ivo und Nuri haben es nachvollziehen können. *One step back and two steps forward.* Selke wusste eben, dass Red Bull Leipzig im nächsten Jahr schon in der Bundesliga sein würde und sie dort mit all ihrem Geld erfolgreicher sein würden als Bremen. Und wenn er schon vorher wechselte, würde er ein Teil des Erfolgsteams sein, zum geschafften Aufstieg beigetragen haben und den Dank dafür ernten. Und genau so ist es dann gekommen, Leipzig ist aufgestiegen, aber sobald der Aufstieg fix war, haben sie Timo Werner, der viel besser in ihr System passt, für 14 Millionen gekauft und Selke auf die Bank geschickt.

Alles muss sich immer entwickeln, alles wird besser, schneller, jünger, und wenn du bleibst, wie du bist, wollen sie dich entsorgen, weil du eben nicht bleibst, wie du bist, sondern im Verhältnis zu den anderen schlechter wirst.

Wenn dein Marktwert nicht nach oben geht, dann geht er nach unten, weil das Geld immer weniger wert ist, so wie die 8 Millionen, die Hamburg 2011 für Ivo gezahlt hat, viel mehr waren als die 8 Millionen, die RB Leipzig 2015 für Selke gezahlt hat. Weil 8 Millionen früher noch eine Summe mit Aussagekraft waren und jetzt das Minimum sind, das für jeden Durchschnittskicker bezahlt wird.

Und Ivo? Stagniert er?

Bei Ivo ist es was anderes, weil er auf einem viel höheren Niveau spielt und nie stagniert hat, sondern immer schon abwechselnd gute Spiele und weniger gute Spiele gemacht hat, genauso wie er abwechselnd sehr stolz auf sich und sehr enttäuscht von sich war, die Welt abwechselnd wunderschön und scheiße gefunden und sein Potenzial manchmal vollkommen erfüllt und manchmal nur angedeutet hat.

Und obwohl das alles so ist und Ivo über diesen Dingen steht, überlegt er trotzdem, was sich bei ihm seit dem letzten Sommer entwickelt hat. Wegen der EM, nicht wegen Mirna.

Entwicklung ist ein Ziel, auf das man zurennt, zumindest glauben das die anderen. Ivo weiß ja, wie er sich jeden Tag entwickelt, mit jedem Pass, den er spielt, mit jedem Tor, das er schießt, mit jedem Gedanken, der ihn verändert. Aber was ist mit den Pässen, die er nicht spielt, den Gedanken, die er nicht hat? Das lässt sich halt nicht so messen, wie sich Entwicklung an einem Ziel messen lässt. Entwicklung geht immer auf einen Punkt in der Zukunft zu, deshalb muss man sich immer von links nach rechts bewegen wie die Marktwertkurven im Internet, und je nachdem, wie es rauf und runter geht, erkennt man die Entwicklung und erfährt auf eine ganz komische Art nichts über den Menschen dahinter oder die Gründe dafür, aber doch irgendwie, wie es ihm insgesamt als Spieler ergeht.

Entwicklung muss immer so laufen wie in einem Film, mit einem Anfang, einem Höhepunkt und einem Ende und je nachdem, wo der Höhepunkt der Kurve ist, weiß man, ob es eine Abstiegsstory von einem ewigen Talent ist, das seinem Hype nicht gerecht wird oder eine Comebackgeschichte von einem Spätzünder, ob es jemand ist, bei dem es gleichmäßig nach oben geht wie Alaba, oder jemand, dessen Leben Sprünge macht wie Ivo. Aber um der Held von einem Film zu sein, muss man sich auf jeden Fall in irgendeine Richtung entwickeln und irgendwann ganz oben oder ganz unten sein. Filme müssen wie Rocky sein oder wie Blow mit Johnny Depp. Nur Bond ist immer Bond, am Anfang so arrogant wie am Ende, lernt nichts, sondern kann alles und denkt immer nur an das eine Bondgirl aus dem aktuellen Film und nie an die vom letzten. Kann man sagen, dass Bond stagniert?

Nein, weil es auf einem gewissen Niveau einfach keine Stagnation ist, sondern eine Leistung, so zu bleiben, wie man ist. Ivo hätte gerne das Leben von einem Bondfilm, ohne sich zu entwickeln, ohne sich zu verändern, ohne sich zu erinnern. Im Abspann mit einer Frau zu schlafen, in die man verliebt ist, ohne daran im nächsten Vorspann einen einzigen Gedanken zu verschwenden.

Aber das Leben ist momentan wie das Gegenteil von Bond, wie ein dunkles Loch, in das man hineinfällt, ohne je unten anzukommen, so lange, bis man gar nicht mehr spürt, dass man fällt.

Wenn man Ivos Leben verfilmen würde, dann müsste der Höhepunkt ein Fußballgroßereignis sein, die Champions League oder eine Endrunde mit dem Nationalteam, etwas, das für immer bleibt. Und seit die EM vorbei ist, hat er so ein Gefühl – nein, es ist mehr als ein Gefühl. Seit der EM weiß Ivo, dass er in seinem Leben keinen großen Titel mehr gewinnen wird.

Er hat die Champions League ja schon mit 20 einmal gewonnen, als Teil der Chelsea-Mannschaft von 2011, auch wenn er seinen einzigen Einsatz in der Gruppenphase hatte. Er war dabei. Er hat den Pokal hochgehoben, und als Strafe haben die deutschen Medien, die »Morgenpost« und die »Bild«, diesen Titel später gegen ihn verwendet, so, wie sie alles gegen ihn verwendet haben: seine Art, seine Herkunft, sein Jahr bei Real Madrid und seine Aussagen über Reiner Calmund, den er gar nicht beim Namen genannt, sondern nur als »diesen fetten Reporter von Sky« bezeichnet hat. Ivo hätte nicht gedacht, dass Erfolg die Leute so gegen einen aufbringt. Bei jedem Ballverlust haben sie einen Artikel geschrieben »Deshalb wollte Real ihn nicht!«, bei jeder schlechten Flanke »CL-Sieger kann nicht flanken!«, so lange, bis alle wirklich geglaubt haben, er wäre ein arrogantes Arschloch, das nichts kann. Aus einem harmlosen kleinen Ausflug mit Freunden wurde ein illegales Straßenrennen mit einem geschrotteten Lamborghini, aus einem Streit mit Van der Vaart im Training eine Schlägerei. Und als er aufgehört hat, Fehler zu machen, haben sie sogar das alte Video von der Meisterfeier in Basel herausgekramt, auf dem Ivo irgendeinem glatzerten Politiker einen Klaps auf den Hinterkopf gibt. »Trifunović schlägt wieder zu!«

Ivo wird sich nie dafür rechtfertigen, dass er als erster Österreicher zu Real Madrid gewechselt ist, unabhängig davon, dass es für seine Karriere nicht die richtige Entscheidung war, und er wird sich nie absprechen lassen, dass er die Champions League gewonnen hat. Es stimmt ja, er *hat* die Champions League gewonnen, er hat die Scheißurkunde zu Hause. Auch wenn er nie gespielt hat, er war Teil des Teams. Er ist auf der Bank gesessen, er hat mit den anderen gejubelt, er hat mitgefeiert. Puh. Ein Schauer rinnt über Ivos Rücken, wie jedes Mal, wenn er an die Party nach dem Finale denkt.

Niemand auf der Welt kann sich vorstellen, mit welchem Gefühl man durch die Welt geht, wenn man gerade die Champions League gewonnen hat, wie das Poppen vom Champagner einen Rhythmus erzeugt und der Schaum alles klebrig macht, die T-Shirts und die Gedanken oder eben die Nicht-Gedanken. Wie deppert man wird, wenn man einmal im Leben so richtig machen kann, was man will und die schönsten Frauen des Landes sich vor der Suite anstellen, um einen mitten in einer riesigen Schaumparty zu ficken.

Die Medien haben geschrieben, dass Ivo in Madrid, und spätestens nach dem Titel mit Chelsea, den Kopf verloren hat, die Bescheidenheit, die ihn vorher ausgezeichnet hat, aber wie soll man da bitte nicht den Kopf verlieren? Die meisten Menschen verlieren schon den Kopf, wenn sie einen geilen Arsch in der Glotze sehen.

Und dann Hamburg, Nieselregen und jedes Wochenende irgendwas in der Zeitung lesen, was nicht stimmt, von verklemmten Norddeutschen, wie ein überhypter Hütchenspieler behandelt und dafür verantwortlich gemacht werden, dass es die Hanse nicht mehr gibt, dass Hamburg nicht mehr so wichtig ist, wie es sich fühlt, und dass ein Verein, in dem jeden Monat die gesamte Führungsetage ausgetauscht wird, in den Arsch geht. Jérôme Boateng hat es keiner vorgeworfen und Vincent Kompany auch nicht. Sie sind rechtzeitig gegangen und wie alle Spieler vom HSV waren sie bei ihren neuen Vereinen besser, womit ja schon alles über diesen Scheißladen gesagt ist. Die Fans und die Medien haben so getan, als wäre Ivo nicht gut genug für Hamburg, dabei war Hamburg nicht gut genug für ihn, so wie überhaupt nichts je wirklich gut genug für ihn war. Hamburg ist wie ein Kind von reichen Eltern, das nie etwas leisten musste und gelernt hat, die Schuld für alles bei anderen zu suchen. Und die Leute, die beim HSV etwas zu sagen hatten, waren alle Hamburger, alle Kinder von reichen Eltern und haben die Schuld nur bei anderen und nie bei sich selbst gesucht.

Ivo hat Komplexler schon immer gehasst. Egal, ob es Trainer oder Mitspieler waren, Journalisten, Lehrer, Funktionäre, oder einfach nur kleine Männer. Er hat unsichere Menschen immer verabscheut. Aber bis er nach Hamburg gekommen ist, wusste er nicht, dass ganze Städte Komplexe haben können.

Er hätte damals viele Möglichkeiten gehabt. Er hätte zu Olympique Marseille gehen können, zur AS Roma oder nach Valencia, aber er wollte zu keinem großen Namen, in keine große Stadt. Er wollte nach Deutschland, weil er dachte, dort lassen sie ihn in Ruhe. Er wollte in eine Stadt wie Hamburg oder Gladbach, eine Stadt, die zwar fast so groß ist wie Wien, aber kein Wahrzeichen hat, keinen Stephansdom, kein Riesenrad, kein Schönbrunn. Und klar, vielleicht wäre in Gladbach alles anders gekommen. Vielleicht wissen sie dort, dass sie niemand sind. In Hamburg wussten sie es nicht. In Hamburg reden sie noch immer von Ernst Happel und der Hanse und im März von Ivos letztem Jahr, als der HSV auf dem Relegationsplatz war und ein neuer Trainer engagiert wurde, um irgendwie die Liga zu halten, haben sich die Gespräche im Verein nur darum gedreht, dass dieser Trainer einen Audi A6 fährt, so als wäre er arm.

Ivo empfindet keinen Groll mehr gegenüber dem HSV, obwohl er zu lange dortgeblieben ist und wertvolle Jahre seines Lebens verloren hat, immer mit dem Traum im Kopf, in einem Jahr oder zwei wieder Champions League zu spielen. Wieder die Champions League zu gewinnen. Das ist es, was Ivos Leben zu einem Film machen könnte: das Supertalent, das mit 19 zu Real geht und mit 20 die Champions League gewinnt, dann zum Bad Boy wird, sich mit jedem anlegt, der ihn provoziert, schwierige Zeiten durchmacht und sich wieder nach oben arbeitet, bis er am Höhepunkt des Films endlich das einlöst, was sein Leben versprochen hat.

Mit der EM ist dieser Traum gestorben. Ivo hat sich monatelang ausgemalt, wie es laufen könnte, wie Österreich als Underdog die Gruppe aufmischt, die Scheißschweden und die Slowenen wegballert, und eigentlich war das schon immer Ivos Problem, dass er weiter gedacht hat, als er sollte, weiter als bis zum nächsten Spiel, und dass er gesagt hat, was er denkt.

Ivo hat es sich so vorgestellt: Er schießt Hausnummer 4 Tore und gibt 4 Assists, Österreich kommt bis ins Viertel- oder Halbfinale, er ist einer der Shootingstars der EM und danach wechselt er zu Paris Saint-Germain oder zu Manchester United und spielt wieder Champions League, bekommt die Chance, sich seinen Titel zu verdienen und sich wirklich offiziell als der Gewinner zu fühlen, der er ist.

Er hat sich ein Jahr lang auf die EM gefreut, und einen Atemzug später war sie vorbei. Drei Niederlagen. Das schlechteste Team der ganzen Endrunde. Und sie sind nur dagestanden, wie Vollidioten, mitten im riesigen Stade de France und konnten es nicht glauben.

Und das wirklich Schlimme, das Ivo nicht aus seinem Kopf löschen kann, ist, dass nicht er und nicht die Loser von den schlechten Vereinen es versaut haben, sondern seine Freunde, die Musterprofis, und es kommt ihm so vor, als hätte er sich selber schon so oft enttäuscht, dass er besser damit umgehen kann, wenn es an ihm scheitert, als die versagen zu sehen, die er liebt. Er schüttelt den Kopf und schaltet auf einen anderen Kanal.

Ganz unabhängig von der Entwicklung und diesem ganzen Blödsinn hat Ivo in den letzten Tagen das Gefühl, dass einfach gar nichts weitergeht bei ihm, dass es in seinem Leben einen Bruch gibt, wie in dem Film mit dem Murmeltier, nur mit Regen und Rückenweh statt Bill Murray und der Loréal-Tussi.

24

Wenn Ivo jemanden sieht, den er mag, geht die Sonne in seinem Gesicht auf.

Man könnte jeden seiner Freunde fragen und jeder würde sagen, dass Ivo der netteste und lustigste Mensch auf der Welt ist, aber nicht nur seine Freunde, jeden Bekannten, jeden, mit dem er mal zusammen gespielt hat, alle würden sagen, dass sie sich immer freuen, Ivo zu sehen, dass Ivo immer irgendeinen guten Witz macht und sie zum Lachen bringt. Aber wenn Ivo alleine ist, herrscht Nacht.

Wenn er niemanden sieht, den er mag, sieht er überhaupt niemanden. Er geht in den Energiesparmodus, sperrt seine Gefühle ein und setzt ein Gesicht auf, aus dem niemand etwas ablesen kann, und gerade, weil sich in seinem Gesicht nichts ablesen lässt, interpretieren andere dann etwas hinein und sagen, er schaue desinteressiert oder arrogant. Aber erstens stimmt das nicht, und zweitens ist Arroganz eigentlich nicht schlimm, weil sie je nachdem, gegen wen sie gerichtet ist, manchmal angemessen ist. Also, wenn man arrogant gegenüber jemandem ist, der cooler ist als man selber, oder – noch viel schlimmer – wenn man gegenüber jemandem arrogant ist, der weit unter einem steht, einem Kind oder einem Fan oder jemandem, den man von früher kennt und der nicht Profi geworden ist oder irgendwo in Österreich in der zweiten Liga spielt, dann ist das scheiße. Aber so was macht Ivo nicht. Und die anderen, die sagen: »Ich hab den Soundso kennengelernt und er war ur arrogant«, sind fast immer Idioten, die nicht damit klarkommen, dass Ivo einfach normal dreinschaut, ohne so zu tun, als würde er sich jetzt freuen, sie zu sehen oder besonders interessiert an etwas sein, was sie sagen.

Ivo hat das nie mit Absicht gemacht. Er ist einfach so. Er wusste nicht mal wirklich, was für ein Gesicht er macht, bis er einmal vor Jahren einen Freund zufällig bei der Friedensbrücke getroffen und von ihm gesagt bekommen hat, er hätte ihn nicht gleich erkannt, weil Ivo so anders dreingeschaut hat als sonst. »Als ob du ur aggro wärst oder ur traurig.«

Ivo ist jetzt zu jedem besonders nett, der ein Autogramm oder ein Foto von ihm will und bleibt trotzdem cool dabei.

Man muss sich halt alles einteilen im Leben, weil der Preis vom einen immer das andere ist: Tag und Nacht,

Stehen und Laufen, Spaß und Wut, Liebe und Hass, wobei das nicht heißt, dass Ivo andauernd alle hasst. Das meiste ist ihm eh egal. Liebe und Gleichgültigkeit statt Liebe und Hass.

Er sieht sich auf Youtube alte Videos von sich an, Videos, die er jahrelang nicht gesehen hat, und erkennt den Blick von jemandem wieder, der dreinschaut, als ob er niemanden kennt und als ob alle ihm schaden wollen. Sein erstes und einziges Tor für Real in einem unwichtigen Cupspiel gegen Huesca, seine ersten Tore für Hamburg, bei denen er nicht fröhlich jubelt, sondern wütend, alleine. Er erinnert sich noch genau, wie wenig er damals gelächelt hat.

Autoplay hat Mitleid mit ihm und schlägt ihm einen Zusammenschnitt mit dem Titel *Ivo Trifunović – The Austrian Lion* vor, der mit der Szene beginnt, wo Marko und er mit einem Doppelpass Davids erstes Tor im Nationalteam auflegen, und genau da sieht man es, dass die Sonne nur aufgehen kann, wenn jemand da ist, den Ivo liebt, jemand, mit dem er seine Freude teilen kann, damit die ganze aufgestaute Wut, das Gefühl, in die Ecke gedrängt zu werden, nicht herausplatzt, mit einem angefressenen Schlag auf die eigene Brust, sondern einfach verschwindet, ohne eine Spur zu hinterlassen, und Ivo sieht, wie Marko, David und er sich in die Arme fallen wie drei spielende Robben, die sich mit ihren Flossen abklatschen, über beide Ohren strahlend.

Er hat seit Tagen niemanden gesehen, der ihn zum Lächeln bringt.

Am 4. Jänner kann Ivo endlich wieder trainieren. Er schießt und läuft, wirft seinen Körper in die Zweikämpfe, flankt und scherzt mit seinen Mitspielern, und als er am Nachmittag erschöpft in der Kabine sitzt, kommt ihm das Loch der letzten Wochen weit weg vor und lange her. Es geht so schnell wie sein Aston Martin, in 4,7 Sekunden von 0 auf 100, und auf dem Weg nach Hause wird Ivo wieder klar, dass er seinen Traum lebt, genau das Leben führt, das er immer führen wollte, dass er die perfekte Frau und die perfekten Eltern hat und dass er seine Kinder wirklich liebt.

Am Abend sitzt Ivo mit Lena im Wintergarten, denkt an eine Doku über Affen, die sie vor ein paar Tagen gesehen haben, und wartet auf Milo, der mit ihm zu einem Sponsorenevent gehen möchte.

Normalerweise ist das Erste, was man von Milo hört, das Röhren seines Autos. Diesmal ist es seine Stimme, die jemanden am anderen Ende einer Telefonleitung zur Sau macht. Zwei Minuten später läutet es an der Tür und Milo steht davor, mit einem breiten Lächeln im Gesicht, einem Blumenstrauß für Jessy und einem großen Kuschelbär für Lena. Obwohl er nicht seinen Anzug mit den Dollarnoten trägt, sieht er fürchterlich aus, in einem kanariengelben Hemd, einem rot-weiß gestreiften Samtsakko, einer roten Hose und spitzen grünen Schuhen. »You look like a goddess, Jessy!«, sagt er, und Ivo weiß, dass Milo Karteikarten mit den Namen der Frauen und Freundinnen seiner Klienten hat, dass seine Komplimente also nicht viel bedeuten, aber Jessy freut sich trotzdem, und während Milo zu

Lena sagt, dass sie irgendwann genauso schön wie ihre Mutter sein wird, zieht sich Ivo seine Schuhe und seine Jacke an und denkt, dass Milo aussieht wie eine Mischung aus dem Weihnachtsmann und einem schwulen Zuhälter.

»So, Ivo, how do you like my car?«

Ivo hebt seinen Blick und kann kaum glauben, was er sieht. Milo fährt nicht den gelben Ferrari oder den giftgrünen Lambo, sondern einen silbernen Toyota Prius, ein Elektroauto. Deshalb hat er ihn nicht kommen gehört.

»If you like it, I can get you one, too. They gave me 40 of them.«

»I would rather be hit in the face 40 times!«

Während der Fahrt erzählt Milo von der Verlängerung des Toyota-Engagements bei Manchester United um sechs Jahre, von einem seiner neuen Klienten, der bald um 80 Millionen zu Liverpool wechseln soll und von den Auswirkungen der Finanzkraft chinesischer Unternehmen auf den europäischen Fußballmarkt. Er erklärt, wie Paulinhos Wechsel zu Barcelona mit dem Engagement der Wanda-Gruppe in der katalanischen Immobilienbubble zusammenhängt, wie viel wer an Oscars Wechsel zu Shanghai SIPG verdient hat, wie viel höher der Werbewert von Spielern in China ist, und nach einer halben Stunde, kurz bevor sie am Ziel sind, versteht Ivo endlich, warum Milo da ist, warum er sich neulich am Telefon so ins Zeug gelegt hat. Er möchte ihn zu einem Wechsel nach China überreden.

Ivos Ausstiegsklausel liegt bei 45 Millionen Euro und er weiß selbst, dass es schwer sein wird, einen Verein in Europa zu finden, der bereit ist, diese Summe für einen bald 27-Jährigen mit seiner Vita zu zahlen. Billiger, das hat Vincent Khan, der Präsident von Everton, ihm schon mehrmals gesagt, lassen sie ihn auf keinen Fall gehen. Khan möchte um Ivo herum ein Team zusammenkaufen, das die Big 6 ernsthaft in Bedrängnis bringen kann, ein Team, das wieder europäisch spielt, und Ivo würde gerne an solche Vorstellungen glauben, vielleicht tut er es sogar manchmal, aber er hat das schon zu oft gehört. Jeder Verein, der nicht Erster ist, glaubt, dass es nach oben gehen wird und jeder, der oben ist, glaubt, dass er dort bleiben wird, also irrt sich immer mindestens die Hälfte.

Als sie bei der Sponsor-Gala vorfahren, erregt Milos Prius mehr Aufmerksamkeit als jedes richtige Auto es könnte und beim Aussteigen werden sie von einer Traube von Fotografen belagert. Ivo weiß nicht, was er fühlt. Einerseits ist er sehr stolz darauf, mit Milo gesehen zu werden, und kann sich sicher sein, dass in den nächsten Wochen die wildesten Gerüchte um einen Wechsel von ihm auftauchen werden, vielleicht sogar zu Manchester United, dem Toyota-Club, andererseits ist es ihm trotzdem peinlich, aus so einem Scheißauto zu steigen, weil man dabei nicht cool aussehen kann, und die Vorstellung, nach China zu gehen, macht ihn nicht im Geringsten glücklich.

Ivo hat das Video von Carlos Tévez gesehen, wo der während eines Matches nur im Mittelkreis rumsteht, weil es ihn nicht freut, in dieser Saftliga zu spielen, und er hat die Fotos gesehen, die Tévez mit seiner Familie in einem Vergnügungspark zeigen, als er laut eigener Aussage verletzt war. Ivo hat auch das Interview mit Oscar gelesen, in dem er behauptet, es sei schon als Kind in Brasilien sein Traum gewesen, nach China zu wechseln, weil er oft die Spiele der Super League verfolgt habe. Ja, wahrscheinlich, hat Ivo gedacht, so wie man in Wien *wahrscheinlich* sagt, wenn man *sicher nicht* meint und damals fand er es lustig, dass Oscar so jenseitige Sachen behauptet, aber in Wahrheit ist Oscar wahrscheinlich sogar vertraglich verpflichtet, das zu sagen, um die Bilder von Tévez zu entkräften, das Image der Liga aufzubessern und die 60 Millionen zu rechtfertigen, die Shanghai für einen ziemlich biederen Kicker gezahlt hat. Um anderen Spielern einzureden, dass es nicht das Ende der Karriere, das Sterben aller Träume wäre, nach China zu wechseln.

Milo schüttelt Hunderte Hände, stellt Ivo irgendwelchen Leuten vor, von denen er noch nie gehört hat, und als sie am Tisch sitzen und jemand eine Rede hält, beugt er sich zu Ivo rüber und fängt wieder an, von China zu reden. »They have great European coaches now, you know? Villas-Boas is there, Roger Schmidt, Fabio Cannavaro.«

»I don't want to go to China«, antwortet Ivo.

Er erkennt ein bisschen Enttäuschung in Milos Gesicht, als ob er sich eine positivere Reaktion erhofft hätte, aber letztlich ist es Milo egal, ob Ivo nach China wechselt oder seinen Vertrag verlängert. Er verdient sein Geld so oder so, und das ganz große Geschäft macht er eh mit anderen. Auf der Rückfahrt erklärt er ihm nochmal die verschiedenen Möglichkeiten im Detail: wie viel er verdient, wenn er seinen Vertrag verlängert, wie viel er in China verdienen könnte, und welche Chancen es gibt, dass das Geld aus China, das bald den Markt überschwemmen wird, über Umwege zu einem Verein in Europa kommt, zu dem Ivo gerne wechseln würde.

Als Milo ihn wieder zu Hause absetzt, hat sich nichts an Ivos Zukunftsplanung geändert. Die Vereine, zu denen Ivo möchte, wollen ihn nicht, und zu den Vereinen, die sich Ivo leisten können, will er nicht, also wird er bleiben, wo er ist, und versuchen, die vage Möglichkeit, von der Milo gesprochen hat, dass die neuen chinesischen Eigentümer der AS Roma vielleicht einen Freund von ihm zum neuen Sportdirektor machen könnten, und dass dieser Sportdirektor eine Schwäche für unangepasste Spieler wie Ivo hat, die gut im 1 gegen 1 sind, dass er also Ivos Qualitäten zu schätzen weiß und vielleicht genug Geld haben könnte, um ihn zu verpflichten, nicht größer zu machen, als sie ist. Ivo wird in ein paar Wochen seinen Vertrag bei Everton verlängern, pro Jahr zwei Millionen mehr verdienen und frühestens mit 32 wieder wechseln können. Und wenn ihn jemand fragt, ob er glaubt, dass Everton den Big 6 Druck machen kann, wird er »Ja« sagen, obwohl es nicht stimmt.

Ein paar Stunden später, um halb 12 Uhr nachts, als Ivo gerade ein Ladegerät für sein Handy sucht, meldet sich ohne Vorankündigung Mirna zurück.

»Frohe Weihnachten Ivo, tut mir leid, dass ich mich so lange nicht gemeldet habe. Ich hoffe, du hast Freude an deinem Geschenk. Hab gedacht ich schicks dir heute, so irgendwo zwischen dem 24. und dem 7. XX«

Ivos Finger zittern, als er auf den Link klickt, der der Nachricht angefügt ist. Sind es Nacktfotos von ihr? Ein Video?

Es ist Musik, Musik die sie extra für ihn ausgesucht hat. Es ist ein Mixtape.

25

Aber ist es überhaupt ein Mixtape? Ivo kennt sich scheiß gut mit Mixtapes aus. Er hat als Jugendlicher noch Kassetten bespielt, CDs gebrannt, Cover aus Fotos ausgeschnitten und Songlisten geschrieben, wobei er jetzt gar nicht weiß, ob er Mirna je ein Mixtape gemacht hat. Er weiß jedenfalls, dass ein gutes Mixtape alles hat: Lieder, die man nicht kennt, Lieder von früher, traurige Lieder, fröhliche Lieder. Es lässt immer ein bisschen offen, was einem der andere damit sagen will, obwohl es gleichzeitig klar ist. Kein gutes Mixtape beginnt mit einem Lied, in dem »I Love You« vorkommt oder »I miss you«, kein richtiges Mixtape.

Ivo lädt nach dem Schwimmen die Dateien auf sein Handy und auch die Titel verraten ihm nichts, weil Mirna sie alle als Song 1 bis Song 15 durchnummeriert hat, und so wird seine Neugier nur noch größer, sie endlich zu hören. Auf dem Icon neben den Liedern ist ein grüner Golf, den Ivo sofort wiedererkennt. Ein grüner Golf auf einem Parkplatz.

Den ganzen Vormittag denkt er daran, wie er sich das Mixtape anhören und wie er in den Liedern erkennen wird, was Mirna ihm sagen möchte, und am Nachmittag macht er es endlich, setzt sich an sein Rudergerät im Fitnessraum, weil er von dort aus die Tür im Blick hat, und drückt mit nervösen Fingern die Play-Taste.

Mirnas Mixtape beginnt so, wie die Welt begonnen hat: Anfang der 90er und mit einer Sirene. Während Ivo noch überlegt, ob das Snoop Dogg oder Dr. Dre ist und ob Mirna und er zu einem der beiden eine besondere Beziehung haben, setzt eine Frauenstimme ein und es zeigt sich, dass das kein Rapsong ist, weil die Stimme vom ersten Moment an klarmacht, kein Hintergrundgesang zu sein, sondern das, worum es wirklich geht. Gleichzeitig, als sie beginnt zu singen, ist Ivo überzeugt davon, dass es genau das aussagt, was Mirna ihm sagen möchte, weil es ein Mixtape ist und nicht wahllose Musik. *And I'm not soooorry, it's human nature, I'm not sorry* und Ivo ist auch nicht sorry. Er googelt sofort das Lied und sieht, dass es von Madonna ist und wirklich von Anfang der 90er, als er drei Jahre alt war. Mirna ist Madonna und sie singt *I'm not sorry, I'm not your bitch, don't blame your shit on me*. Dass es ihr nicht leidtut, was sie getan haben, und dass sie nicht seine Frau ist und er sie in Ruhe lassen soll mit den Fotos von seiner Tochter oder mit seinen Problemen. Oder dass es ihr nicht leidtut, dass sie ihm so lange nicht geschrieben hat.

Beim nächsten Lied hört er sofort, dass es aus einer anderen Zeit ist, aus der Gegenwart, und ein Mann, der nicht singen kann, singt einen Refrain, der ganz offensichtlich zu der Geschichte von Mirna und Ivo gehört, der Geschichte, die ihm das Mixtape erzählen soll: *I know you want this for life, taking pictures with all my ice, but I can't have no wife, I just want you for the night.* Ivo sieht sich ein Bild von dem Typen an. Er ist 18, geboren im Jahr 1999, als Ivo neun Jahre alt war und nach der Schule die ersten Kool Savas-Tracks gepumpt hat. Ivo ist dieser Typ, es ist seine Stimme, die sagt, er will Mirna nur für die Nacht, obwohl er das nie gesagt hat. *We spent four seasons at the Four Seasons twice.* Das ist der Unterschied zwischen Rappern und Fußballern: dass die Rapper Zeit haben, das Geld, von dem sie die ganze Zeit reden, schon in ihren 20ern zu verballern, dass sie es sogar müssen, um cool zu sein, obwohl sie im Vergleich ja arme Schlucker sind. Ivo verdient in drei Wochen so viel wie der reichste deutsche Rapper in einem Jahr, Ivo könnte sich 500 Jahre lang im Four Seasons einquartieren. Er hat nur nicht die Zeit.

Weil er sonst nicht viel vom Lied versteht, verliert Ivo sich in Gedanken an Rapper und Fußballer, ihre Gemeinsamkeiten und Unterschiede, und fragt sich, warum beide Ausländer sein müssen, um gut zu sein und warum die besten türkischstämmigen Deutschrapper alle Kurden sind. Erst am Ende versteht er den Text wieder und daran, dass er ihn versteht, durch das Genuschel des Raps hindurch, merkt er, dass diese Stelle wichtig ist: *We gon' keep this just between us, we gon' have some fun, fuck until the morning come, when the morning come I'll make you come, but then I gotta go*. Dabei war es Mirna, die gegangen ist, nicht er.

Ivo hat noch nie darüber nachgedacht, aber eigentlich war es ihm schon klar: Er könnte Mirna nie heiraten, jetzt genauso wenig wie früher, oder er könnte sie heiraten, aber sie wäre nie seine Frau, so wie Jessy seine Frau ist. Er könnte sie heiraten, wenn er ein Rapper wäre, aber nicht als Fußballer.

Sie würden es keine drei Wochen aushalten. Alles, was jetzt schön ist, wäre dann scheiße. Sie würde ihn nicht entspannt und cool in abgedunkelten Räumen sehen, sondern gestresst und genervt, so wie er in der Früh ausschaut und riecht, bevor er im Bad war. Aber was ist das dazwischen, das zwischen »jemanden nur für eine Nacht wollen« und »jemanden heiraten«? Denn das möchte Ivo, er möchte Mirna immer wieder für eine Nacht und er möchte, dass sie ihn immer wieder für neue Nächte will.

Vom vielen Nachdenken hat Ivo nicht bewusst wahrgenommen, dass der nächste Song schon längst läuft, dröhnt, wie ein startendes Flugzeug, ohne dass man eine Stimme hört. Es ist ein Lied, bei dem Ivo sofort in ein Auto steigen, die Fenster runterlassen und die Musik bis zum Anschlag drehen will. Die Stimme klingt wie von sehr weit weg, es ist wieder die Stimme einer Frau und Ivo hört auf das, was sie ständig wiederholt: *A real human being and a real hero*. Will Mirna das von ihm, oder denkt sie das von ihm? Und vor allem, natürlich ist er ein echtes menschliches Wesen! Ivo googelt den Text vom Lied, um rauszufinden, worum es da geht. Er hat schon längst zu rudern aufgehört und sitzt kerzengerade da, den Blick gleichzeitig auf sein Handy und in die Weite der Musik gerichtet.

In der ersten Strophe steht *Your pursuits are called outstanding, you're emotionally complex.* Das passt, und das Wort *pursuit* kennt Ivo praktischerweise von diesem Film mit Will Smith und seinem Sohn, bei dem sie beide weinen, weil sie arm sind. *Pursuit* ist das, was man erreichen möchte, erfolgreich zu sein, nicht mehr arm zu sein. Aber dann geht es um einen Kapitän von einem Schiff, der ganz viele Leute rettet, und das ändert natürlich die Bedeutung. Das heißt, der Kapitän von dem Schiff ist ein echter Mensch und ein echter Held und Ivo gerade nicht, weil sein *pursuit* das gleiche ist wie das von Will Smith, nämlich reich zu werden. Aber wie kann es ein *pursuit* sein, Leute zu retten? Das kann sich ja niemand vornehmen, das passiert einfach. Vielleicht würde Ivo auch ur vielen Leuten das Leben retten, wenn er in der Situation wäre. Und was ist bitte falsch daran, wenn man das schaffen will, was jeder Rapper und jeder amerikanische Tellerwäscher schaffen will, jeder auf der Welt, der arm ist, nämlich es rauszuschaffen, aus dem Scheißleben in das geile? Egal, so hat Mirna das sicher nicht gemeint. Er ist der Held, er ist der echte Mensch, er ist *emotionally complex.*

And you have proved to be (a real human being and a real hero) und in diesem guten Gefühl segelt er dahin, wie er es manchmal macht, nicht konzentriert, aber so fokussiert auf eine Sache, auf ein Handyspiel oder ein Nacktfoto oder die Vorstellung davon, in der Nacht Auto zu fahren, dass seine Augen in die Mitte driften und er, ohne es zu bemerken, zu schielen beginnt.

Deshalb reißt ihn das nächste Lied heraus, wie wenn man von einem Moment auf den anderen von der Bundesstraße auf einen Feldweg kommt und nicht darauf vorbereitet ist.

We ain't got to worry about nobody peeping in, the window's tainted black, so there ain't no looking in! Ivo denkt an den Bugatti in der Hitze vor dem Merkur.

Danach rappt wieder eine Frau, mit einer rauchigen Stimme und so schnell, dass der Text vorbeizieht, wie eine Reihe von Werbeschildern auf der Autobahn, wie die Vergangenheit. *Yeah I'm young, 21, livin' in a crazy world,* und ab da hört Ivo nicht mehr so genau hin, um was es geht, weil er die Geschichte schon kennt, weil es die ewige Geschichte des Rap ist, die Geschichte von jemandem, der arm war und es geschafft hat, und weil er sich alt fühlt. Warum singen eigentlich immer nur arme Leute über ihre Jugend?

Der Text ist gar nicht so fröhlich, aber für Ivo schon, für Ivo klingt es wie die erste Hälfte von Blow mit Johnny Depp, wo sie am Strand chillen, mit einer Coladose in der Hand und vollkommen frei, obwohl die Frau davon singt, wie klein ihre Wohnung war und dass sie ihren Eltern schon vor dem ersten Grammy ein großes Haus gekauft hat, während Ivo seinen Eltern schon vier Häuser gekauft hat, zwei Zinshäuser am Kagraner Platz, eines in Floridsdorf und eines in Fairfield, nur fünf Minuten zu Fuß von seinem entfernt, damit sie Lena möglichst oft sehen können. Den Refrain nimmt er auch nicht wirklich ernst *You say you're a Gangster but that don't impress me none,*

You say you're a Gangster but ain't seen a thing you've done. Ivo hat nie gesagt, dass er ein Gangster ist, und was er getan hat, kann man alles auf Youtube nachschauen. *I do it all myself, I ain't getting help from no-one, from no-one.* Ich auch nicht, oida! Mir hat auch niemand geholfen!

Mmm and I'm paying for this session, I'm paying for this session. And I'm paying rent, food, clothes, phones, christmas presents und genau wie die Frau zahlt Ivo gerne für alles, für seine Familie, seine Eltern, seine Kinder. Und genau wie die Frau ist er angestrengt davon, *no days off baby, I ain't resting, I told my sins, now I'm done confessing.*

Was der Song auch schafft, ist, dass die Frau von einer Sache singt, z. B. *mommy on the couch, watching Oprah, daddy's in the kitchen whippin soda* und Ivo ein Bild davon im Kopf kriegt, wie es bei ihm zu Hause war, wie seine Mutter erschöpft von der Nachtschicht auf der Couch schläft und sein Vater in der Küche ein Essen aufwärmt, obwohl er gar nicht weiß, was man macht, wenn man Soda whippt, und obwohl seine Mama natürlich nicht Oprah geschaut hat, sondern Peter Alexander oder *Mord ist ihr Hobby*. Als das Lied schon fast vorbei ist und die Frau rappt, *never trust a man cause they all hungry, yeah they all hungry,* kommt Jessy ins Homestudio und lächelt Ivo an, wie er mit dem Handy in der Hand auf dem Rudergerät sitzt. »Wow, du benutzt dein Rudergerät! Dass ich den Tag noch erlebe.«

»Was?« Ivo nimmt die Kopfhörer ab.

»Dass es jetzt Abendessen gibt.«

Ivo lässt seine Kopfhörer liegen und folgt seiner

Frau ins Esszimmer, obwohl er überhaupt nicht hungrig ist.

Als er den Kindern gute Nacht gewünscht hat, setzt Ivo seine Kopfhörer auf und geht vor der Garage ein paar Körbe werfen. Er hört genau dort weiter, wo er vorher unterbrochen worden ist, aber er konzentriert sich nicht mehr so auf den Text wie vorher. Es rappt wieder ein Mann und es ist wieder die gleiche Story: Ich war arm und jetzt bin ich reich. Ivo mag diese Geschichten, für die es immer nur eine bestimmte Zeit gibt, wo die Rapper sie wirklich verkörpern können, wenn sie es geschafft haben, aber bevor es zu lange her ist, dass sie es geschafft haben und man ihnen nicht mehr abkauft, dass sie sich noch wirklich erinnern, wie es davor war. So wie Jay-Z 2005, nicht wie Jay-Z 2015. Und er mag es, diese Musik zu hören, während er alleine im Schein der Garagenlampe Basketball spielt und ein ganz feiner Nieselregen seine Haare nass macht.

A$AP Rocky erzählt von seiner Kindheit und genau wie die Frau vorher, inkludiert seine Erinnerung an seine Kindheit auch die von Ivo. Wenn er sagt: *I remember when I was like ten maybe nine* und dann Namen der Rapper aufzählt, die er damals gehört hat, fühlt es sich so an, als würde er die Namen der Fußballer aufzählen, die Ivo als Kind im Fernseher gesehen und nach der Schule im Käfig imitiert hat, Roberto Carlos und Jay-Jay Okocha.

Als Ivo alleine im Ehebett liegt und nicht einschlafen kann, hört er sich noch ein Lied an. Es singt wieder eine Frau und Ivo fühlt die Verliebtheit aus dem Lied und legt, als das Lied vorbei ist, das Handy mit dem Gefühl auf sein Nachtkasterl, das die Sängerin als Highsein beschreibt und das Ivo, der nie high war, sich wie das Glücksgefühl nach der geschafften EM-Quali vorstellt. *You get me so high, so high, so hiiigh.*

Am nächsten Morgen würde Ivo gerne sofort weiterhören. Er denkt an seinen wirren Traum, in dem Jessy und Mirna vorgekommen sind und außerdem eine unglaublich gute Idee, die sowohl auf das Überspielen eines Gegenspielers als auch auf Ivos Leben anwendbar war, die ihm aber nicht mehr einfällt.

Heute ist er dran, Lena in die Schule zu bringen, deshalb hören sie im Auto zum tausendsten Mal den *Frozen*-Soundtrack.

In der Zeit, als er nichts von Mirna wusste, hat Ivo nicht die Tage gezählt, sondern nur so ein diffuses Gefühl gehabt, dass es schon lange her ist und dann, dass es schon sehr lange her ist und dann, dass es ewig her ist. Dabei kann man leicht zurückrechnen, weil es an Lenas Geburtstag war, dass sie einander das letzte Mal geschrieben haben. Jetzt zählt er nach und merkt, dass es ganz genau 47 Tage waren, 47 sehr lange Tage. Er wird sich jetzt auch etwas Zeit nehmen. Er wird nicht sofort antworten.

Es ist wie im Märchen. Der normale Ivo, der ehrliche Ivo hätte noch an Lenas Geburstag geschrieben, »Oida, ich seh, dass du meine Nachricht gesehen hast. Wieso schreibst du nicht zurück?!«, spätestens nach einer Woche hätte er sie angerufen, wäre zu ihr gefahren, hätte vor ihrem Büro gewartet, am Festnetz bei ihren Eltern angerufen und sich zu ihr weiterleiten lassen oder den Eltern gesagt, sie sollen Mirna ausrichten, dass sie sich bei ihm melden soll. Der alte Ivo hätte nach der Hand gegriffen, die weggezogen wird und sie so festgehalten, dass sie bei ihm bleibt. Eigentlich versteht er selber nicht, wie er es geschafft hat, so lange cool zu bleiben. Aber manchmal ist das Leben wie ein Märchen und belohnt einen dafür, cool zu bleiben. Man schmust mit dem Frosch, schluckt die bittere Kröte, teilt seinen Mantel mit einem Sandler und deshalb meldet sich die Prinzessin wieder und weiß nicht, wie sehr Ivo sie vermisst hat.

Eine Woche, mindestens eine Woche wird er warten. Er wird cool bleiben und erst, wenn sie wieder ihren Ton gefunden haben, ihre Geschwindigkeit, erst dann wird er sie treffen und wieder mit ihr pudern. Sie werden alles klären und er wird wissen, was er machen soll.

Nachdem er diese Gedanken beim Duschen in der Kabine vom Trainingsgelände zu Ende gedacht hat, oder nicht ganz zu Ende, weil er nach dem »was er machen soll« nicht mehr weitergedacht, sondern nur das Wort *Scheidung* kurz durch seinen Kopf gereicht und versucht hat, sich eine Affäre mit Happy End vorzustellen, steigt er in sein Auto, fährt nach Hause und hört ganz entspannt die letzten Lieder vom Mixtape.

Es dauert, bis ihm auffällt, dass das Lied Nummer 15 das erste auf Deutsch ist und eigentlich kann man nichts Besseres über einen deutschen Rapsong sagen, als dass man nicht gemerkt hat, dass er auf Deutsch ist. Und wieder ist es die Frau, die Ivo gefällt und nicht der Mann davor oder der Mann danach. *Wohin solln wir fahahahrn? Du bewegst den Globus und ich halt ihn an.*

26

Am 7. Jänner strahlt Ivo wie ein volles Stadion im Flutlicht. Er fährt zum Training, hört das Mixtape im Zufallsmodus, kommt zurück nach Hause, zieht seinen roten Weihnachtspulli mit den leuchtenden Rentiernasen an und sein Strahlen, das er von draußen mitgebracht hat, färbt den ganzen Raum um, wie ein Instagram-Filter, der Momente aussehen lässt wie Erinnerungen. Ivo ist ausgelassen wie Balu der Bär und Mogli in einer Person, und seine gute Stimmung steckt die anderen an. Auf alles, was gesagt wird, sagt er etwas Lustiges und dann noch etwas und noch etwas und jedes Mal steigert sich der erste Witz, schaukelt sich auf, bis Lena sich auf dem Boden rollt und Jessy ihn anlächelt, wie eine Lehrerin, die eigentlich nicht damit einverstanden ist, was der Klassenclown sagt, sich aber freut, dass er mitmacht und es selber auch ein bisschen lustig findet.

Sie essen und Ivo postet ein Foto von der ganzen um den Tisch versammelten Familie, auf dem man sieht, wie glücklich er ist, in seinem roten Rudolph-Pulli. So glücklich, dass sein Lächeln den anderen Rentieren zeigen könnte, wo es langgeht, aber nicht zu glücklich, um es ins Internet zu stellen.

Er lacht wie ein Kind, isst wie ein Kind und freut sich wie ein Kind über seine Familie und die Geschenke. Er ist genauso, wie er gerne immer wäre, genau in der Mitte zwischen den Kindern und den Erwachsenen, zwischen den Witzen, die hin und wieder zu weit ausschlagen und die Lena und seine Oma nicht verstehen und die seine Mutter nicht lustig findet und dem blinden Lachen, dem Tollen, dem Kitzeln, dem Lachen, das das Weinen streift.

Er kriegt von Jessy eine DVD mit Homemovies aus seiner Kindheit und den besten Bademantel, den es gibt, aus einem Geschäft in London. Den gleichen, den Prinz Charles hat. Und genau wie Lena ihr neues Tütü gleich ausprobiert, zieht er seinen Bademantel an und weigert sich, ihn wieder auszuziehen, und als Jessy sagt: »Naja, irgendwann musst du ihn schon wieder ausziehen, damit ich dir die Nadeln rausnehmen kann«, wirft er sich auf den Boden, hämmert mit den Fäusten auf den Teppich und schreit »Nein! Ich werd ihn nie wieder ausziehen.«

Alle lachen, und in der Stille danach, in die nur noch hin und wieder ein leichtes Glucksen einbricht, steht Ivo auf, geht zum Baby, zu seinem Sohn, der doch irgendwie merkt, wie froh alle sind, aber nur die großen Augen aufreißt, und zeigt ihm das Tattoo mit seinem Namen: Schau, Adnan, das bist du. Adnan Trifunović, der, der in beiden Welten lebt.

Dann sehen sie gemeinsam im Wohnzimmer die DVD mit den alten Homemovies an und Jessy erklärt, wo sie die Kassetten gefunden hat und wie kompliziert es war, sie auf DVD zu spielen. Es sind Videos, die Ivos österreichischer Onkel gemacht hat, und fast nur Aufnahmen von Geburtstagen und eine vom Faschingsfest im Kindergarten.

Ivo im Löwenkostüm, neben einem anderen Löwen, und die Kindergärtnerin auf der Bühne, mit Zylinder und aufgemaltem Schnurrbart, einer Peitsche in der Hand und einem Reifen, durch den die Löwen springen sollen. Sie redet und Ivo wartet und greift nach der Hand vom anderen Löwen, der sie wegzieht. Ivo greift noch einmal danach, diesmal mit beiden Händen, und hält sie fest, purzelt durch den Reifen.

Sogar Ivos Mama fängt an Witze zu machen, immer an Jessy gerichtet, wie ihre Verbündete. »So war er immer schon, Jessy«, sagt sie. »Er wollte immer schon alles haben. So sind sie als kleine Buben und so sind sie mit 50 auch noch.« Ich nicht, denkt Ivo, ich habe gelernt, weniger zu wollen, und er postet einen Ausschnitt von dem Löwenvideo als Story auf Instagram mit ein paar Tränen lachenden Emojis.

Danach schauen sie noch das Video von Ivos viertem Geburtstag, an dem er eine Angel bekommt mit einem Magneten vorne dran und einem Plastikfisch dazu und sie damit zur Alten Donau gehen, um sie auszuprobieren. Sie stehen auf dem Steg, Ivo nur mit Augen für seinen Fisch, und die ganze Zeit ist die sanfte Stimme von seiner Mama zu hören, die ihn bittet, endlich mal die Milica mit der Angel spielen zu lassen, dieses Mädchen, das eine Freundin von seiner Mama bei sich aufgenommen hat, weil ihre Eltern im Krieg gestorben sind und zu der sie immer nett sein mussten, weil sie es nicht so gut hatte wie Ivo und Kurt, die Ivo aber nicht mochte, weil sie einfach nicht nett war. Der kleine Ivo schiebt den Moment, wo er die Angel hergeben muss, immer weiter raus, erbettelt sich noch fünf Minuten: »Noch eine Mal, Mama! Noch eine Fisch!«, und irgendwann sagt er gar nichts mehr. Während seine Mama immer noch lieb und ruhig auf ihn einredet, tut er so, als ob er sie nicht hören würde und schaut auf seine Angel, die man ganz weit runter halten muss, weil die Schnur zu kurz ist, und auf den Fisch, der seitlich im Wasser liegt und ganz langsam weg vom Ufer treibt. »Ivo und sein Spielzeug! Damals die Angel und heute die Autos.« Alle lachen und Ivo mit ihnen.

Vielleicht stimmt es, vielleicht entwickelt sich wirklich niemand. Vielleicht sind alle mit vier Jahren schon genauso, wie sie eben sind, und alles, was nachher an Entwicklung passiert, besteht nur daraus, weniger so zu sein, wie man eigentlich ist, netter zu den Milicas.

Nach und nach leert sich das Wohnzimmer, Jessy bringt Lena und Adnan ins Bett, Ivos Mutter geht nach Hause, und seine Oma, die schon auf der Couch eingeschlafen ist, geht ins Gästezimmer. Ivo verabschiedet sich von allen, umarmt sie im vollen Wissen, wie sehr er sie liebt und wie sehr sie ihn lieben, und bleibt mit seinem Vater im Wohnzimmer sitzen. Sie trinken noch ein Bier, und während sein Vater wieder einmal die Geschichte vom Europacup-Spiel zwischen Roter Stern und Bayern München erzählt, scrollt Ivo durch die Antworten auf seine Insta-Story. Er sieht die lachenden Emojis und freut sich über die Reaktionen seiner Freunde, deren Profilbilder er als Kombination von Farben in seinem Herzen abgespeichert hat. Die lustigste Antwort kommt von Luís, der mit einem Satz aus dem Thug-Life-Kids-Video antwortet: *I can't tie my shoes but I can fuck your bitch* und nach einigen Minuten fällt Ivo unter den Hunderten Reaktionen ein Schwarz-Weiß-Bild auf, das jemanden zeigt, den er nicht kennt, eine alte Schauspielerin oder Sängerin, die Mirna vielleicht gar nicht so ähnlich sieht, wie er glaubt, aber genug, um sie in dieser Frau zu erkennen. Wie oft hat er in den letzten Wochen auf Insta nach ihr gesucht? Aber so ist es manchmal: Zuerst ist jemand nirgends und dann überall. Ivo möchte gerade ihr Profil anschauen, als sein Vater anfängt, einen Witz zu erzählen und er das Handy weglegen muss. Jessy kommt runter, hört das Ende vom Witz und setzt wieder ihr Lehrerinnenlächeln auf. Dann küsst sie Ivo ganz unlehrerinnenhaft mit Zunge und geht ins zweite Gästezimmer, wo sie und Adnan schlafen, und Ivo holt für sich und seinen Vater noch zwei Biere.

Als er um Mitternacht die Stiege hinaufschwankt, hat sich das Lächeln in sein Gesicht gegraben wie eine Reifenspur, und er denkt, dass seine Oma recht hatte und er wirklich wahnsinniges Glück mit seiner Familie hat, aber auch irgendwie an Mirna. Er sinkt, ohne ins Bad zu gehen, in seine butterweiche Matratze und der Gedanke, dass er morgen Mirnas Insta-Profil ansehen kann, transportiert ihn in eine Vergangenheit, in der es nichts Schöneres gab, als schlafen zu gehen, im Wissen, dass man am nächsten Tag nach dem Aufstehen sofort mit seinem Geschenk spielen kann. Das letzte Bild, das er im Kopf hat, bevor er einschläft, zeigt eine Cremetorte mit Schlagobers und Kirsche, eine Torte, bei der es nicht darum geht, wie lecker sie wirklich ist, sondern wie lecker man sie sich vorstellt. In der Früh kommt Jessy ins Zimmer geschlichen, und sie haben ganz normalen Sex.

27

Als Ivo jung war, gab es nur einen Ort: ihn selbst. Alles andere, der Fußball, Belgien, Madrid, die Clubs, Autos und Restaurants, waren nur Kulissen, die hinter ihm vorbeigetragen wurden, aber er war der Mittelpunkt, die Sonne, um die sich das Universum dreht. Inzwischen geht es ihm, wie es allen geht, aufgeteilt zwischen zwei Orten, der Arbeit und der Familie. Man macht was mit seinen Freunden, fliegt nach New York, geht ein Fußballspiel schauen oder spaziert am Graben entlang, kauft sich ein Auto, und das soll dann der dritte Ort sein, der alles ausgleicht, der den Menschen von der Ameise unterscheidet, den Arbeiter vom Millionär. Aber wenn das so ist, braucht Ivo eben einen vierten Ort, einen, wo sonst niemand ist, und deshalb nimmt er sein Handy, seine Geldbörse und seine Autoschlüssel, sagt kein Wort und rollt in seinem Aston Martin aus der Einfahrt in die kleine Straße. *Ich war nie wie ihr, ey.* Er lässt die Scheiben runter und dreht die Musik so laut, dass sie alles übertönt, die eleganten Geräusche des Motors und die Welt. *Ihr habt mich so gemacht wie ihr, ey.* Er drückt das Gaspedal wie jemanden, den er lange nicht gesehen hat, und sein Aston Martin versteht ihn ohne Zeitverzögerung, übersetzt jeden Millimeter am Gaspedal sofort in Geschwindigkeit. *Und jetzt mach ich Kies wie G's, ey! Ich hab die Taschen voller Kies, ey, ich bin geworden so wie ihr.*

Ivo hat das Mixtape wieder auf den Zufallsmodus gestellt und will das erste Lied gleich noch einmal hören, *nicht nach Hause gehen und nochmal replay*. Er singt mit und muss sich nicht fragen, ob ihn jemand hört oder sieht, weil da niemand ist, nur Nieselregen und rote Backsteinhäuser und seine offenen Fenster und Musik als Gefühl. Die beiden von einer Frau gerappten Lieder auf Deutsch hört er scheißgerne und der Zufallsgenerator in seinem Handy weiß das und spielt nach dem einen gleich das andere. Ivo singt laut mit, während er die Landstraße entlangschießt und an überhaupt nichts denkt.

Wohin sollen wir fahren, wohin sollen wir fahren? Du bewegst den Globus und ich halt ihn an. Er dreht mehrere Runden im Kreisverkehr und schreit aus den offenen Fenstern, so, als würde er wirklich fragen: *Wohin sollen wir fahahahahahren?*

Er weiß, wo er hinfährt, aber er kennt das Ziel nicht. Wenn er halb bewusst eine Richtung ansteuert, dann nicht, weil er dort hinwill, weil er dort bleiben will, sondern weil er dort fahren will, und gerade weil er sonst immer mit Kopfhörern hört, wo die Musik ganz nah und nach innen gerichtet ist, als wäre sie etwas Geheimes, gefällt es ihm umso besser, sie wieder lautzudrehen, so laut, wie es nirgendwo mehr geht, nicht zu Hause und nicht in den Kabinen, wo immer irgendwer sudert, wenn es zu gut oder zu laut ist. Echte Musik in einem Auto und beides auf Vollgas. Die Musik läuft mit ihm mit wie ein Hund und ballert raus in die Welt, wie jemand, der darauf scheißt, ob ihn die Langweiler draußen anschauen, der »Hallo« schreit, aber zu schnell weg ist, um gesehen zu werden.

Er möchte Mirna ein Video schicken, also sucht er nach einem passenden Filter, klemmt sein Handy zwischen Scheibe und Lüftungsschlitz und fängt an zu filmen, wie er extra cool durch ein paar ausgestorbene Dörfer fährt. Dann bleibt er mit Warnblinkanlage mitten auf der Straße stehen und unterlegt in der Instagram-App dieses Video mit einem Ausschnitt aus dem »Wohin sollen wir fahren«-Lied, wobei er sich konzentrieren muss, um es nur an Mirna und nicht unabsichtlich an alle seine 320 000 Follower zu schicken. Das Mixtape beginnt von vorne und er fährt weiter.

Ivo hat keine Ahnung mehr, wo er hinfährt. Er schaut nicht auf die Schilder und folgt keinem System, er fährt und als er irgendwann merkt, wo er ist und dass die Musik schon wieder längst aufgehört hat, ist es, als würde er nach langer Zeit die Augen öffnen, als würde er aus einem ewig langen Sekundenschlaf aufwachen. Noch 80 Kilometer bis Schottland. Er reduziert das Tempo seines Aston Martin und fährt an der nächsten Raststätte von der Autobahn ab.

Er tankt, schaut auf Whatsapp und kauft sich Airways und ein Red Bull-Cola. Den Kaugummi kaut er schon, bevor er bei der Kassa ist, zahlt, nimmt einen Schluck vom Cola und vergleicht irgendwie das Gefühl beim ersten Schluck, wenn das Menthol von der Flüssigkeit durch den Kopf geblasen wird und ihn mit dieser Frische fast sprengt, mit dem, was in ihm los ist. Frische ist Freiheit, denkt er und überlegt, ob der Kaugummi oder das Cola die Freiheit erzeugen. Sein Körper fühlt sich weich und entspannt an, und weil inzwischen genug Zeit vergangen ist, schreibt er Mirna: *danke für das tape hat mich ur gefreut! Was treibst du so? Erzähl mir was …*

28

Mirna ist wieder zurück nach Wien gezogen, sie hat einen neuen Job und es geht ihr gut. Je weniger man von jemandem weiß, desto weniger hat man dieser Person zu erzählen.

Ivo schreibt Mirna, dass es ihm auch gut geht, obwohl er jetzt drei Wochen gesperrt war, worauf sie nicht gleich antwortet.

Es ist schön. Ivo ist glücklich. Er denkt an Mirna, lebt sein Leben und macht ein paar sehr gute Spiele aus purer Zufriedenheit. Am Anfang war er noch nervös, weil jede von Mirnas Antworten ihm gezeigt hat, wie viel mehr Fragen er ihr stellen müsste, aber es ergibt sich im Leben eh alles von selbst, zumindest mit Mirna, und wenn Ivo nicht weiß, was er schreiben soll, ist er noch dankbarer, in einer Welt zu leben, wo man nicht alles mit Worten sagen muss, weil es Instagram gibt und sie durch Bilder ersetzt wurden.

Ein paar Tage später, während er seine Tochter zum Kindergarten bringt, überlegt er trotzdem, was er Mirna noch schreiben könnte. Die Hoffnung, dass ihr Austausch von Bildern irgendwann zu Nacktfotos führen könnte, hat er schon aufgegeben, also muss es auf eine andere Art weitergehen, aber Ivo kann sich nicht konzentrieren, weil Lena nicht aufhört, ihn mit Fragen zu bombardieren. »Tata, warum heiße ich Jelena? Wie viel Geld verdient eine Ballerina? Wieso kann Schneeflocke nicht bei uns im Garten wohnen? Sieht Gott wirklich alles, was wir machen?«

»Frag deine Mutter«, antwortet Ivo, und »wegen der Sonne«, und nachdem sie ausgestiegen ist, surren Lenas Fragen noch immer in seinem Kopf herum und er fühlt sich kurz irgendwie ertappt davon, dass Gott alles sieht, was er macht.

Am Nachmittag, als er gerade bei einem Sponsorentermin Hände schüttelt, Autogramme gibt und Fragen zu seiner Sperre beantwortet, geht ihm ein Licht auf. Kinder können so klug sein! Er muss es nur genauso machen wie Lena, er muss Mirna Fragen stellen.

Je weniger man mit einer Person teilt, desto mehr kann man sie fragen und trotzdem fragt Ivo Mirna genau das, was seine Tochter ihn gefragt hat: »*Warum heißt du eigentlich Mirna?*«, und es kommt dadurch wirklich ein Gespräch zustande, Mirna lacht über seine dumme Frage, oder sie tippt zumindest *haha* in ihr Handy, und als sie schreibt, Lena soll mal ihren Onkel Kurto fragen, warum er so heißt, tippt Ivo nicht nur *lol*, sondern lächelt dabei wirklich.

Und wieso heißt du Ivica?

Ivo hat keine Ahnung, warum seine Eltern ihn so genannt haben. Er weiß, dass Ivica Johannes bedeutet und Johannes bedeutet nichts, außer, dass es mal jemanden gab, der so geheißen hat. Kurt bedeutet natürlich auch nichts, aber erstens ist es natürlich bescheuert, sein Kind Kurt Trifunović zu nennen, so wie es deppert ist, es Mariah Huber oder Phoebe Schinkenfleckler zu nennen, und zweitens haben ihn seine Eltern sehr wohl nach jemandem benannt, nach irgendeinem Politiker, der an der Macht war, als Kurt geboren wurde. Kurt hat viel aushalten müssen im Freundeskreis, ist viel verarscht worden für seinen Namen. Jetzt, wo die Babys überall Luka, Niko, Marko oder Antonio heißen, egal, ob sie in Italien, Deutschland oder Serbien geboren werden, kann man sich das gar nicht mehr vorstellen, aber in den 90ern hatte man mit einem Namen wie Kurt Trifunović doppelt verkackt. Die Jugos haben ihn verarscht, weil er Kurt heißt, und die Österreicher, weil er trotzdem einen ausländischen Nachnamen hatte. Und als Ivo noch zu seinem Bruder aufgeschaut hat, dachte er manchmal, er hätte gerne so einen Namen wie Kurt, weil Kurt sich Kurto genannt, sich einen eigenen Namen gegeben hat, und Ivo war sich sicher, dass Kurt nur so cool geworden ist, weil er sich für jeden, der ihn wegen seinem Namen verarscht hat, einen noch viel besseren Diss einfallen lassen musste. Aber die Zeit macht alle schönen Vorstellungen kaputt, Kurto nennt sich jetzt wieder Kurt und ist in den letzten Jahren immer mehr so geworden, wie man ihn damals genannt hat: ein Kurt, mit einem normalen Job, einer normalen Frau, zwei Kindern und einem Haus in Simmering, dem einzigen Bezirk in Wien, wo Ivo nie hinziehen würde.

Ivo wiederholt nicht die Fehler seiner Eltern, er hat seinen Kindern großartige Namen gegeben: Jelena Trifunović, wegen der Sonne und Adnan Trifunović, weil er den Namen so schön findet und weil er möchte, dass sein Sohn in mehreren Welten zu Hause ist. Und wenn sein Sohn Fußballer werden und sich als Trikotnamen Adnan aussuchen würde, statt Trifunović, dann wäre das kein Problem für ihn. Sein eigener Vater hat Jahre gebraucht, um ihm zu verzeihen, dass er bei Real *Ivo* auf dem Dress stehen hatte, und zumindest ein paar Wochen, um ihm zu verzeihen, dass er seinem Sohn einen arabischen Namen gibt. Und obwohl Ivo keins von beiden ganz verstanden hat, schon gar nicht, dass sein Vater ihm sagt: »Ich habe keinen Sohn bei Real, wenn mein Name nicht auf seinem Dress steht«, freut er sich jetzt, einen so guten Nachnamen zu haben.

Für Fußballer ist der Name ja nicht nur wichtig, weil er Teil der Marke ist, genau wie bei Schauspielern und Models, sondern einfach wegen seiner Länge. Wenn Ivo ein Tor schießt, ruft der Stadionsprecher »Tooooor, durch unsere Nummer 9, Ivo ...« und das ganze Stadion schreit »Tri-fu-no-vić!«, was halt schon mehr hergibt, als wenn sie »Klein« oder »Drax-ler« schreien würden. Natürlich, kurze Namen können auch eindrucksvoll sein, Namen wie Pe-lé, Mes-si oder I-vo, aber je länger der Name ist, desto mehr müssen die Leute schreien. Und wenn das ganze Stadion I-brahi-mo-vić schreit oder eben Tri-fu-no-vić, haben sie sich jede ihrer Silben verdient, auch wenn sie sie von ihren Vätern geerbt haben.

Insofern könnte man sagen, dass es wurscht ist, wie Ivo heißt, dass er genauso gut Trojanović, Angelović oder Draganović heißen könnte und trotzdem derselbe Mensch wäre, Ivo, aber es ist eben nicht wurscht. Es wäre nicht echt und Sachen, die nicht echt sind, interessieren Ivo nicht. Deshalb schaut er nur Amateurpornos, bei denen die Leute wirklich ficken und nicht nur so tun, und deshalb hat er schon Ende der 90er, als alle gestritten haben, ob *Fifa Soccer 96* oder *International Super Soccer 96* das bessere Spiel ist, ganz klar zu Fifa gehalten. Ihm war das angeblich bessere Handling von ISS egal; solange die Spieler dort nicht unter ihren echten Namen spielbar waren, sondern Henli statt Henry oder Ziderm statt Zidane geheißen haben, war das einfach ein Scheiß, auch wenn man wusste, wer gemeint war.

Wenn Ivo einen anderen Nachnamen hätte, würde sich ja auch seine ganze Lebensgeschichte ändern, alle blöden Schmähs, die die Leute im Laufe der Zeit gemacht haben. Die Journalisten hätten nicht *Triumphović* geschrieben und nicht *Tribünović*, sondern etwas genauso wenig Kreatives erfunden. Einen Engel für Angelović, einen Diktator für Despotović und einen Drachen für Draganović, also eh immer genau das, was ihnen als Erstes einfällt.

Ivo ist sehr glücklich mit seinem Namen und gleichzeitig ist es ihm auch egal, wie er heißt. Ich bin, wie ich bin, denkt er. Ich heiß, wie ich heiß. Und niemand sonst heißt wie er, Ivo Trifunović, deshalb ist er einzigartig. Außerdem gefällt es ihm, seinen Namen von Mirna getippt zu sehen.

Beim Abendessen fragt Ivo seine Eltern, warum er Ivica heißt, genau wie Lena ihn gefragt hat, und er ist sich sicher, diese Frage schon mal gestellt zu haben, also erwartet er sich nichts von der Antwort.

»Warum heiße ich eigentlich Ivica?«

»Was?«

»Warum ich Ivica heiße.«

»Das heißt Johannes.«

»Ich weiß, dass das Johannes heißt, aber warum habt ihr mich so genannt?«

»Kein Grund«, sagt Ivos Vater, ohne den Mund dabei zu öffnen, aber seine Mutter widerspricht ihm.

»War das nicht wegen diesem Fußballer?«

»Nein«, sagt Ivos Vater, ohne aufzusehen.

»Doch sicher, ich erinnere mich. Ivica irgedwas, der von Sturm Graz.«

»Ivica Osim?«, fragt Ivo.

»Ja genau!«

Ivo hat noch nie gehört, dass er nach Osim benannt wurde und er glaubt es auch jetzt nicht ganz, deshalb schaut er seinen Vater an, um aus dessen Reaktion irgendwas abzulesen, aber sein Vater hat seine Augen auf die Reste des Rahmschnitzels vor sich gerichtet.

»Bin ich wirklich nach Ivica Osim benannt? Wieso habt ihr mir das nie erzählt?«

Jetzt treffen sich ihre Blicke und Ivo erkennt sofort, dass sein Vater wütend ist.

»Du bist nicht nach Osim benannt! Vielleicht warst du es mal, aber ich habe es zurückgenommen, als Osim, dieser ehrlose Verräter, 1992, zwei Jahre nach deiner Geburt, zu Partizan gegangen ist. Du heißt nicht nach Osim und ich will diesen Namen nicht mehr hören.«

»Was?«

Manche Sachen sind einfach zu deppert, um sie zu glauben.

»Das heißt, ihr habt einen Sohn nach einem Nazi-Politiker benannt und einen nach dem Trainer von Partizan Belgrad, oder was?«

Ivos Vater steht auf und geht ins Wohnzimmer, ohne ein Wort zu sagen.

»Du darfst ihm so was nicht sagen, Ivo!« Ivos Mama senkt ihre Stimme. »Weißt du, für ihn war das wirklich schwierig damals. Meine Eltern wollten eigentlich, dass dein Vater seinen Nachnamen aufgibt, um sich besser zu integrieren. Trifunowitsch mit sch oder Trifunovits oder irgendwas, das ähnlich klingt.« Und bevor sie weitersprechen kann, schreit Ivos Vater, der seit Jahren so tut, als würde er schlecht hören, wenn ihn Sachen nicht interessieren, sich aber in Momenten wie diesem verrät, aus dem anderen Zimmer rüber: »Fröhlich haben sie gesagt, nenn dich doch Fröhlich, das klingt eh so ähnlich wie Trifunović!«

Ivos Mutter macht eine wegwerfende Handbewegung.

»Das waren andere Zeiten. Früher haben das viele gemacht. Der Waldheim hat auch Václavik geheißen ursprünglich und meine Eltern wussten nicht, wie schlimm die Vorstellung, seinen Namen zu ändern, für deinen Vater war. Dass wir deinen Bruder Kurt genannt haben, war, naja, ein Kompromiss.«

Es ist wirklich zu deppert, um nicht erfunden zu sein. Ivica Osim, Ivo Fröhlich. Er kann es nicht glauben. Die Geschichte klingt so falsch, dass sie Ivo daran erinnert, wie er mal mit sieben oder acht Jahren seinen Onkel Njegoš gefragt hat, was ihr Nachname bedeutet, weil sein Vater nie mehr dazu sagen wollte, als dass das -vić Sohn von bedeutet und der Rest gar nichts, und sein Onkel Njegoš hat ihm eine ur lange Geschichte erzählt, über einen Vorfahren von ihnen, der die drei geilsten Töchter Sarajevos hatte und weil alle so eifersüchtig auf ihre Schönheit waren, haben sie die drei *fufas* genannt, Luder, und die Kinder der drei *fufas*, haben sie Tri-*fufa*-no-vić genannt, woraus später Trifunović wurde. Ivo hat als Kind, und in der Zeit zwischen Kindheit und Pubertät, wo jeder für sich rausfindet, was es noch alles für Gefühle gibt, immer wieder an die drei fufas gedacht und sich gefragt, was es bedeutet, dass seine Familie nach drei Tussis heißt, aber als er Njegoš ein paar Jahre später darauf angesprochen hat, konnte sich der nicht erinnern und hat abgestritten, je so was gesagt zu haben. »Der Name wird ja nicht über die Frauen vererbt, Ivo, sondern über die Männer. Keine Ahnung, wo du die Geschichte herhast, aber Trifunović kommt von *funta*, Pfund, und ...«

Ivo hat nicht weiter zugehört, weil ihm klar geworden ist, dass alle Geschichten von Onkel Njegoš erfunden sind und deshalb nichts bedeuten.

Später, während die Abendnachrichten laufen und sein Vater vor dem Fernseher schläft, schreibt ihm Mirna zurück.

Ok, also meine Mutter sagt, ich heiße nach dem Fluss, weil sie als Kind einmal dort war und es schön fand, nicht wegen Frieden oder sowas. Leider keine so gute Story.

Ich heiße anscheinend nach Ivica Osim, aber mein Vater hat es mir nie gesagt, weil der Osim wenig später Trainer von Partizan geworden ist haha.

Lol unsere Eltern

Ivo liest diesen Satz immer wieder. Unsere Eltern. Als ob sie ein Paar wären, ein Wir.

Abgesehen davon, dass er Mirna schreibt und Fotos schickt und ihr Mixtape hört, hat sich gar nichts in Ivos Leben geändert. Er verbringt die Tage am Trainingsplatz, sieht Videoanalysen, trifft sich mit seinen Freunden, macht Ausflüge mit seiner Familie, schaut Fußball, spielt Fußball, geht ins Kino, zu Konzerten oder in den Zoo, wirft mit Dušan Körbe im Hof und führt Tausende Gespräche mit seinen Teamkollegen, mit seinen Freunden, mit seiner Familie, in denen es nie um Mirna geht. Sie ist ein winziger Teil in seinem Leben, aber sie ist der einzige, den er nicht sofort wieder vergisst.

Was in seinem Leben neu ist, definiert sich nicht über die Zeit, die er damit verbringt, sondern über die Gedanken daran. Alles andere läuft parallel daneben und Ivo ist vielleicht nicht voll bei der Sache, aber schon zumindest mehr als zur Hälfte, was vollkommen reicht. Aufs Fußballspielen hat seine Gefühlswelt sowieso keinen Einfluss. Er macht gute Spiele, mittelmäßige und eher schlechte. Er schießt ein Doppelpack gegen West Ham und vergibt drei große Chancen gegen Arsenal. Ivo funktioniert, so wie er immer funktioniert hat: gut, aber zu unkonstant, und fast jeder Tag läuft genauso ab, wie seine Tage eben ablaufen können.

Neu ist auch, dass er jetzt öfters alleine Auto fährt, meistens die gleiche Strecke auf der Autobahn nach Norden und dass er ein neues Spiel mit sich selbst erfindet.

Als Kind ist er hinten rechts gesessen, hat den einen schwarzen Fleck auf der Seitenscheibe fokussiert und ihn dadurch bewegt, dass er seinen Kopf gehoben oder gesenkt hat. Der Fleck ist über die Bäume und Masten neben der Autobahn geflogen und Ivo war teilweise stundenlang unter Stress, damit der Punkt (das Flugzeug) nie irgendwas streift. Jetzt sitzt er am Steuer und lässt sich auf der gleichen Strecke jedes Mal ein bisschen weiter treiben, bis Preston, bis Lancaster und versucht, von dort wieder rechtzeitig nach Hause zu kommen. Das ist das Spiel: schauen, wie weit er kommt, ohne dass es jemandem auffällt. Während er fährt, entsperrt er sein Handy nicht, damit dann, wenn er ankommt, eine Nachricht von Mirna auf ihn wartet. Er fährt bis Penrith und schafft es in 47 Minuten nach Hause.

Ivo fährt nur noch Autobahn, weil er gar nicht richtig fahren will. Er möchte nur sein.

29

Ivo kommt spät vom Auswärtsmatch nach Hause, geht direkt zum Kühlschrank und beginnt etwas aus einem Tupperware zu löffeln. Er sollte entspannt sein, erschöpft und eigentlich auch zufrieden mit seiner Leistung, aber er denkt weniger an das Match, ein extrem hart geführtes Cupspiel gegen Millwall, bei dem er an der Ecke mehrmals mit Bier angeschüttet wurde, als an die Diskussion danach, mit einem seiner jungen Mitspieler.

Ivo war immer überall der Jüngste, hatte ältere Freunde, hat mit älteren Spielern zusammengespielt, weil er für die Gleichaltrigen zu gut war, und wenn man mit Älteren aufwächst, dann fühlt man sich auf eine ganz seltsame Weise gleichzeitig jung und alt. Jung, weil man immer der Kleine bleibt, den die anderen für seine unbekümmerte Art lieben, und alt, weil man im Vergleich zu Gleichaltrigen schon zu viel vom Leben gesehen und gehört hat. Inzwischen ist er selber älter geworden, jemand, der junge Spieler an die Hand nimmt und ihnen Tipps gibt. Er kennt jetzt endgültig beide Welten, die der Alten und die der Jungen, und beide nerven ihn abwechselnd.

Die Alten, die, die älter sind als Ivo, verstehen oft

den Sport nicht mehr, weil sie die Veränderungen verpasst haben, sagen Dummheiten wie »Wir brauchen wieder echte Kerle« oder »Ohne Mittelstürmer kann man nichts gewinnen« und vergessen, dass viele Spieler von früher heutzutage gar keine Profifußballer sein könnten, mit ihrer limitierten Technik und ihren Wampen und dass Barcelona und Spanien beide jahrelang ohne richtigen Mittelstürmer gespielt und so die Champions League, die Welt- und die Europameisterschaft gewonnen haben. Und die Jungen, die Anfang zwanzig, vergessen dafür, dass das, was gestern Gold war, Mittelstürmer, Menschen, heute nicht automatisch Abfall ist, nur weil irgendwelche Nerds, die jede Körperbewegung messen und auswerten, den Fußball übernommen haben, und die Sätze sagen wie »Was die spielen, ist 70er Jahre-Fußball«, obwohl sie selbst erst Mitte der 90er geboren sind. Die einen haben kein Gefühl für die Zukunft und die anderen keins für die Vergangenheit, und nur Ivo mit seinen bald 27 Jahren steht genau dazwischen, kennt und versteht beide Welten und verachtet beide für ihre Dummheit.

Gerade streitet Ivo mit Clyde, einem 20-Jährigen, über die Bayern und hasst kollektiv die Jüngeren, weil sie glauben, etwas zu wissen, obwohl sie kleine Scheißer sind. Es geht nicht um konkrete Spiele, obwohl sie die Spiele natürlich alle schauen und besprechen, sondern um eine grundsätzliche Frage: Kann man Energie konservieren, indem man sie sich für die wichtigen Spiele aufhebt und vorher versucht, mit 80% irgendwie die Siege zu ernudeln, oder muss man immer sein Bestes geben, auch in den Spielen gegen irgendwelche Eierteams aus Kleinstädten, um immer besser zu werden und am Ende der Saison, wenn es in Champions League und Meisterschaft um alles geht, am Höhepunkt zu sein? Entsteht das Besondere durch Disziplin und permanente maximale Anstrengung oder gerade dadurch, dass man locker ist und das Genie aus dem Handgelenk schüttelt?

Clyde merkt gar nicht, dass seine Sätze Floskeln sind, dass »dominant spielen« und »das System verinnerlichen« keine Wahrheiten sind, sondern nur etwas, das Idioten mit Brillen so oft wiederholt haben, bis andere es glauben. Das System. Fuck the System, oida! Ivo wird schon richtig wütend auf Clydes Ahnungslosigkeit, weil der einfach nicht versteht, dass das, was er sagt, schon ur oft gesagt und immer wieder widerlegt wurde, schon vor Generationen und von Menschen mit viel mehr Ahnung vom Fußball, als er sie hat, und genau deshalb dreht sich die Welt immer im Kreis, weil die neuen Menschen immer jung und ignorant herauskommen und die Alten irgendwann deppert werden.

Nach dem Spiel gegen Ingolstadt, bei dem die Bayern zwar gewonnen haben, aber mit ziemlich viel Glück und zwei Toren in der Nachspielzeit und ohne wirklich gut zu spielen, haben Clyde und er tagelang diskutiert, und dieses Würschtl will einfach nicht einsehen, dass Ivo recht hat und er falsch liegt. »Sie spielen voll scheiße, ohne Plan, ohne System, ohne Spielphilosophie.« – »Aber sie haben verficktnocheinmal gewonnen! Und was bringt es ihnen, Ingolstadt 6:0 wegzuballern, wenn ihnen dann nächste Woche gegen Arsenal die Kräfte fehlen und sie, egal, wie hoch sie gewinnen, eh nur drei Punkte kriegen?«

Das Arge ist auch, dass es bei diesen Diskussionen überhaupt nicht um Information geht. Clyde kennt die Geschichte, er weiß, dass die Mannschaften von Ancelotti immer schon so gespielt und erst Gas gegeben haben, als es wirklich wichtig war, und dass Ancelotti so schon zweimal die Champions League gewonnen hat. Er kann das alles im Internet nachschauen. Er weiß, wie viele Spieler bei den Bayern in den letzten drei Jahren genau in der wichtigsten Phase der Saison, von Februar bis April, gefehlt haben, wegen Verletzungen, die davon kommen, dass sie sich vorher zu sehr reingehängt haben. Er hat die Information, er hat ein ganzes Internet voll mit Information, aber er zieht die falschen Schlüsse daraus. Er ist einfach ein Wappler, und am Dienstag wird Bayern Arsenal wegklatschen und wieder für eine Generation bestätigen, dass man im Fußball, genauso wie bei allem anderen, was Lockerheit und Kreativität erfordert, seine Kräfte für die Momente aufheben kann, wo es wirklich zählt.

Ivo stellt das leere Tupperware ins Waschbecken und sieht sich im Haus um. Normalerweise kommt Jessy runter, wenn sie hört, dass er da ist, also setzt Ivo sich auf die Couch und wartet auf sie, während er durch die Insta-Storys seiner Freunde zappt. Nach einer halben Stunde steht er auf und schleicht nach oben. Er horcht an Jessys Tür, fragt sich, wann sie das letzte Mal Sex hatten und bildet sich ein, das Klappern einer Tastatur zu hören. Wann haben sie sich das letzte Mal richtig angesehen? Vielleicht könnte er reinschleichen und ihr einen Kuss auf die Stirn drücken. Vielleicht wacht aber auch das Baby auf, schreit, und Jessy wird böse auf ihn.

Ivo spaziert stattdessen durch die angelehnte Tür in Lenas Zimmer, streichelt seiner schlafenden Tochter über den Kopf, geht zurück ins Wohnzimmer und setzt sich vor den Fernseher, wo die Blu-Ray von *Frozen* in der Hälfte gestoppt wurde, genau an der Stelle, als Elsa das Herz ihrer Schwester Anna einfriert. Er drückt auf Play und erinnert sich, wie lustig es war, den Film mit Jessy und Lena zu schauen, die jedes Wort mitsprechen und mitsingen können. Dann schaltet er auf Fox Sports Latin um, wo Mexiko gegen die USA spielt.

Wenn man nicht weiß, was man sagen soll, stellt man Fragen oder schickt Fotos, aber je weniger man über jemand anderen weiß, desto weniger Fragen fallen einem ein. Vor ein paar Tagen hat Ivo Mirna gefragt, was sie gerade macht und sie hat mit einem Foto geantwortet, das eine Bühne zeigt, auf der drei alte Männer sitzen und reden. Später hat sie ihm dieselbe Frage gestellt und er hat ein Foto vom Fernseher geschickt, auf dem gerade das Pokalspiel zwischen Bayern München und Wolfsburg gelaufen ist. Ivo weiß nicht, ob Mirna es als Witz meint, dass sie jetzt schon wieder fragt, was er macht, aber er antwortet ehrlich, schreibt *fußball schauen* und freut sich, dass sie sich bei ihm meldet. Er wartet, bis die Schrift neben Mirnas Profilbild von *online* auf *tippt…* wechselt und sie etwas Witziges antwortet, etwas fragt, zum Beispiel, was für ein Match er gerade schaut, aber sie lässt ihn stehen, ihr grünes Licht wird grau und sie wechselt auf einen Status, der eigentlich nichts über ihren Status aussagt: *Zuletzt gesehen um 23:54.*

Es ist schwer für Ivo, Mirna zu beschreiben, was er macht, wenn er Fußball schaut, wie jedes Match mit allen anderen zusammenhängt. Wenn man sich nicht auskennt, kann man nicht wissen, wie wichtig Sachen sind. Zum Beispiel jetzt gerade: Es ist Mitternacht und in Ohio spielen Mexiko und die USA gegeneinander. Wenn man nichts darüber weiß, glaubt man, es sei nur ein Spiel unter Tausenden, aber Ivo weiß, dass die USA noch nie gegen Mexiko gewonnen haben, er weiß, dass es vielleicht eines der letzten Spiele von Rafa Márquez ist, dem ewigen Kapitän und mexikanischen Volkshelden, den Ivo schon als Kind bei Barça spielen gesehen hat, damals noch mit seinem markanten Pferdeschwanz. In der 70. Minute steht es 1:1, es fehlt also nur ein Tor und der ganze Stolz darüber, dass egal, wie sehr die Amis sie hassen und beschimpfen, die Mexikaner sie immer im Fußball besiegen werden, ist dahin. Ivo wünscht sich, dass Rafa Márquez es allen zeigt, dass er den Kommentatoren, einem Mexikaner und einem Ami mit starkem Akzent, die immer wieder *viejo* wiederholen, *viejo* und *lento*, beweist, dass er ein Gott ist und sie nur Fußballkommentatoren, deren Gerede durch das, was er macht, widerlegt werden kann.

Als es in der 89. Minute eine Ecke für Mexiko gibt, hat Ivo, noch bevor der Ball im Netz zappelt, eine Vorahnung, ein Gefühl, dass jetzt etwas Wichtiges passiert.

Er jubelt, er hätte fast losgeschrien vor Freude, nicht nur über das Tor, sondern weil er es liebt, den Torjubel von jemandem zu sehen, dem er es vergönnt und aus dem auf einmal alles herausbricht. 2:1 für Mexiko durch Rafa Márquez, und Ivo ist fast so glücklich, als ob er selbst ein Tor geschossen hätte.

Er schaut wieder auf sein Whatsapp, in der Hoffnung, dass Mirna inzwischen geschrieben hat, aber da ist nichts, nur Hunderte andere Nachrichten, die ihn nicht interessieren. Er würde ihr gerne beschreiben können, was er fühlt, wenn er den 38-jährigen Rafa Márquez jubeln sieht, aber das geht nicht, weil er ihr das ganze Rundherum erklären müsste.

Eigentlich ist es absurd, dass Ivo nicht weiß, was er der Frau schreiben soll, auf die er steht, während er bei seiner eigenen Frau immer genau weiß, was er sagen oder schreiben soll. Wie kann man so dumm sein und sich in jemanden verlieben, den gerade das, was einen in den Augen der anderen erst besonders macht, das, was einem am allerwichtigsten ist, nicht interessiert? Und genau, als dieser Gedanke beginnt, Ivo traurig zu machen, leuchtet das Licht neben Mirnas Profilbild wieder grün auf und sie schreibt ihm *Du schaust ganz schön viel Fußball, oder?*

Du hast keine Ahnung, denkt Ivo. Mirna kann sich nicht vorstellen, wie Ivos ganze Woche vom Fußball strukturiert wird.

Es beginnt freitags um 18:30 mit der zweiten Österreichischen Liga, bei der Ivos Vater fast immer seinem Verein, dem Favoritner AC zuschaut, wie er in einer Liga von Dorfclubs gegen den Abstieg kämpft, während Ivo sich seinem Handy widmet. Dann gibt es das Freitagsspiel der Deutschen Bundesliga um 20:30, das meistens die ganze Familie gemeinsam schaut und bei dem in der Regel mindestens ein Freund oder Nationalteamkollege Ivos auf dem Platz steht. Am Samstag gibt es um 13:00 das erste Spiel aus England, um 15:30 Deutsche Bundesliga und ab 16:00 den Hauptblock der Premier League-Spiele, die zu sehen praktisch ein Teil von Ivos Job ist. Meistens spielt er natürlich selber um diese Zeit und kann deshalb nicht, aber wenn er kann, dann schaut er immer zumindest ein Spiel. Das 18:30-Spiel der Deutschen Bundesliga sieht er oft im Mannschaftsbus oder wenn sie im Heimstadion spielen und das Spiel ihn interessiert, bei sich zu Hause. Abends gibt es Spiele in Spanien und Italien, wo mehrere Freunde von Ivo spielen und auch wenn keiner von ihnen am Platz steht, schauen sie viel Serie A, weil Ivos Vater den italienischen Fußball liebt, trotz seiner in den letzten Jahren etwas gesunkenen Qualität, weil ihm, wie fast allen Jugos aus seiner Generation, die Vergangenheit wichtiger ist als die Zukunft.

Am Sonntag gibt es alles, Deutsche Bundesliga, Premier League, Österreichische Bundesliga, Primera División und Serie A, und man könnte den ganzen Tag nur fernsehen. Am Montagabend gibt es weniger Spiele, oft nur welche aus der zweiten Deutschen Liga, aber das gehört zur Dramaturgie, weil am Dienstag die Champions League beginnt, die dann wirklich alle sehen, meistens in großen Gruppen von Freunden bei jemandem zu Hause, und in solchen Runden beginnen sie irgendwann immer, Ivo nach diesem und jenem Spieler zu fragen, weil er so viele von ihnen kennt, und jede Woche denkt Ivo, dass er am Dienstag selbst spielen sollte, statt zuzusehen. Am Mittwoch nochmal Champions League, wieder Herzbluten bei dem Gedanken, im Konzert der Großen zu fehlen, am Donnerstag Europa League, die kleine, hässliche, teilweise aber viel spannendere Schwester der Champions League, und dann ist schon wieder eine Woche um und Ivo scrollt irgendwo im Internet herum, während im Fernseher die Geräuschkulisse eines leeren Stadions in Favoriten vor sich hin rauscht, immer wieder unterbrochen von sehr gut hörbaren Rufen wie »Heast, spü den Boin!« oder »Prokopetz, du blede Hua!«

Es tut Ivo leid, dass Mirna nicht genug über Fußball weiß, um ihn zu genießen, dass sie eine ganze bunte Welt voller Namen und Geschichten verpasst und er denkt daran, dass seine Freunde, wenn sie sich verlieben, das erste halbe Jahr nur damit beschäftigt sind, die Serien anzuschauen, die ihre Partnerinnen mögen, um etwas Gemeinsames zu haben. Fußball ist wie eine Serie und nur, wer immer zusieht, erkennt, wann etwas Bedeutendes passiert. Fußball ist wie Tausende verschiedene Serien. Jeder Verein ist eine Serie, jede Liga eine große Serie und Ivo spielt in der spannendsten von allen, bei Game of Thrones. In keiner anderen der großen Ligen fallen die Leute so tief und kommen so überraschend nach oben wie in der Premier League, letztes Jahr war Leicester City Meister, der Verein mit dem viertniedrigsten Budget. Und Ivo kennt diese Serie nicht nur aus dem Fernsehen, er spielt mit, er ist Teil davon und auch wenn es eine vergleichbar kleine Rolle ist: besser eine kleine Rolle bei Game of Thrones als die Hauptrolle bei Soko Kitzbühel oder beim Bullen von Tölz.

Und weil Mirna diese Serie nicht kennt, kann Ivo ihr das, was in diesem Teil seines Lebens passiert, nicht mitteilen, genauso wenig wie Jessy ihm erklären kann, wer bei Downton Abbey wer ist und warum es nicht stinkfad sein soll, was irgendwelche aufgeblasenen Briten reden.

Aber Ivo weiß zumindest, dass seine Fußballwelt letztlich nur eine Serie ist, eine Quelle von Freude, Qual und Neuigkeiten, wie es viele gibt, während zum Beispiel die Leute, die sich für Politik interessieren, wie Mirna, nicht checken, dass sie genauso nur eine Serie schauen, Entertainment. In Ivos Leben wurden schon viele Stunden durch Leute verschwendet, die darüber diskutieren, wer jetzt genau die Bösen sind: der Strache, weil er gegen die Ausländer ist, die Roten, weil sie Milliarden veruntreuen, die Grünen, weil sie gegen Autos sind, die Schwarzen, weil sie eine Ansammlung von arroganten Arschloch-Losern sind, und es bringt alles nichts, weil sich die Leute nie einigen. Noch nie hat eine politische Diskussion damit geendet, dass jemand sagt: »Ah OK, du hast mich überzeugt. Die Soundso sind eigentlich eh super und ich wähle sie ab jetzt.« Dass sich so viele Menschen, die Ivo mag, so dermaßen nicht darauf einigen können, wer die

Guten und wer die Bösen sind, zeigt für ihn, wie schlecht diese Serie ist. Bei Game of Thrones braucht man ja nicht diskutieren: die Khaleesi ist die Gute und wenn sie endlich alle ihre Feinde umgebracht hat und am Iron Throne sitzt, herrscht Frieden. Ivo würde sein Wahlrecht für das restliche Leben sofort eintauschen, damit Game of Thrones gut ausgeht, die Khaleesi am Ende gewinnt und noch einmal ihre Brüste herzeigt. Er wählt ja sowieso nicht. Er muss nicht wählen, weil er alle mag: die Türken, von denen er seine erste Fremdsprache gelernt hat, die Österreicher, die Serben, die Bosnier, die Montenegriner, die Senegalesen, die Kroaten, die Proleten, die Hundebesitzer, die Kurden, die Weicheier. Und dann wählt der eine das und der andere das und sie streiten, statt einfach alle nicht zu wählen und gemeinsam über Fußball oder Game of Thrones zu reden.

Seit er mit Mirna auf Facebook befreundet ist, fällt Ivo auf, wie viel Sachen ständig passieren, wie viele Nachrichten es gibt, die er ohne sie nie mitbekommen würde. Facebook findet ja mit der Zeit raus, was einen interessiert und was nicht, und abgesehen von Nuri, der immer wieder den lachend-weinenden Smiley unter irgendwelche politischen Artikel postet, ist Mirna die einzige von Ivos Freunden, die sich für Politik interessiert. Und weil diese Algorithmen halt doch nicht so schlau sind und Ivos Interesse missverstehen, bekommt er neuerdings wegen seinen vielen Besuchen auf Mirnas Profil Werbung für Brillen, Parteien und Fahrräder, was genauso blöd ist, wie dass er manchmal Viagra-Werbung bekommt, statt Werbung für etwas, was ihn weniger geil macht. Vielleicht hat Mirna auch recht und der Strache ist wirklich ein Nazi, der die Jugos nur benutzen will, immerhin ist sie viel klüger als Ivo und hat studiert. Aber wenn sie das so sieht, dann sollte sie erst recht den Fernseher abschalten und aufhören, auf Artikel über ihn zu klicken, statt drüber zu schimpfen. Es ist wie mit Diego Costa, dem schadet auch kein wütender Kommentar auf seiner Facebook-Seite und kein Daumen runter auf Youtube, weil er einfach Entertainment ist, und Entertainment wird nicht an den Gefühlen gemessen, die es auslöst, sondern nur an der Menge der Reaktionen. Ein Klick hat keine Meinung, er ist immer nur ein Klick und am Ende macht Diego Costa eine Kampagne für Adidas mit dem Slogan »Your Hate Makes Me Stronger« und kriegt dafür fünf Millionen Euro und die 500 000 Daumen runter unter dem Video von der Kampagne kosten ihn keinen Cent, genauso wie es den Strache keine einzige Stimme kostet, wenn sich Leute, die ihn eh nicht wählen würden, über ihn aufregen.

Um mit jemandem über eine Serie reden zu können, müssen beide sie gesehen haben, egal ob es um Game of Thrones, Politik oder Fußball geht, und nichts ist nerviger, als mit Leuten über eine Serie zu reden, die sie nicht kennen. Dann wird es so wie bei den Zeitungen, die sonst nie Artikel über Fußballspiele schreiben, aber glauben, sich zu Wort melden zu müssen, wenn es um Rassismus im Fußball oder um Korruption im Fußball oder um Frauenfußball geht. Solchen Leuten geht es nicht darum, wie Boateng bei der

EM 2016 gegen die Ukraine angeschossen wurde, den Ball fast ins eigene Tor gelenkt und ihn dann doch noch im Fallen mit seiner unglaublichen Körperbeherrschung irgendwie von der Linie gekratzt hat, sondern um Geschichten wie die, wo ein Nazi gesagt hat, er würde nicht neben Boateng leben wollen und sich daraufhin jede blöde Kartoffel zwischen München und Hamburg geil dafür gefühlt hat, dass sie sehr wohl neben ihm leben wollen würde. Ja, weil er reich ist, oida! Weil er im schönsten Villenviertel von München lebt! Wenn sie beweisen wollen, dass sie keine Rassisten sind, dann sollen sie in ein Ausländerviertel ziehen, nach Wedding, Marzahn oder Favoriten, so wie sie vor 20 Jahren waren, in einen Plattenbau, dessen Wände so dünn sind, dass man alles aus den vier angrenzenden Wohnungen mithört, wo sich immer jemand anschreit. Dann sollen sie warten, bis jemand, nur um ihr Autoradio zu stehlen, alle Scheiben einhaut und danach aus purer Bösartigkeit noch in das Auto pisst; bis sie in der Nacht von lauter Musik aufwachen und sich nicht trauen rüberzugehen; bis sie mitbekommen, wie eine Gruppe von jungen Männern am helllichten Tag jemanden zamhaut, weil er sie schief angeschaut hat. Wenn sie zeigen wollen, wie cool sie sind, sollen sie dort leben, wo Jérôme Boateng und Ivo aufgewachsen sind, nicht dort, wo sie jetzt leben. Dann sollen sie neben die Jérômes und Ivos ziehen, die es nicht geschafft haben, die in ihrer Gegend geblieben sind und dort mit ihren Kindern und ihrer Frau auf 50 Quadratmetern leben, zu den Kids, die hoffen, vielleicht selbst ein Ivo oder ein Jérôme zu werden, es aus dem Käfig zum Profi zu schaffen, und deren Chancen gleich groß sind, wie bei Euromillionen zu gewinnen, weil es in Europa Millionen von ihnen gibt.

Ivo wird auch ein Jahr später noch immer wütend über die Scheinheiligkeit, mit der sich damals alle super gefühlt haben, und generell über diese Vorstellung von Deutschen und Österreichern, dass es einen zum Antirassisten macht, wenn man zu den Migranten nett ist, die das Größte erreichen, was es gibt, die einem den WM-Titel sichern, oder das einzige Tor bei der EM schießen. »Ivo, jetzt bist du ein richtiger Österreicher!«, stand damals auf der ersten Seite der Kaiser-Zeitung, und in Wahrheit steht dort damit jedes Mal, wenn er etwas falsch macht: »Ivo, jetzt bist du wieder ein richtiger Tschusch!« Aber es kann nicht jeder Ausländer die WM gewinnen oder einen Bürgerkrieg verhindern oder so ein perfekter Schwiegersohn sein wie Gerald Asamoah, und wenn man zu denen scheiße ist, die das nicht können, dann ist man ein Rassist, egal wie viele nette Sachen man über Asamoah sagt. Und wenn man sich nur für Boateng interessiert, weil er gerade von irgendwelchen Nazis angegriffen wird, dann ist man auch ein Rassist, nur von der anderen Richtung aus gesehen.

Vielleicht wäre die Welt ein angenehmerer Ort, wenn alle nur über die Dinge reden würden, mit denen sie sich auskennen, aber Ivo und Jérôme reden miteinander ja nicht über Plattenbausiedlungen oder Nazis, sondern über viel interessantere Sachen wie Mode, Rap oder Serien, wobei Ivo 4 Blocks noch immer nicht gesehen hat und deshalb an den Gesprächen darüber nicht teilnehmen kann. Er kann

Mirna nicht daten, er kann nicht so tun, als würde er sich für das interessieren, was ihr gefällt und sie wird sich nie für Fußball interessieren – also tippt Ivo *Wann können wir uns wiedersehen?* in sein Handy und schickt es ab.

30

»I'm very sorry, but I'm afraid you're not on the list.«

Ivo braucht ein paar Sekunden, bevor er versteht, was gerade passiert. Er schaut den kleinen Mann vor ihm an, dann auf sein Handy und dann zu Lena, die ganz in der Nähe steht, nur durch eine Glasscheibe von ihm getrennt.

»What?«

Ivo ist schon lange nicht mehr irgendwo abgewiesen worden, aber er erinnert sich gut an das Gefühl. Die Nervosität beim Anblick eines Securitys, der das Schicksal eines ganzen Abends in seinen Händen hat, dieses Gefühl, irgendwie zu arg zu sein, zu grindig. Und er erinnert sich an ein ganz bestimmtes Mal, in der Nordwestbahnstraße, als einer von seinen Freunden das »Tschüss« des Türstehers, der sie nicht reinlassen wollte, bewusst missverstanden hat.

»Was hast du gesagt?«

»Tschüss!«

»Ich habs genau gehört, du Opfer, du hast Tschusch gesagt! Sag noch einmal Tschusch und ich prügel dich zurück in die Fut von deiner Mutter!«

Was sich daraus entwickelte, war nicht einmal eine Schlägerei, nur ein kleines Handgemenge, aber Ivo erinnert sich noch immer manchmal daran, wenn jemand »Tschüss« sagt.

»I was saying that unfortunately, you're not on the list.«

»OK, then just write my name down and I'll pick her up. I came extra for her, you know.«

Ivo lächelt den Kindergärtner an, weil er froh ist, nicht mehr jemand zu sein, bei dem es berechtigt sein könnte, ihn nicht reinzulassen, aber das Gesicht vom Kindergärtner bleibt unverändert und sein höflicher Tonfall hat etwas Abweisendes an sich.

»Sir, I believe you, but we have very strict policies that allow nobody who is not on the list to pick up the children. It's a safety measure. We cannot keep track of who has custody of the children and ...«

»She is safe with me! I'm her father!«

»Tata, was ist los?«

»Sir, I'll have to ask you ...«

Ivo hebt seinen Arm, um dem Kindergärtner klarzumachen, dass er jetzt gusch sein soll und ruft Jessy an. Oida! Sie hebt nicht ab und Ivos Auge beginnt zu zucken, wie immer, wenn seine Stimmung auf der Kippe steht. Wie kann dieser Typ ihn nicht zu seiner Tochter lassen! Ivo spürt einen Schwindel, der ankündigt, dass er gleich die Kontrolle verlieren wird, aber Jessy ruft ihn noch rechtzeitig zurück, bevor er etwas Dummes machen kann.

»Was ist los, Ivo?«

»Was soll los sein, oida! Ich steh hier in Lenas Kindergarten und dieser absolute Hurensohn von einem

Scheißkindergärtner lässt sie mich nicht abholen, weil ich nicht auf irgendeiner Liste stehe.«

»Was?«

Lena beginnt so laut zu lachen, dass Ivo seine Frau fast nicht versteht, und während sie im Hintergrund etwas schreit, ändert sich Jessys Tonfall.

»Hast du gerade vor Lena Hurensohn gesagt?«

Ivo ärgert sich, aber er gibt nicht auf. Er will sich seine Pläne nicht durchkreuzen lassen, also nimmt er Jessys Angebot, nach Hause zu kommen, nicht an und wartet in seinem Auto auf sie, lässt sich auf diese Scheißliste schreiben und bringt dann, genau wie er es geplant hatte, seine Tochter zum Geburtstagsfest der Tochter vom Club-Präsidenten. »Wir reden heute Abend«, sagt Jessy beim Verabschieden, und Ivo hat jetzt schon keine Lust auf dieses Gespräch.

Er versteht eh, dass es nicht geht, vor seiner Tochter Hurensohn zu sagen, aber er kann es jetzt nicht mehr ändern, und wenn jemand Hurensohn genannt wird, dann sollte sich dieser Hurensohn entschuldigen und nicht der, der ihn als solchen erkennt.

»Warum durftest du mich nicht abholen? Warum warst du böse auf den Julian? Warum ist die Mama böse auf dich?«

»Die Mama ist nicht böse auf mich.«

»Warum ist der Julian ein Hurenkind?«, fragt Lena, und spricht das Wort Hurenkind so aus, als würde sie »One-Kind« sagen.

»Weil seine Mutter eine dumme Hure war«, würde Ivo gerne sagen, aber er macht es nicht.

»Lena, ich möchte dieses Wort nie wieder aus deinem Mund hören.«

»Welches Wort? One-Kind?«

»Lena, ich schwör dir, wenn du das noch einmal sagst, darfst du nie wieder reiten gehen.«

Lena fängt sofort an zu weinen und Ivo muss stehenbleiben und ihr versprechen, dass niemand sie je von ihrem Pony trennen wird, bevor sie weiterfahren können.

Es ist schwer, jemanden von etwas zu überzeugen, woran man selbst nicht glaubt und noch schwerer ist es, Sachen dadurch zu verhindern, dass man sie verbietet. Lena ist wie Ivo: Verbote stacheln ihre Fantasie eher an, als sie einzubremsen, und wenn sie sehr traurig oder sehr wütend ist, verliert sie die Kontrolle über sich und es bringt nichts, mit ihr zu schimpfen.

Ivo denkt an all die Medienschulungen zurück, die er absolviert hat. Nichts davon hilft ihm jetzt mit seiner Tochter. Er kann ihr nicht mal erklären, was das Wort Hurenkind bedeutet, weil er ihr dafür erklären müsste, was eine Hure ist, dass es Menschen gibt, die Sex gegen Geld haben, und was überhaupt Sex ist. Wenn er Lena jetzt aufklärt, um ihr dieses Wort zu erklären, bringt Jessy ihn wirklich um. Also macht er es so wie alle anderen Eltern und hofft, dass seine halbherzige Drohung ausreicht, obwohl er weiß, dass sie wie er ist und man ihr weder vorschreiben kann, was sie fühlen, noch was sie denken soll.

Es gibt ja zwei Arten von Kommunikationsheinis: Die einen wollen nur, dass man nichts sagt, was Probleme verursacht, und die anderen wollen einen dazu bringen, überhaupt keine negativen Sachen mehr zu denken. Armin war so ein Typ, der Medienfuzzi vom HSV, der sich selbst den komplett bescheuerten Titel Kommunikationsdramaturg gegeben hat. Ihm hat es nicht gereicht, Phrasen einzulernen wie »Ich versuche, dem Team zu helfen« oder »Wie gesagt, wir müssen einfach unser Spiel spielen«, er wollte seinen Spielern nicht nur beibringen, wie sie mit Journalisten reden sollen, sondern ändern, wie sie überhaupt reden, mit ihren Freunden und ihren Frauen, wie sie denken. Er würde nicht versuchen, Lena das Wort Hurenkind auszureden, sondern, dass sie überhaupt so über jemanden denkt. Ivo erinnert sich immer wieder an die dummen Sachen, die Armin ihnen damals erklärt hat: dass man Ich-Botschaften schicken sollte und keine Du-Botschaften, also immer »Ich finde« statt »Du bist« sagen und, dass man Kritik in Sandwichform äußern sollte, also zuerst etwas Positives, dann etwas Negatives und dann wieder etwas Positives sagen sollte, als wäre jede Äußerung ein Shit-Sandwich, ein zwischen zwei netten Toastbrotscheiben eingeklemmter Haufen Scheiße.

Ivo erinnert sich auch noch, wie sie diese Regeln zu zweit in Dialogen üben mussten:

»Also, Ivo, wie fandest du Philipps Pass im letzten Match?«

»Scheiße.«

»Ganze Sätze, Ivo! Ich-Botschaften! Ich finde, dass …«

»Ich finde, du hast das echt scheiße gemacht, Philipp.«

»Nein, wir sagen nicht scheiße! Wir sagen *aus-*

baufähig oder *noch nicht ganz ideal*, und wir versuchen, etwas Positives herauszukehren. Sandwich, Ivo, Sandwich! Zuerst was Gutes, dann die Kritik und dann wieder was Gutes.«

»Äh, deine Flanken sind gut, aber deine Pässe sind oft scheiße und ...«

»Jetzt noch was Positives!«

»... und ich finde deine Freundin geil.«

Ja, man kann sagen, dass Ivo nicht verstanden hat, was der Kommunikationsdramaturg ihm beibringen wollte. Aber manchmal versteht man Sachen nur deshalb nicht, weil man nicht mit ihnen einverstanden ist. Ivo findet es halt deppert, so zu tun, als gäbe es einen Unterschied zwischen »Du bist ein Hurensohn« oder »Ich finde, dass du ein Hurensohn bist«. Das ist doch klar, oida! Alles, was Ivo sagt, ist seine Meinung. Wenn er sagt »Es ist kalt«, dann sagt er ja eigentlich auch »Ich finde, dass es kalt ist« und daran, wie kalt es ist, ändert die Sprache nichts. Wenn jemand ein Hurensohn ist, dann will Ivo nicht sagen müssen »Ich finde, du bist sicher ein guter Kindergärtner, aber leider fand ich es nicht so toll, dass du mich meine Tochter nicht hast abholen lassen, obwohl es dafür keinen Grund gab, und wahrscheinlich ... keine Ahnung, kannst du gut Frisbee spielen.« Bei manchen Menschen fallen einem nicht einmal zwei positive Sachen ein, in die man das Negative hineinmischen kann.

Ivo will seine Meinung so sagen können, wie sie ist, unabhängig davon, ob jemand sich dadurch angegriffen oder beleidigt fühlt. Wenn jemand sich wie ein Hurensohn benimmt, dann will Ivo nicht »blöder

Mensch« sagen müssen oder »jemand, mit dem ich nicht ganz einverstanden bin«, sondern eben Hurensohn oder Opfer oder Lappen, je nachdem, welches Wort am besten passt. Aber er will auch nicht werden wie Paul Scharner, wie diese Leute, die über sich selbst sagen, dass sie *unangepasst* sind oder *anecken*, um zu erklären, warum sie keiner mag.

Meinungsfreiheit ist immer die Meinungsfreiheit von anderen. Meinungsfreiheit heißt, dass jeder alles über dich sagen kann und du überhaupt nichts. Meinungsfreiheit gibt es für Journalisten und für arbeitslose Ex-Spieler, aber nicht für Ivo. Wenn es echte Meinungsfreiheit gäbe, dann könnte Ivo alle, die sich eine Meinung über ihn erlauben Opfer, Trottel, Arschloch, Missgeburt oder Hurensohn nennen, je nachdem. Und Ivo ist, was Schimpfwörter betrifft, viel genauer als das Gesetz. Er hat mal eine Stunde lang mit einem Medienanwalt geredet, der ihn unbedingt vertreten wollte und, wie alle Anwälte, schon von Berufs wegen ein bissl ein Hurenkind war, der sich also mit solchen Fragen eigentlich auskennen sollte, und dieser Anwalt hat ihm gesagt, dass es für Klagen gar keinen Unterschied macht, ob er sagen würde »Paul Scharner ist ein Hurensohn« oder »Ich finde, dass Paul Scharner ein Hurensohn ist«, genauso, wie es keinen Unterschied macht, ob er seine Meinung, dass Paul Scharner ein Hurensohn ist, zwischen zwei nette Sachen verpacken und sagen würde »Sein FA-Titel damals mit Wigan war schon beeindruckend, ich finde, er ist ein Hurensohn, aber sein Kopfballspiel war schon auch gut«, oder ob er statt Hurensohn Hundesohn, Hurenkind, Arschloch, Opfer, Trottel, Dummkopf,

Lappen oder Loser sagen würde. Für die Anwälte macht es keinen Unterschied, sogar dann, wenn man, wie der Anwalt meinte, »den Wahrheitsbeweis antreten«, also nachweisen würde, dass man mit seiner Meinung recht hat. Ehrenbeleidigung ist Ehrenbeleidung, egal, ob man Opfer oder Hurensohn sagt. Einen Unterschied macht es nur für Ivo, der genau weiß, warum er welches Wort verwendet. Es heißt ja alles das Gleiche. Jede Beschimpfung heißt »Ich finde dich nicht gut«, aber das Wort macht klar, warum. Einen Spacko findet man aus anderen Gründen deppert als ein Scheißkind und Ivo würde zum Beispiel nie sagen, dass Frenkie Schinkels ein Opfer oder ein Hurensohn ist, aber wenn jemand sagen würde, dass er ein Trottel oder ein Dummkopf ist, würde er nicht widersprechen. Und wenn jemand sagen würde »Didi Kühbauer ist ein Opfer«, würde er sagen, dass das nicht stimmt, anders als wenn jemand ihn als Trottel bezeichnen würde. Und wenn jemand sagen würde, Paul Scharner ist alles, ein Opfer, ein Trottel, ein Wichser, ein Spacko, ein Arschloch, eine Missgeburt und ein Hurensohn, würde Ivo sich freuen, dass dieser andere Mensch die Meinungsfreiheit hat, solche Sachen zu sagen, und er würde ihm wünschen, dass er es schafft, vor Gericht den Wahrheitsbeweis anzutreten.

Über solche Sachen denkt Ivo nach, während seine Tochter im Kindersitz hin und her zappelt und aus der Anlage *Let it go* läuft, ihr Lieblingslied, das traurigste Lied, das sie kennt. Man kann sich seine Meinung nicht aussuchen, egal ob es um Paul Scharner geht oder um Filme. Lena wird *Brave* nie so mögen wie *Frozen*, obwohl die Geschichte von dem rothaarigen Mädchen, das seine Mutter in einen Bären verwandelt, hundert Mal leiwander ist als die von den zwei faden Schwestern. Aber Lena liebt *Frozen* und Ivo hasst Hurenkinder. So ist es und so wird es bleiben. Ändern kann man nur, was man sagt, und nicht, was man denkt.

Als sie die Auffahrt zum Haus vom Everton-Präsidenten hinauffahren und das riesige Anwesen sehen, den Streichelzoo, den Helikopterlandeplatz, den Pool, der ums Haus herumführt, wird Lena ganz still und Ivo wundert sich aufs Neue darüber, wie man, egal, wie reich man ist, immer noch um so viel reichere Menschen kennenlernt, dass man sich im Vergleich arm fühlt. Er parkt den Range Rover ein, wischt seiner Tochter die Reste der Tränen von vorher aus dem Gesicht und lächelt sie an.

»OK?«

»Ja, OK, Tata. Es tut mir leid.«

Eigentlich sollte es dem Kindergärtner leidtun, statt Lena und Ivo. Eigentlich sollte es den Leuten leidtun, die schlechte Pässe spielen oder Hurenkinder sind, und nicht denen, die sie darauf ansprechen.

31

In Ivos Leben ist alles in Ordnung. Er hat in drei Wochen ein Wiedersehen mit Mirna vereinbart, am Wochenende zwei Tore geschossen und keinen

Grund, unglücklich zu sein. Das Einzige, was ihn wirklich beschäftigt, ist, dass Jessy ihn anlügt und vor allem, wie konsequent sie es macht. Sie lügt nicht nur, sie spielt ihm etwas vor, nämlich dass alles in Ordnung ist, und er glaubt ihr nicht.

Ivo lügt ja nicht, oder anders gesagt, seine Lügen dauern nur sehr kurz. Er hat auf die Frage gelogen, wie er das letzte Mal in Wien seinen Abend verbracht hat, und er würde auf die Frage hin lügen, wem er dauernd schreibt, aber Jessy fragt ihn das nicht, also muss er nicht lügen. Ivo hat im letzten halben Jahr vielleicht vier Mal gelogen und er ist auch nicht besonders gut darin. Jessy lügt, als hätte sie eine Schauspielausbildung oder Hunderte Medienschulungen gemacht.

Ivo hat alles probiert, um diese Lüge zu durchbrechen und dahinterzukommen, was los ist: Er hat mitgespielt, vielleicht sogar kurz geglaubt, er habe sich nur eingebildet, dass Jessy ihm aus dem Weg geht. Er war wütend und hat es nicht gezeigt, er hat ihr Blumen geschenkt und sie zum Abendessen eingeladen. Er hat sie ganz direkt gefragt, was los ist, ob sie noch wegen der Sache mit dem Kindergärtner böse ist, oder weil Ivo zweimal zu spät nach Hause gekommen ist, und sie hat ihm geantwortet, dass sie überhaupt kein Problem damit hat und er selber dafür verantwortlich ist, wann er zurückkommt. Sie hat gesagt: »Es ist nichts, Ivo« und zwar nicht so, wie Frauen es sagen, wenn etwas nicht in Ordnung ist, sondern so, als ob eh alles passen würde. Was kann Ivo da noch machen? Er hat sie zum Abendessen eingeladen, und sie hat geantwortet: »Donnerstags kann ich nicht, da hab ich immer Ballett bis halb 10«, wie um ihm zu zeigen, dass er zu wenig über sie weiß, und spätestens da ist seine Wut zu Enttäuschung geworden.

Und es stimmt, Ivo hat keine Ahnung, was Jessy an den langen Vormittagen treibt, während er trainiert und Lena in der Schule ist. Er weiß nicht, wie oft die Nanny kommt und auf die Kinder aufpasst, welche Besorgungen Jessy noch macht, wie oft sie das Haus verlässt. Sie ist die, die alles organisiert und immer weiß, wer von der Familie wann wo ist, und zum ersten Mal kommt Ivo der Gedanke, dass sie dadurch besser als alle anderen Zeitfenster für sich schaffen kann, in denen niemand weiß, wo sie ist.

Ivo und Jessy haben sich immer viel geschrieben, wenn sie voneinander getrennt waren und in schwierigen Zeiten, in schwierigen Momenten hat Ivo diese Nachrichten gebraucht, als wären sie die einzige Luft für ihn. Er ist in die Kabine gestapft und bevor er in der Dusche versucht hat, sich den Dreck vom Spiel abzuwaschen, die Enttäuschung darüber, nur auf der Bank gesessen zu sein oder die grundsätzliche Enttäuschung, sein vielversprechendes Leben verpfuscht zu haben, hat er ihre Nachrichten gelesen, ihre tröstenden Worte oder ein Video von der kleinen Lena und ihr, wie sie ihm Luftküsse schicken und er hätte losheulen können. Jetzt schreibt sie ihm wie jemand, der seine Pflicht erfüllt und zwar gerade so, dass Ivo den Unterschied zu früher merkt, aber nicht genug Anhaltspunkte hat, um ein ehrliches Gespräch darüber loszutreten, was nicht mehr in Ordnung ist mit ihnen.

Er schreibt ihr, dass er an sie und an die Kinder denkt und ihr seine Tore widmen wird, wenn er welche schießt, und sie antwortet *Danke Ivo, das freut mich.* Er schickt ihr lustige Fotos, eins von letztem Jahr, als er mit dem Verein auf Promotour in den USA war und das Club-Maskottchen, einen blauen Elefanten, mit einem Grinser im Gesicht umgeschubst hat. Jessy öffnet die Nachricht, aber sie antwortet nicht darauf. Später sagt sie, dass sie im Stress war und nicht antworten konnte und zwar so, dass Ivo spüren soll, dass sie wichtigere Sachen zu tun hat, als auf seine Fotos zu antworten. Also schickt er das gleiche Foto an Mirna und ein paar Stunden später antwortet sie mit einem Video von sich, auf dem sie ihre fette Katze genauso umschubst wie Ivo das Maskottchen, und er antwortet *hahaha*.

Überhaupt schickt er Mirna jetzt Sachen, die er früher Jessy geschickt hätte und es geht ganz seltsam Hand in Hand, wie sich Jessy von ihm abwendet und Mirna wieder für ihn da ist.

Seine Frau geht ihm aus dem Weg und dadurch, wie leicht ihr das fällt, merkt Ivo erst wieder, wie wenig Zeit sie inzwischen zu zweit verbringen. Sobald die Familie um sie herum ist, wirkt sie wie ein Kitt zwischen Jessy und ihm, der sie zusammenhält und sie gleichzeitig voneinander isoliert. Die Familie ist Jessys Schutzschild dagegen, mit Ivo alleine zu sein.

Lena und Ivos Eltern sind das Publikum und Ivo steht neben ihr auf der Bühne und möchte aus der Rolle fallen und schreien: »Seht ihr alle nicht, dass dieses Lächeln nicht echt ist?«

Wie lange kann eine Balletteinheit dauern? Eine Stunde, zwei Stunden. Wenn sie zwei Stunden dauert, beginnt sie um halb acht, also muss Jessy frühestens um sieben los. Auf Ivos Breitling ist es erst sechs, als er ins Wohnzimmer kommt, wo Jessy mit Lena zwischen ihren Beinen auf der Couch sitzt und ihr vorliest. Lena sieht Ivo kommen und er zeigt ihr mit dem Zeigefinger an den Lippen, dass sie ihn nicht verraten soll, während er sich anpirscht. Seine Socken machen kein Geräusch auf dem Kunststoffboden. Als er direkt hinter Jessy steht, greift er ihr mit beiden Händen unter die Arme, packt sie und sie schreit auf, weil sie so erschrickt und schüttelt den ganzen Körper, und in dem Moment, als ihre panikgeweiteten Augen Ivo einen Moment lang zugewendet sind, erkennt er das, was er vermutet hat und was sie dauernd leugnet, nämlich, dass sie wütend auf ihn ist.

Jessy flucht und Lena lacht, weil sie glaubt, dass ihr Vater ihrer Mutter einen Streich gespielt hat, dabei hat er viel mehr gemacht als das, er hat sie enttarnt, wie Brad Pitt Angelina Jolie enttarnt, in dem Film, wo sie seine Frau spielt und beide Geheimagenten sind.

Ein paar Sekunden später hat Jessy ihr Lächeln wieder aufgesetzt, und es soll wohl so aussehen wie das des coolen Mädchens aus der Klasse, das auf den blöden Buben herabschaut und sich gleichzeitig geschmeichelt fühlt, von ihm nassgespritzt zu werden, weil das heißt, dass er mit ihr gehen will. Und Ivo lächelt, weil er sie erwischt hat und dann frieren seine Mundwinkel ein, weil er merkt, dass er dadurch nichts gewonnen hat.

OK, du willst spielen, dann spielen wir, denkt Ivo. Er legt sich zu Lena, die sich genau dort an seinen

Oberköper kuschelt, wo unter dem Trainingsanzug riesig ihr Name tätowiert ist. »Kannst du noch einmal von vorn anfangen mit der Geschichte?«

Jessy steht auf, legt Ivo das Buch auf den Bauch und setzt ein ironisches Gesicht auf.

»Gutes Timing, Ivo, du kannst übernehmen. Ich muss mich eh schon fürs Ballett fertigmachen.« Und dann, an Lena gerichtet: »Jetzt liest dir der Papa was vor!«, in dem Tonfall, den man verwendet, wenn man Kindern etwas einreden will. Sie schickt einen Luftkuss in Richtung Couch, von dem nicht klar wird, ob er ihnen beiden gilt oder nur Lena, und geht Richtung Tür.

»Wann beginnt das Ballett?«

Jessy dreht sich um.

»Was?«

»Wann dein Ballett beginnt.«

»Um sieben, wieso?«

Sie schaut ihn über die Schulter an, mit einem Blick, der jede weitere Frage abschmettert. Ivo probiert es trotzdem: »Und da musst du jetzt schon los?« Sie dreht sich auf der Stelle zu ihm um und sagt mit gedehnter Stimme: »Jaa, Ivo das muss ich, weil ich vorher noch die Wäsche aus der Maschine geben und das Abendessen vorbereiten muss.«

»Geh, das kann doch die Babysitterin machen, setz dich kurz zu uns und ich erzähl dir die Geschichte von …«, er schaut auf die offene Seite im Buch, auf der sein Finger liegt, »von Theseus und dem Labyrinth.«

»Die haben wir schon gelesen«, antwortet Jessy trocken, »als nächstes ist Ikarus dran und die Babysitterin kann das Abendessen *nicht* machen, weil sie dein anderes Kind sitten muss.« Es ist, als würde ein Magnet Jessy aus dem Zimmer ziehen. Jedes Mal, wenn sie einen Satz beendet, dreht sie sich zur Tür und jedes Mal, wenn Ivo etwas einwendet, dreht sie sich genervter wieder zu ihm.

»Wir bestellen einfach Pizza!«

Was Jessy dann antwortet, versteht Ivo nicht, weil sie so leise spricht und Lena in Pizza-Pizza-Pizza-Rufe ausbricht. Wieder hat sie sich umgedreht und als Ivo Lena mit seiner Hand auf ihrem Mund dazu gebracht hat, mit dem Schreien aufzuhören, steht Jessy schon in der Tür. »Wir bestellen Pizza, Jessy!«

»Mach, was du willst, Ivo«, sagt sie, in so einem sanften Tonfall, als würde sie sagen, dass sie ihn liebt und als wäre ihr das völlig egal.

Das wäre jetzt so ein Moment gewesen, um ihr hinterherzurennen und sie anzuschreien, sie zu fragen, was los ist, damit sich die schlechte Stimmung endlich in einem Streit entlädt, wie sonst auch, und sie danach wieder ehrlich zueinander sein können. Aber Lena liegt auf ihm und er hat so eine Ahnung, dass ein Wutausbruch alles verschlimmern würde.

Also liest er Lena auf Englisch die Geschichte von Ikarus vor, die Geschichte eines Typen, dessen Vater so ein Opfer war, dass er ihn im Gefängnis großgezogen hat und ihm extrem schlechte Flügel für die Flucht aus dem Häfn gebastelt hat, weshalb er abgestürzt und ertrunken ist. Nur um irgendeinem anderen Dillo durch das Labyrinth zu helfen, hat er riskiert, dass sein Sohn in Gefangenschaft aufwächst, und dann schiebt er noch dem Sohn die Schuld in die Schuhe und sagt, er wäre »zu nah an der Sonne geflogen«, was wirklich asozial ist. Wie hoch kann er geflogen sein und was sollen das für Flügel sein, die perfekt funktionieren, wenn man normal hoch fliegt und die sich auflösen, wenn man ein paar Meter höher steigt? Als ob es da schon so viel wärmer wäre. Als ob, oida!

Obwohl die Geschichten extra für Kinder geschrieben sind, steht viel drinnen, was da nichts verloren hat und Kinder gar nicht interessiert, zum Beispiel die Namen von den ganzen Typen, die auf Englisch noch gschissener klingen, die Namen von ihren Eltern, die in der Geschichte gar nicht mitspielen und die Namen von jedem Ort. Und Lena fragt natürlich gleich: »Wo ist das? Wo ist Kreta? Wo ist Samos? Wo ist die Insel, die nach Ikarus benannt wurde?«

Also schaut Ivo auf seinem Handy nach, wobei er zuerst mit dem Daumen eine Nachricht von Mirna aus der Kopfzeile drückt, mit dem guten Gefühl im Bauch, das er immer hat, wenn sie schreibt, und einem Anflug von Angst, entdeckt zu werden. Und so sehen sie, wie weit Kreta und Samos auseinanderliegen und die Geschichte ergibt noch weniger Sinn. So weit soll der geflogen sein, von Kreta über das halbe Mittelmeer bis zur Türkei? Sind die vollkommen deppert? Wenn schon, dann fliegt man bis zur nächsten Insel und fährt von dort mit dem Schiff weiter. Oida!

Und auf der Basis von *der* Geschichte wird Leuten, die mehr vom Leben wollen, gesagt, sie seien »zu nahe an der Sonne« geflogen. Ivo versucht, seine Tochter nicht merken zu lassen, wie dumm er die Geschichten findet.

»Wer hat dir dieses tolle Buch geschenkt, Lena?«

»Das war die Kata, Mamis Freundin vom Ballett. Sie war früher eine richtige Ballerina!«

Natürlich, wer sonst. Kata, die schöne, junge Fremde, die mit Jessy in die Oper geht, mit ihr Ballett tanzt und Ivos 5-jähriger Tochter alte Griechen reindrückt, als wären deren Geschichten gleich gut wie *Frozen*. Kata, die er noch immer nicht kennenlernen durfte und über die Jessy ihm auch nichts mehr erzählt, obwohl sie anscheinend in jeder Ivo-freien Sekunde zusammen sind.

Ivo erinnert sich an die Eifersucht, die er in der Nacht von seinem Hexenschuss hatte und mit der Erklärung weggewischt hat, dass Jessy und Kata beide Frauen sind und es deshalb nichts Sexuelles sein kann. Ist Ivo dumm? Er weiß doch, dass es Frauen gibt, die miteinander Sex haben und wenn man nur nach Pornos geht, weiß er das sogar länger, als er von Heterosex weiß, weil der allererste Film, den er gesehen hat, sich ganz ohne Mann abgespielt hat, zwischen einer blonden und einer braunhaarigen Frau und einer schwarzen Ledercouch. *If a bitch don't like me, she must like women.*

Jessy duscht auch nicht, wenn sie vom Ballett nach Hause kommt, also muss sie entweder dort mit Kata duschen oder überhaupt bei Kata zu Hause. Ivo kriegt Gänsehaut.

»Soll ich noch eine Geschichte lesen?«, fragt er mit Blick auf seine Breitling, aber ohne sich die Uhrzeit zu merken und Lena schreit »Noch eine, noch eine!« und vergisst, dass sie zur letzten noch Fragen hatte.

Also liest Ivo seiner Tochter die Geschichte von Narziss vor, einem schwulen Typen, der auf sich selber steht und eigentlich niemandem etwas Böses tut, außer irgendeine Frau nicht zu erhören, die auf ihn steht. Und weil die nicht mit der Ablehnung klarkommt, verflucht sie ihn. Was soll *das* seiner Tochter sagen? Dass man sich nicht zu oft in den Spiegel schauen soll, OK, aber das war ja nicht der Fehler. Der Fehler von Narziss war einfach, Pech zu haben und an eine böse Frau zu geraten, die, wenn man ehrlich ist, ihn sowieso verflucht hätte, wenn nicht deswegen, weil er sie nicht angeschaut hat, dann später, wenn sie draufgekommen wäre, dass er schwul ist, oder sie sich nach ein paar Jahren Ehe langweilt. Also, was hätte er machen sollen?

Im Vorzimmer streift sich Jessy ihre Jacke über, Ivo erhascht noch einen Blick auf ihr rückenfreies Top und kriegt eine wahnsinnig große Sehnsucht nach ihr. Er nimmt sich vor, alles zu tun, was nötig ist. In vier Wochen wird er nach Wien fliegen, mit Mirna schlafen, und dann wird er seine Ehe wieder so hinkriegen, wie sie war, und alles wird perfekt sein.

32

Ende Februar, in einem wichtigen Spiel gegen Manchester United, spürt Ivo ein Zwicken im Oberschenkel und muss noch vor Ende der ersten Halbzeit ausgewechselt werden. Ihm wird eine Muskelzerrung diagnostiziert und während der Arzt ihm Sachen erklärt, die er längst weiß, nämlich, dass er ruhen, sein Bein kühlen und sich nicht bewegen soll, liest Ivo auf seinem Handy eine Nachricht von Boki, der ihn zu seiner Verlobungsfeier am nächsten Freitag einlädt. *Ich weiß eh, dass du wahrscheinlich nicht kommen kannst, aber wollte dir trotzdem Bescheid sagen.* Ivo ist gerade dabei, die Nachricht wegzuwischen, als er checkt, dass Mirna dort sein könnte, schließlich ist sie Bokis Cousine, und ihm kommt eine aufregende Idee. Er steckt sein Handy ein und lächelt in das Gesicht des Arztes vor ihm, der nicht versteht, woher dieses Lächeln kommt.

Bevor er sich mit seinem Bruder abspricht, schreibt er Mirna, um sicherzugehen, und sie antwortet praktisch sofort. *Ja! Seine Verlobte hat mich eingeladen. Kommst du auch?*

Kurt wundert sich ein bisschen, wieso Ivo nach Wien will – Boki hat nie zum ganz engen Kreis gezählt –, aber er scheint sich über den Besuch zu freuen und sogar Ivos Vater möchte mitkommen, wenn sie mit ihm vor der Feier zu einem Spiel vom Favoritner AC gehen. Jessy hat Gott sei Dank eh keine Lust mitzukommen, redet irgendwas von den Kindern und einem Ausflug, den sie mit Kata machen wollen, und Ivo ist erleichtert darüber. Die Vorstellung, Mirna und sie im selben Raum zu sehen, sie einander vorzustellen, löst ein ungutes Gefühl in ihm aus, das gleiche Gefühl, wie wenn Ivo an einen bestimmten Sextraum aus seiner frühen Jugend denkt, den er nie jemals irgendwem anvertrauen wird. Aber Jessy kommt nicht mit und deshalb kommt auch Ivos Mama nicht. Es ist ein Männertrip, eine Vater-und-Sohn-Reise.

Ivo muss nur rechtzeitig fit werden, möglichst bis zum Dienstag, um am Mittwoch mittrainieren und am Donnerstag mitspielen zu können. Gegen seine Überzeugung versucht er es sogar mit *positive thinking*, strengt seine mentalen Kräfte an, aber es bringt natürlich nichts und deswegen hört er dann auch wieder damit auf. Am Mittwoch sagt ihm der Trainer, dass er sich lieber schonen soll, um die Zerrung nicht zu verschleppen und Ivos Reisepläne und alles, woran er die letzten Tage gedacht hat, fallen in sich zusammen. Klar, er fährt eh in drei Wochen für die Länderspiele nach Wien und hat mit Mirna ausgemacht, sie dann zu treffen, aber jetzt, wo er weiß, dass es auch früher geht, kann er keine Sekunde länger warten.

Am Donnerstag sieht er im Fernseher seinen Teamkollegen zu, kühlt sein Bein, als ob das helfen würde, denkt daran, wie gern er nach Wien möchte, und am Freitagmorgen beschließt Ivo einfach, dass er gesund ist. Er wirft die doppelte Dosis Schmerzmittel ein, holt sich das OK vom Arzt und denkt, dass sich alleine dafür, dass der Typ aus schlechtem Gewissen wegen der Rückengeschichte nie wieder Faxen macht, die ganze zache Zeit gelohnt hat, die ihm jetzt im Nachhinein gar nicht so lang vorkommt. Als das geklärt ist, ruft Ivo den Trainer an und sagt, dass er das OK vom Arzt hat, sich gut fühlt und an seinem freien Tag nach Wien fliegen möchte, wegen »family business«. Er verspricht, am Sonntag pünktlich zum Training zurück zu sein und fünf Stunden später sitzen sein Vater und er breitbeinig im Flieger und Ivo trinkt einen

Tomatensaft. Sein Hinterkopf pulsiert von den vielen Gedanken, die er hat.

Beim Steakessen redet Ivos Vater ganz lange darüber, welche Spieler von Favoriten wie gut oder schlecht sind, an welche Spieler von früher, deren Namen Ivo und Kurt nichts sagen, sie ihn erinnern und wer wo wann falsch aufgestellt worden ist. Kurt stellt immer wieder Fragen, um das Gespräch am Laufen zu halten, obwohl ihn das alles natürlich auch nicht interessiert, und Ivo ist überrascht, wie außergewöhnlich es für ihn geworden ist, seinen Vater reden zu hören. Mit jedem Jahr, das vergeht, altert sein Vater um zwei und entfernt sich in so kleinen Schritten von der Welt, dass es kaum auffällt. Er ist da, er sitzt in seinem Sessel vor dem Fernseher, wo er immer schon gesessen ist, und Lena liebt ihn, obwohl er eigentlich nichts anderes für sie macht, als jeden Tag die gleichen schlechten Schmähs zu wiederholen und sie seinen Bart anfassen zu lassen. Aber er könnte eigentlich auch ganz woanders sein. Und das hat nicht einmal mit dem Fernsehen zu tun. Er hat immer schon gern ferngeschaut, wenn er konnte und jetzt hat er halt mehr Zeit dazu. Aber er genießt es nicht mehr, er braucht es, und trotzdem oder genau deshalb ist es ihm eigentlich gleich egal wie der Rest der Welt.

Ivos Mutter macht Ausflüge mit den Enkeln und Turnkurse, findet neue Freundinnen und sein Vater kehrt sich nach innen. Ivo bezweifelt, dass seine eigene Frau weiß, was in ihm vorgeht. Vielleicht weiß er es selber nicht oder vielleicht wird es einfach weniger. Umso mehr wundert er sich jetzt über die Leidenschaft, mit der sein Vater auf einmal spricht und überlegt sich, ob sein Vater seine Mutter jemals betrogen hat.

Als sie zum FavAC-Stadion kommen, löst sich die Dreisamkeit zwischen ihnen auf, weil Ivo von allen Seiten umringt wird und sein Bruder und sein Vater automatisch zur Seite gehen, um die Leute durchzulassen. Jeder will ein Autogramm oder ein Selfie mit Ivo, die Kinder, die Frauen, die alten Männer, die ihn noch als Kind in seine Windeln scheißen gesehen haben, und sogar die Spieler, die in ein paar Minuten selber am Platz stehen werden. Ivo genießt die Aufregung, fühlt sich glücklich und cool und schüttelt jede Hand, die man ihm hinhält. Dabei stellt er sich vor, wie er sich verhalten wird, wenn er Mirna später auf der Party zwischen so vielen Leuten sieht, was er sich anmerken lassen wird und was nicht.

Nach dem Spiel trinken sie ein Bier im Beisl, und Ivos Vater bleibt mit seinen alten Freunden an dem Ort sitzen, wo er 20 Jahre lang jeden Tag nach der Arbeit war. Er fügt sich sofort ins Mobiliar ein. Ivo und Kurt wollen eigentlich gleich weiter zu Bokis Party, werden aber von den Spielern in die Kabine eingeladen und lehnen aus Höflichkeit nicht ab.

Woran Ivo sich wirklich erinnert, weiß er nur, wenn sich sonst niemand daran erinnert, oder wenn es keine Erinnerung wert ist. Alles andere, alles, wovon es Fotos, Videos oder Geschichten gibt, ist keine eigene Erinnerung, es ist die Erinnerung von anderen. Zum Beispiel gibt es von Ivos Kindheit Tausende

Geschichten und trotzdem werden fast immer die gleichen wiederholt: wie er zum Dino im Naturhistorischen Museum gesagt hat: »Bitte, großer Dino, nicht essen mali Ivo«, oder wie er seine himbeersaftgefüllten Trinkbecher fallen gelassen hat, weil er, in Gedanken ganz woanders, darauf vergessen hatte, dass er sie hält, wodurch jedes Mal ein ganz neues Muster auf dem beigen Teppichboden entstanden ist.

Aber die richtigen Erinnerungen sind die, über die er nie spricht, wie eben so ein Sextraum mit seiner Tante, oder die, die überhaupt keine Erwähnung wert sind, wie Ivos allererste Erinnerung, die nur daraus besteht, mit Kurt im Stiegenhaus Froot Loops aus der Hand zu essen.

Aber kann man sich an etwas erinnern, das man schon vergessen hatte? Kann einem eine Erinnerung, an die man ewig nicht gedacht hat, plötzlich mit so vielen Details einschießen, dass man glaubt, man würde mitten in ihr stehen?

Ivo steht in der Kabine und kommt sich vor wie in einem der Träume, die er schon Tausende Male hatte und immer wieder vergisst, bis er sie aufs Neue träumt, wie in einem Déjà-vu, das nicht aufhört. Er riecht den Schweiß, der nicht seiner ist, und spürt diese Zwischenwelt, in der die FavAC-Spieler gerade sein müssen, in sich; die Leere, die bleibt, wenn man alles andere mit dem Schweiß liegen gelassen hat und die Worte wie von sehr weit weg klingen, weil man so lange nicht gesprochen hat oder nur in einer anderen Sprache. Dabei hat er gar nicht gespielt.

Die Kabine ist bummvoll und Ivo sieht sie leer, sieht sich und seine Freunde, die die Letzten sind, weil sie immer die Letzten waren, die, die als Letzte kommen, in die Schule, zum Training, auf Partys, die, die in jedem Bus ganz hinten sitzen, die Coolen. Almir, Bobi, Faru, Aldin, Beko. Nuri, manchmal, wenn er es zum Training geschafft hat.

Ivo steht vor dem Spiegel und stylt seine Haare zu einem Irokesen, sprüht noch einmal Axe Africa auf seinen Körper. Er sieht, wie Bobi ihnen das erste iphone in der Kabine zeigt, wie sie auf diesem iphone den Porno mit dem Pizzalieferanten schauen, der seinen Schwanz durch ein Loch im Karton steckt. Er geht in den Duschraum und sieht die anderen draußen auf ihn warten, reden. Er steht vor dem Spiegel, pisst von dort aus ins Waschbecken. Er fetzt mit dem Ball herum, stylt nochmal seinen Irokesen und wirft sein Zeug mit einer Bewegung in die Sporttasche.

Ivo steht vor dem Spiegel, fährt durch seine abrasierten Haare und Bobi repariert irgendwo in Liesing Autos in seiner Werkstatt.
Nuri ruft: »Zah an, Ivo!«, und Ivo kommt aus dem Duschraum. Genau wie früher, »zah an, Ivo«, weil er immer der Letzte war, der Letzte der Letzten, der Coolste der Coolen, und in jedem Moment, wo er denkt: »Jetzt ist das Déjà-vu zu Ende«, kommt das nächste Bild, das er kennt, der nächste Satz, das nächste Geräusch, das er genau in dem Moment vorhersagen könnte, in dem es eintritt, und alles sind Nichtigkeiten: wie die Kabinentür aufschwingt und der metallene Mistkübel davonscheppert, wie er mit seiner Hand gegen die Türen im Gang haut, wie frisch die Luft draußen auf einmal ist, wie er sich hinkniet, um den Klettverschluss seiner schwarz-roten Nike Air

Force One zu richten. Wie jemand fragt: »Wollts einen Kebab essen?« und Ivo antworten will, dass er schon gestern und vorgestern Kebab hatte, nur dass diesmal Kurt antwortet: »Nein, danke, wir waren vor dem Spiel schon im Steakhaus«, und genau danach, in dem Moment, als Ivo von seinen Knien aufsteht und den Blick nach vorne auf den Parkplatz richtet, merkt er, dass das Déjà-vu vorbei ist, weil dort ein paar Autos in der Dunkelheit stehen, statt dem Bild, das hingehört hätte, der Erinnerung, die echt sein muss, weil Ivo sie niemandem erzählt hat: die letzten Sonnenstrahlen eines perfekten Sommertags, der Parkplatz aufgeheizt und leer, bis auf einen grünen Golf, der genau in der Mitte steht, schräg über fünf weiße Vierecke geparkt, genau zwischen Ivo und der Sonne, die hinter der Wienerberg-City verschwindet und sich in den Lacken, die der kurze Regenschauer hinterlassen hat, spiegelt und blendet. Auf der Motorhaube Mirna im Profil, in weißen Hotpants, einem grünen Top und runden weißen Sonnenbrillen, in ihrer Hand eine Zigarette, die vom Licht so groß qualmt wie ein Bengalo. Und Ivo, der es sieht, der sich diesem Bild nähert und nicht glauben kann, dass es echt ist, weil alles stillzustehen scheint; der darauf wartet, gegen eine unsichtbare Barriere zu stoßen. Wie ein kleiner Junge, der nicht ein Palmers-Plakat sieht, sondern die Models von diesem Plakat, wie sie genau vor ihm sitzen, in genau der gleichen Pose wie auf dem Plakat. So war es damals und so ist es jetzt, während Ivo mit seinem Bruder über den verregneten Parkplatz auf Kurts blauen BMW zugeht. Er spürt dieses Bild genauso nah und genauso weit entfernt wie früher, dieses Bild, das sich nicht löschen lässt, weil er es nie jemandem so erzählen konnte, wie es für ihn war. Weil er mit niemandem die richtigen Worte hätte, um so ein Bild zu beschreiben.

Auf der Fahrt sprechen Kurt und er über Geschäfte, ihren Vater und über Fußball, und Ivo versucht sich währenddessen zu erinnern, was danach passiert ist; wie er eingestiegen ist, wie sie die Höhenstraße entlanggefahren sind, was sie geredet haben. So klar der Augenblick auf dem Parkplatz ist, so verschwommen sind alle danach: der Fahrtwind, die Worte von Kool Savas und Eko Fresh, die ihnen damals so viel bedeutet haben, und die Seitenblicke auf Mirna hinter dem Steuer. Er dreht sich ein bisschen weg von seinem Bruder und schreibt ihr: *Bin gleich da!* Und er beschließt, sie zu fragen, wie sie sich an diese Autofahrt erinnert.

Als Kurt und er das Lokal betreten, konzentriert Ivo sich noch einmal auf das Gesicht, das er machen wird, wenn er Mirna sieht. Sie werden nach hinten verwiesen, wo Boki einen Raum gemietet hat, und als die Tür aufgeht, wird Ivo schwindlig von der Schnelligkeit, in der jetzt wieder alles passiert und davon, Mirna endlich wiederzusehen. Ivos Herzschlag ist genau so laut wie die Pausen dazwischen.

33

Ivos Herz macht einen Plumpser. Er schaut von rechts nach links und wieder zurück und sieht beide Male dieselben 15 Typen am selben Tisch. Boki, der in der Mitte gesessen ist, springt sofort auf und kommt zu ihnen, noch bevor Ivo etwas ausrufen kann wie: »Heast, was ist das für eine Beidlparty hier?!«

Er gibt ihnen zur Begrüßung beide Hände, als wären sie die Paten und er irgendein Bäcker, dem es eine Ehre ist, dass sie zu seiner Hochzeit kommen. Und es ist ja auch so, irgendwie. Währenddessen dreht sich der ganze Tisch zu ihnen um, und die drei Loserfreunde von Boki, die Ivo ein bisschen von früher kennen, stellen sich mit gesenkten Köpfen hinter ihm in eine Reihe, um Hallo zu sagen. Die anderen bleiben sitzen und schauen ihn an, wie Männer, die mit ihren Frauen am Strand sind, eine Fremde anschauen, die sich oben ohne sonnt: mit auffälliger Unauffälligkeit und Ehrfurcht in den Augen.

Boki führt Ivo und Kurt an den Tisch und macht immer noch alle Bewegungen mit beiden Händen. Er stellt Ivo mit den Worten vor: »Den Ivo muss ich wohl niemandem vorstellen, und das ist sein Bruder Kurto«, und zeigt dann im Kreis, »Ivo, das sind Stefan, Dejan, Moe«, und 11 andere Namen, die er sich natürlich nicht merkt. Kurz sieht Ivo sich selbst als Flugzeug, weil Boki wie ein Fluglotse gestikuliert.

»Und, mit wem von denen hast du dich verlobt?«, fragt Ivo und alle lachen, weil es lustig ist und weil sie Ivo bewundern.

»Ehrlich gesagt weiß ich selber nicht mehr genau,

wie wir auf das mit den getrennten Partys gekommen sind, aber es war aus irgendeinem Film oder so«, entschuldigt sich Boki.

Ein richtiger Freund von Ivo hätte auf Ivos Witz mit einem Witz über ihn geantwortet, den Ball wieder zurückgespielt und das Lachen der anderen noch mehr angeheizt. Er hätte gesagt: »Jaja, der Ivo, denkt immer nur an die Weiber«, oder »Du mit deiner großen Goschn, deine Frau ist ja nicht mitgekommen«, aber in dieser Runde ist Ivo zu sehr *out of his league* für so was und deshalb entschuldigt sich Boki für seine eigene Party und Ivo lächelt und gibt ihm eine ganz sanfte Watschen, um klarzustellen, dass das nicht böse gemeint war.

Es ist trotzdem schade, wenn diese Ehrlichkeit verloren geht, weil dann alles weniger lustig wird. Wenn zum Beispiel Bokis Antwort »Du mit deiner großen Goschn, deine Frau ist ja nicht hier« gewesen wäre, hätte Ivo noch eins draufsetzen und antworten können: »Meine Goschn ist nicht das Einzige, was an mir groß ist, frag deine Mama«, und alle hätten über Boki gelacht, wie früher. Aber so ein Witz geht nicht vor Bokis TU-Freunden und vor allem nicht, wenn er selbst schon so unterwürfig ist. Außerdem würde Ivo bis auf den Boki auch jedem hier die Goschn einhauen, der irgendwas über ihn oder seine Frau sagt, oder auch nur über so einen Witz lacht, weil sie ihn alle nicht kennen und wer ihn nicht kennt, der darf nicht über ihn reden.

Also schneidet Ivo das Thema getrennte Partys nicht mehr an und die anderen scheint es eh nicht zu stören, dass keine Frauen da sind, weil sie so den ganzen Abend über Frauen reden können, ohne dass ihnen eine widerspricht. Die Verheirateten geben Tipps für die Ehe und die, die noch Single sind, versuchen Boki seine Hochzeit auszureden. Kurt diskutiert währenddessen mit einem von den TU-Losern über den neuen Terminal am Flughafen Wien.

Ivo strahlt eine natürliche Distanz aus, wie alle Stars, aber trotzdem sitzt er nie alleine da, weil alle die Chance nützen wollen, um seine Meinung zu etwas zu hören oder eine Geschichte erzählt zu bekommen, die sie dann ihr ganzes Leben als »Die Geschichte, die mir der Trifunović damals erzählt hat« wiederholen können. Er muss extra aufs Klo gehen, um Mirna zu schreiben.

Dein Cousin ist so ein Opfer!

Haha ja, der hat irgendwie Verlobungsfeier und Polterabend verwechselt. Aber dafür wird es lustig, wenn der Polterabend gemeinsam stattfindet und er seiner Frau zuschauen muss, wenn sie mit dem Stripper tanzt.

Ivo kann am Polterabend nicht in Wien sein und ist auch überhaupt nicht scharf drauf, Boki und seinen Nerdfreunden zuzuschauen, wie sie Lapdances von einer 200 €-Stripperin bekommen, nicht einmal, wenn er dafür Mirna zu sehen bekommt. Er schreibt ihr: *Wenn du willst hol ich dich ab und wir machen was Besseres.*

Und sie antwortet sofort: *Ja gern, schreib einfach, wenn du losfährst.*

Ivo geht mit einem Lächeln wieder rein, setzt sich an den Tisch und beantwortet Fragen zu Granit Xhakas Schusstechnik und Romelu Lukakus Autos, während er sich einen Plan zurechtlegt, um seinen Bruder loszuwerden. Es ist halb zwölf und Kurt redet noch immer mit dem gleichen Typen. Nach dem Spiel hat Kurt noch gesagt, dass er müde ist und nicht lange bleiben wird und Ivo dachte, er könnte ihn aussitzen, und sobald sein Bruder gefahren ist, Mirna treffen, aber jetzt schaut Kurt überhaupt nicht müde aus. Besser, Ivo sagt selbst, dass er müde ist und spekuliert drauf, dass Kurt noch nicht wegwill und ihm sein Auto gibt. Es tut Ivo leid, dass er seinem Bruder nicht einfach sagen kann, dass er Mirna treffen wird, weil solche Sachen nicht mehr möglich sind zwischen ihnen.

»Was?!«, schreit Kurt gerade in einem Tonfall, dem man anhört, dass er wirklich wütend ist. »Die Schwarzen waren da genauso dabei, oida! Schwechat gehört zur Hälfte dem Land Niederösterreich. Bist du dumm oder was?« Das ist genau der richtige Augenblick. Wenn Kurt mal so in Fahrt gerät in einer Diskussion, kann er es nicht mehr gut sein lassen. Also steht Ivo auf, verabschiedet sich von Boki (»Weißt eh, ich kann nicht mehr so lange aus sein, abends«), sieht, wie Kurt noch hin und her überlegt zwischen dem, was vernünftig ist und dem, was er machen will, und nimmt ihm die Entscheidung gemeinsam mit den Autoschlüsseln ab. »Bis morgen!«

Im Auto schreibt er Mirna *Ich komm dich jetzt holen* und sie antwortet nach fünf Sekunden *Bitte!* Und erst danach kriegt Ivo eine leichte Panik, wie früher vor Schularbeiten, weil er nichts vorbereitet hat und nicht weiß, wohin er mit Mirna fahren soll.

Als Ivo in die Währinger Straße einbiegt, steht sie schon vor der Tür des Lokals, in einem hellbraunen

Rauledermantel und mit einem Lächeln, das Ivo sich merken will.

34

Sie begrüßen sich, Bussi links, Bussi rechts, und schon haben sie den Moment verpasst, um miteinander zu schlafen. Ivo ordnet sich in den Straßenverkehr ein und schaut auf die Uhr statt in den Rückspiegel. Der Grund, warum alle Fußballer Callgirls pudern ist ja nicht, weil sie Sex mit Nutten geiler finden als den mit normalen Frauen, sondern weil deren Arbeitsweise auf die kurzen Zeitintervalle ausgelegt ist, in denen die Fußballer Zeit haben. Weil man mit ihnen nichts unternehmen muss, wobei man gesehen werden könnte. Weil man, auch wenn man nur eine halbe Stunde Zeit hat, Sex haben kann.

»Wo bringst du mich hin?«, fragt Mirna, als sie die Währinger Straße nach oben rollen.

Ivo hat, noch bevor er losgefahren ist, sein Bargeld gezählt, um sich an die Idee klammern zu können, dass sie in die *Goldene Spinne* gehen, keinen Ausweis herzeigen und in bar zahlen. Er hat sich schon vorgestellt, wie er am nächsten Tag seinem Bruder erklären würde, wo er geschlafen hat. Und dann hatte er den gleichen Gedanken, wie bei ihrem ersten Date in London, nämlich, wie einfach und wie schön es wäre, sich in einen Park zu legen, für eine halbe Stunde, und wie scheiße alle Orte sind, wo das nicht geht, weil es zu kalt ist.

»Ich weiß auch nicht. Vielleicht fahren wir einfach ein bisschen herum.«

»Cool, dass du so spontan gekommen bist! Wie lang bleibst du?«

Ivos Blick ist nach vorne gerichtet, auf den Horizont, der gerade an den Stadtbahnbögen vom Gürtel endet. Er schaut geradeaus und sieht dort einander überlagernde Bilder: Mirna in ihrem grünen Golf, Mirna in ihrem hellbraunen Mantel und irgendwo dahinter die Straße und die Menschen, die einfach herumlaufen an einem Freitagabend und überhaupt nicht wissen, was abgeht.

»Nur bis morgen Nachmittag, dann muss ich wieder zurück.«

»Wow, du hast echt einen dichten Terminplan«, sagt Mirna, ohne auch nur im Ansatz zu verstehen, wie dicht. »Schade, ich dachte wir könnten vielleicht was unternehmen.«

Nein, sie können nichts unternehmen, nicht in Wien, nicht in Österreich, wo jeder Mensch Ivo erkennt. Nicht in Zeiten wie diesen, wo jeder eine Kamera auf seinem Handy hat und einfach loszufilmen beginnt, wenn er eine Berühmtheit sieht, und es Medien gibt, Journalisten, die nichts anderes machen, als über solche Videos zu berichten. Sie können in kein Hotel gehen, in kein Restaurant, in kein Kino. Alles, was Ivo anbieten kann, ist das, was er auch einem Callgirl anbieten könnte: sie in die *Goldene Spinne* oder ins *Orient* zu schmuggeln und dort zu pudern. Ivo hat sich noch nie so eingeengt gefühlt von seiner Heimatstadt, aber eigentlich ist es Jessy, die ihn einengt, weil sie mit ihm verheiratet ist. Ohne sie könnte er mit Mirna auf der Kärntner Straße Händchen halten und es wäre kein Problem, dabei gefilmt zu werden. »Trifunović mit dunkelhaariger Schönheit beim Shoppen.« Er muss Jessy ganz schnell wieder aus seinem Kopf bekommen.

»Wohnst du noch in Flodo?«

Mirna lacht. »Nein, ich bin nie zurück nach Floridsdorf, nachdem ich mit 19 dort weg bin. Ich hab zuerst im 5. gewohnt und jetzt wohn ich im 2.«

Sie fahren den Gürtel entlang und Ivo ist enttäuscht von sich selber, davon, dass er sich nichts hat einfallen lassen, dass er keinen Plan entwickelt hat, für den Moment, in dem er sich gerade befindet. Er sucht mit seinen Augen die Gebäude ab, an denen sie vorbeikommen und sieht nur Puffs und Bars und keins von beidem hilft ihm.

»Und, gefällts dir dort?« fragt er, um nicht alles noch schlimmer zu machen und die ganze Geschichte nicht mit dieser Autofahrt enden zu lassen, in diesem Einander-nichts-sagen-Können.

»Ja, es ist schön. Obwohl ich mir nicht sicher bin, ob es dir auch so gut gefallen würde.« Ivos Kopf ist schon ganz heiß vom Nachdenken, er schwitzt und da, in genau diesem Moment der Verzweiflung, sieht er Gott: Er sieht ihn als Licht in der Höhe, er sieht ihn als Form, als Ort, den er kennt, und als Antwort, die so überraschend einfach ist, dass man selber darauf hätte kommen können. Vorher hat er zum Horizont geschaut und nur Mauern gesehen; jetzt schaut er auf ein Schild, das hundert Meter entfernt ist und sieht darin den Horizont, die Silhouette eines gelben

Vogels weit draußen über dem Meer. Wenn es Gott gibt, dann muss er überall auf der Welt gleich riechen und ausschauen, überall wie ein Zuhause sein.

»Ich kauf dir ein Eis, wenn du willst«, sagt Ivo und kreuzt, ohne zu blinken, beide Fahrbahnen, um sich in die Schlange vom McDrive einzuordnen.

Sie bleiben stehen und Ivo dreht sich zu Mirna. Es wäre so leicht, jetzt den Arm um sie zu legen und zu schmusen. Ivo sagt nichts und strahlt in Gedanken an ihren Mund in Mirnas Gesicht und sie lächelt sehr lieb zurück, ohne dass einem von beiden einfällt, was sie sagen könnten, und sie müssen eine Weile so schweigsam dagesessen sein, bevor das Hupen eines roten Škodas hinter ihnen sie rausreißt, Ivo aus seinen Gedanken an Sex im Auto und Mirna aus was auch immer. Ivo rollt ein paar Meter vor.

»Erinnerst du dich noch daran, wie du mich mal vom FavAC-Platz abgeholt hast, vor ur Langem, und wir herumgefahren sind?«

Sie erinnern sich wirklich an ganz unterschiedliche Sachen. Ivo an das Bild auf dem Parkplatz, an den grünen Golf, die weißen Hotpants, und dass sie damals ewig lang Eko Fresh und Kool Savas gehört haben, das Dreamteam. Mirna daran, was einer von Ivos Kollegen ihnen Dreckiges hinterhergerufen hat, und wie aufgeregt Ivo wegen Brügge war, wie viel er vom bevorstehenden Probetraining erzählt hat und wie glücklich er war, Wien zu verlassen. »›Ich werde es allen zeigen, Mirna‹, hast du gesagt. ›Die werden alle noch sehen. Wenn ich das nächste Mal komme, wird jeder meinen Namen wissen‹«, und Ivo glaubt sich zu erinnern, dass es niemanden gab, den er damals mehr beeindrucken wollte als Mirna. Sie kaufen zwei McFlurrys und eine Apfeltasche, und Ivo fragt sich, wo sie hinsollen.

»Gibts bei dir in der Nähe einen Parkplatz, wo wir das Eis essen können?«

»Ja, dort beim Mexikoplatz. Ich zeig dir, wie wir hinkommen.«

Ivo biegt auf den Gürtel und beschleunigt den BMW. Er fährt 100, in vollem Bewusstsein, wie gefährlich es für seinen Ruf wäre, plötzlich, nach Jahren, wieder beim Rasen erwischt zu werden. Alles, was er sich in der Scheißöffentlichkeit aufgebaut hat, dass er erwachsen geworden ist, seine Wandlung vom Bad Boy zum Liebling der Nation, das alles kann er mit einem Mal wieder verlieren, und es ist ihm gerade scheißegal. Er will das jetzt und er will endlich wieder machen können, was ER will. Also steigt er nicht mehr runter vom Gas und hat auf 140 beschleunigt, als sie über die Brücke beim Müllverbrennungsturm fahren. Das Gespräch stockt, weil Mirna lacht und sich gleichzeitig vor Angst am Griff über dem Fenster festhält, aber genau deshalb stockt es auch nicht, weil Fahren und Lachen das Reden eh überflüssig machen. Sie brauchen nur 10 Minuten für den Weg von der Thaliastraße zum Mexikoplatz, wo sie vor einer roten Ampel stehen bleiben. »Ich bin wegen dem Eis so schnell gefahren, weißt du, damit es nicht schmilzt«, sagt Ivo und fährt mit quietschenden Reifen los und am liebsten wäre er gar nie stehen geblieben, sondern gleich bei Rot drüber. Es ist eh niemand da außer ihnen.

Sie parken auf einem großen Betonfeld, ein paar

Meter über dem Uferweg, und setzen sich auf die Kühlerhaube von Kurts BMW, um auf die eiskalte Donau zu schauen, die sich vor ihnen im Dunkeln dahintreiben lässt. Ivo ist es egal, ob sie Dellen in Kurts Kühlerhaube reinmachen, nein, er merkt sogar, dass er seinen Hintern hin und her bewegt und versucht, sich noch schwerer zu machen. Ein flaches Touristenschiff schwimmt so langsam dahin, dass man nicht weiß, in welche Richtung.

Ivo schleckt an seinem McFlurry, schaut ins Dunkle und sieht Mirnas McFlurry dabei zu, wie er, von ihr geworfen, immer kleiner wird und durch die Luft in die Dunkelheit der Donau segelt und dort untergeht, ohne ein Geräusch zu machen. Er dreht sich zu ihr um und bevor etwas anderes passieren kann, küsst sie ihn. Da! Das ist das Gefühl!

Ivo kommt sich vor, als würde er aus einem Nichts in den Zustand wechseln, in dem er immer sein sollte. Als ob er in etwas eintauchen würde, und ohne ein Wort sagen zu müssen, stehen sie beide auf, Ivo klappt den Sitz nach hinten, lässt Mirna einsteigen und sie ziehen sich gegenseitig aus, als würden ihre Leben davon abhängen. Mirna legt sich auf den Beifahrersitz, so, dass Ivo nur ihren Hintern und ihre Haare sieht. Die Scheiben beschlagen, ihre Rhythmen gleichen sich einander an und irgendwann wird das ganze Auto hell von den Lichtern des Schiffs, das an ihnen vorbeifährt und dann wieder dunkel, ohne dass Ivo sagen könnte, wann und wo und wer sie sind.

Das Leuchten und die Vibration von seinem Handy zeigen, dass die Nacht vorbei ist.

»Hast du deinem Bruder nicht erzählt, dass wir uns treffen?«

»Nein.«

»Arg, früher hast du ihm alles erzählt.«

Dieser Satz brennt sich in Ivos Kopf, und schon in dem Moment weiß er, dass er sich an diesen Satz besser erinnern wird als an vieles andere von diesem Abend, dass vielleicht nur dieser eine Satz, der vor ihm ausgestreckte Hintern, die McFlurrys und das Bild von Mirna in ihrem hellbraunen Mantel bleiben werden.

»Vielleicht kannst du zu mir nach Hause kommen, wenn du das nächste Mal da bist und ich koch dir was zu essen«, sagt Mirna, kurz bevor sie bei ihr sind, und als Ivo sich zu ihr rüberdreht, merkt er, dass sie ihn fast mitleidig anschaut.

Er traut sich nicht zu sagen, dass das nicht geht, weil ihm das in dem Moment selbst vollkommen absurd vorkommt. Er müsste heimlich aus dem Hotelzimmer schleichen, müsste hoffen, dass ihn niemand sieht, niemand vom Team, niemand von der Presse, kein Portier. Aber er sagt auch deshalb nichts, weil ihm die Vorstellung gefällt, zu sehen, wie Mirna lebt. In ihrer Wohnung sind sie in Sicherheit, wenn Ivo die Hindernisse auf dem Weg nur überwindet. Aus dem Zimmer raus, durch die Lobby, in ein Auto und durch das Stiegenhaus, ohne irgendwem zu begegnen und dann ist er dort und wird nicht daran denken, dass er den ganzen Weg wieder zurückmuss, um wirklich sicher zu sein. Es ist wie durch einen Fluss zu schwimmen, an den Lichtkegeln der Suchscheinwerfer vorbei und dabei alles zu riskieren, nur für eine Frau.

»Das klingt schön«, sagt Ivo nach einer Pause und lächelt nach vorne durch die Windschutzscheibe.

Sie verabschieden sich mit einer Mischung aus Bussi und Kuss, mit einem Bussi auf den Mund, bei dem man nicht sagen kann, wer ein Bussi geben wollte und wer einen Kuss, und während Mirna wegstöckelt und Ivo ihr hinterherschaut, kämpft er gegen die Entscheidung an, ihr zu folgen, sie einsteigen zu lassen und einfach für immer weiterzufahren, egal in welche Richtung; stattdessen schreibt er Kurt. *Chill dein Leben, bin nur rumgecruist. Du kannst dein Auto morgen holen.* Den Weg vom 2. in den 21. fährt Ivo ganz langsam, weil es keinen Grund mehr für ihn gibt, sich zu beeilen.

35

Jaja, die ersten Sachen. Der erste Sex, der erste Diebstahl, der erste Tote, das erste Profi-Spiel, das erste Mal Fahrradfahren, der erste Trainer. Die erste Untreue.

Die zweite Untreue.

Hier in Floridsdorf ist alles das Erste von irgendwas, jedes Geschäft, jedes Café, jeder Park. Aber alles ist auch das Zweite von irgendwas, das hundertste Mal, das man vergisst.

Ivo kann sich genau an seinen ersten Sex erinnern:

Stuwerviertel, 14. Geburtstag, Studio 51b. Und Ivo erinnert sich an seinen ersten Trainer beim FavAC, Beda, ein lieber, schlapper Mann. Aber wenn ihn jemand fragen würde, wer sein erster *richtiger* Trainer war, würde er Kai sagen, sieben Jahre später in Belgien. Und wenn ihn jemand nach seinem ersten Sex fragen würde, dann würde er viel lieber vom Donauinselfest 2005 erzählen, den Alkopops, Nicole, der schrägen Wiese neben der Nordbrücke und wie er Nicole dort seine Hand in die Hose gesteckt hat.

Der Frau im Stuwerviertel hat Ivo eh auch gefallen. So ein schmalgesichtiger kleiner Strizzi mit großer Goschn und schüchternen Augen. Sie hat sich sicher gefreut, jemanden wie ihn zu kriegen, zumindest hat sie so getan, und er war froh, jetzt auch Sex gehabt zu haben. Super aufgeregt war er sowieso. Aber Nicole, puh. Nicole wollte es wirklich. Sie wollte genau das, was er wollte, obwohl sie beide gleich wenig Ahnung hatten, was das heißt. Erst später hat Ivo verstanden, dass es nichts Geileres gibt als jemanden, der einen geil findet. Und noch später hat er gelernt, dass es mit der Liebe genauso ist.

Ivo hat Jessy in seiner ersten Nacht in der Schweiz kennengelernt und sich sofort in sie verliebt. Es war schon spät und sein Kopf war voller widersprüchlicher Gedanken darüber, ob er das Angebot von Basel annehmen oder weiter auf ein besseres warten sollte, und weil er nicht mehr in seinem Zimmer sitzen und nachdenken wollte, ist er in die Hotelbar gegangen und hat bei Jessy ein Fanta bestellt. Es klingt dumm, aber die Aussicht, mit Jessy auf ein Date gehen zu können, hat den Ausschlag gegeben, dass er am nächsten Tag den Vertrag beim FC Basel unterschrieben hat, und Ivo hat es in den Monaten danach, als alles so gekommen ist, wie er es sich erträumt hatte, nie bereut.

Ivo hat sich in Jessy verliebt, ohne zu wissen, wie der Sex mit ihr sein würde. Ivo hat sie geil gefunden und sie hat ihn geil gefunden und deshalb war es so unpackbar gut, weil es sie beide noch geiler gemacht hat, wie geil sie aufeinander waren. Und dann, als es nicht um die Gegenseitigkeit von Geilheit, sondern um die Gegenseitigkeit von Liebe gegangen ist, war das auch ein erstes Mal von etwas für Ivo, auch wenn man vielleicht schwerer beschreiben kann, wovon.

Außerdem findet Ivo Jessy ja immer noch geil; sie erfüllt alle Kriterien dafür. Wenn sie Sex haben, dann denkt er auch teilweise überrascht: »Wow, das sind wirklich geile Titten«, aber da liegt das Problem. Wenn man denkt, dann ist es schon vorbei. Man sagt nicht umsonst »dumm fickt gut«, weil man beim Sex dumm werden muss, egal wie klug man sonst ist, leer, ein Ding, das nicht denkt, sondern handelt. So wie gestern oder auf der Wiese mit Nicole, während weit entfernt Gigi D'Agostino von der Ö3-Bühne gewummert hat.

Natürlich sagen einem alle, dass der Sex in der Ehe schlechter wird, und weniger als am Anfang wird er auf jeden Fall. Aber schlechter nicht unbedingt. Man kann sogar sagen, er wird, wenn es gut ist, besser als er je mit wem anderen sein könnte, nur halt sehr selten. Wenn man so einen besonderen Moment hat, dann ist es nämlich nicht nur geil, weil man einander so geil findet, sondern weil alles andere – die gemeinsamen Jahre, die Kinder, das Haus, die Liebe, die gemeinsamen Krisen – noch zur Geilheit dazukommt, sich praktisch drüberlegt. Aber in den vielen nicht besonderen Momenten wird er eher praktischer als besser, weil man einfach nicht mehr so geil aufeinander ist wie früher.

Am Anfang kriegt man ja schon einen Ständer, wenn man seine Hände auf die Hüften der Frau legt, und man kann auch nach fünf Jahren Beziehung einen Ständer wegen seiner Frau kriegen, der so hart ist, dass es wehtut, aber nicht jedes Mal, wenn man sie küsst, ihr die Hand auf die Hüften legt oder in ihr drinnensteckt. So könnte man gar nicht leben.

Ivo und Jessy hatten immer guten Sex, weil sie gut zusammenpassen. Sie haben sich im Bett so gut ergänzt, wie es überhaupt nur geht, aber irgendwann ist dieses Einander-Ergänzen gekippt und Jessy und er ergänzen sich nicht mehr wie Yin und Yang oder Ketchup und Mayo, sondern sind in ihren Rollen festgenagelt. Ivo muss immer Ketchup sein. Sie wissen beide, was sie wollen, und sie holen es sich voneinander. Sex mit Jessy ist jetzt eine Transaktion von Orgasmen.

Mirna hat ja keine Ahnung, was Ivo will, wie er es gern macht und umgekehrt noch weniger, aber Ivo merkt dadurch, dass er gar nicht immer das will, was er zu wollen geglaubt hat. Mirna und er nehmen nichts und geben nichts; sie machen einfach irgendwas und dadurch gibt es keine Story mit Anfang, Mitte und Ende wie mit Jessy, wo am Anfang geblasen oder geleckt, in der Mitte gefickt und am Ende gekommen wird, Jessy am liebsten von hinten mit Ivos Schwanz in der Muschi und ihrem Kopf in die Polster gedrückt, Ivo am liebsten auf etwas drauf, auf Jessys Brüste, ihren Hintern oder auf ihr Gesicht.

Mit Mirna gibt es nur ein Hin und ein Her, bei dem man nicht weiß, was das Hin und was das Her ist. Mit Mirna gibt es nur Ausschnitte – einen emporgereckten Hintern, den Schatten von Mirnas schwarzem Haar auf ihrem Körper, wie hell und gleichzeitig verschwommen das Auto auf einmal von den Lichtern des Schiffs erleuchtet wurde – und gerade bei den beschlagenen Scheiben im Auto, dem Schiffsgeräusch und dem Abdruck einer Hand am Fenster, weiß Ivo gar nicht mehr genau, ob das wirklich passiert ist, oder ob er es nur vor langer Zeit so in *Titanic* gesehen hat.

Er senkt seinen Blick wieder auf den Milchkaffee vor ihm. Kurt kommt die Straße entlang, grüßt den Besitzer vom Café, vor dem er seine erste Schlägerei hatte, und schaut Ivo komisch an.

»Willst du mir was sagen, Ivo?«

»Nein. Wieso, willst du mir was sagen?«

»Nein.«

»Passt, dann fahrma.«

36

Ivo lässt verschiedene Masken durch seine Hände gehen: eine Gorillamaske, eine venezianische Maske, und der Verkäufer stützt sich auf den Holztresen zwischen ihnen.

»Bei der richtigen Maske gibt es zwei Faktoren: wie man damit aussieht und wie gut man aus ihr raussieht. Aber machen Sie sich keine Sorgen, Herr Trifunović. Die Maske sucht Sie aus und nicht Sie die Maske.«

»Ist das das gleiche Geschäft, in dem Harry Potter seinen Zauberstab gekauft hat?« Der Verkäufer lacht. Es sieht zumindest so aus. Jessy würde es hier gefallen, denkt Ivo, und da steht sie schon neben ihm und sagt: »Die Gorillamaske schaut gut aus an dir.« Jessy hat ein Gespür für so etwas, auch wenn sie nicht weiß, wofür Ivo die Maske braucht, also setzt er die Gorillamaske auf, stellt sich vor den Spiegel und sieht dort schon den Ort, wo er später sein wird: ein Parkhaus in blauem Neonlicht mit langen, kahlen Gängen, die sich nach allen Richtungen hin erstrecken, und dumpfem Techno. Überall sitzen Menschen, liegen Menschen, flüstern einander ins Ohr. Alles ist egal hier. Ivo geht und schaut auf ein Knäuel von Körpern, bei dem er nicht sagen kann, wie viele es sind. Er sieht ihre Haut wie sich bewegende Schlangen, dazwischen Haare, die niemandem gehören. Ein Mann mit Cristiano-Ronaldo-Maske dreht sich zu ihm um und starrt ihn mit einem eingefrorenen Siegerlächeln an. Sein Kopf bleibt völlig ruhig inmitten der Schlangen. Mirna!

Ivo beginnt zu laufen, kommt links an einem künstlichen Wasserfall vorbei, dann rechts an einem Mann mit rahmenloser Brille, und steht vor einer runden Betonsäule, die zehn Männer nicht umfassen könnten. Mirna!

»Ja?«

Ivo läuft um die Säule herum, bis ihm schwindlig wird.

»Ivo, du musst nicht laufen! Hier bin ich.«

Er dreht den Kopf in Richtung der Stimme.

»Ich seh nicht gut durch die Maske«, sagt Ivo. War die Musik schon vorher so laut, der Lärm, die Dunkelheit zwischen den flackernden Lampen? Er sieht Mirna vollkommen nackt, bevor das Licht wieder aussetzt. Er sieht Mirna nicht mehr, weil die Ränder um seine Augen sich zusammenziehen. Er zerrt daran, blinzelt, will einfach nur schauen, und als er versucht, die Augen weiter aufzumachen, wacht er mit Schlatze im Mundwinkel und einem Ständer in der engen Jeans auf. Der Landeanflug hat schon begonnen.

Ivo kommt nach Hause und sofort macht ihn irgendwas fertig. Dieses Kommen und Gehen vielleicht. In England ankommen und wissen, dass er in zwei Wochen wieder nach Wien fliegen wird. Vielleicht ist es auch die Untreue. Eigentlich ist es die Unfähigkeit zu machen, was er sonst macht.

Es steht ein wichtiges Spiel in der Liga an und dann ein noch wichtigeres Spiel für Österreich. Ivo muss sich konzentrieren. Wenn sie gegen Weißrussland verlieren, ist die WM-Quali gelaufen, aber sie können deshalb ja nicht die restlichen Matches absagen. Sie müssen trotzdem spielen, mit allem, was dazugehört: den Flügen nach Klagenfurt und Bulgarien, den

Trainings und den Interviews, bei denen sie so tun, als wären sie motiviert.

Ein paar Stunden später, als er im Fernsehen einen Mann mit einer schiachen, rahmenlosen Brille sieht, fällt Ivo ein Traum ein, den er vor einer Woche hatte, ein Albtraum, in dem Didi Constantini wieder österreichischer Teamchef war. Natürlich ist so ein Albtraum lächerlich und deppert, aber die Angst, die dahintersteht, kann man nicht einfach beiseite wischen. Seit der EM liegt etwas in der Luft, das Ivo Angst macht, ein Gefühl, das nicht mal von denen, die es äußern, wirklich eingegrenzt werden kann. Es ist ja nur so ein Gefühl, aber eben eines von dummen Menschen, von Menschen, die David Alaba »David Alibipass« oder »Ali Baba« nennen und sagen, er hätte das »Mittelfeld-Gen« nicht, weil er ein paar schlechte Spiele als Sechser gemacht hat. Von Leuten, die glauben, die Qualität eines Nationalspielers hätte irgendwas damit zu tun, wie er bei der Hymne mitsingt. Dann sollen die Sängerknaben spielen!

Als sie sich für die EM qualifiziert haben, waren alle stolz auf ihr »Multikulti-Team«, aber jetzt, wo es einmal kurz nicht läuft, sagen plötzlich die gleichen Leute, die ihnen vorher zugejubelt haben, dass Alaba abgehoben und arrogant ist und deshalb schlecht spielt, weil er so viel auf Social Media postet. Muss man dumme Arschlöcher, die keine Ahnung haben, ernst nehmen, nur weil sie Österreicher sind? Menschen, die nicht wissen, dass Alaba eine Agentur für sein Social Media bezahlt? Menschen, die glauben, mit ein paar kernigen Sprüchen könnten Spieler aus der Österreichischen Bundesliga international mithalten? Menschen, die Alaba die Schuld für das Eigentor von Kilian in die Schuhe schieben, mit der Begründung, dieses Tor sei nur passiert, weil David sich angeblich weigert, auf seiner angestammten Position als linker Verteidiger zu spielen? Einerseits zu sagen, jemand sei schlecht und profitiere bei den Bayern nur von seinen Nebenleuten, ihm aber andererseits zuzuschreiben, er sei so gut, dass er sogar an den Toren schuld ist, die der Ersatzmann zulässt, ist in Wahrheit nichts anderes, als zu sagen: »Die Ausländer nehmen uns die Jobs weg und sie sind faule Wichser, die von Sozialhilfe leben.« Und natürlich kann es Ivo wurscht sein und David Alaba auch, weil sie so reich sind, dass sie sich eine Insel kaufen und dort ein eigenes Land gründen könnten, wenn sie wollten. Aber es ist ihnen nicht wurscht und genau deshalb hacken diese dummen Hurenkinder auf ihnen rum, weil sie sich immer die aussuchen, denen es eben nicht egal ist.

Ivo weiß noch, wie es früher war, deshalb versteht er nicht, warum irgendwer in diese finsteren Zeiten zurückwill, in denen Österreich regelmäßig von gleich starken Teams weggeklatscht wurde, weil die Trainer der Meinung waren, es reiche aus, als taktische Vorgabe zu sagen: »Burschna, gehts aussi und spülts!«, weil die Trainer von damals keine Trainer waren, sondern so etwas wie die Ausbildner beim Bundesheer: Versager, die nur aufgrund ihres Alters das Recht bekommen, einen anzuschreien und eigentlich auch nichts anderes vom Leben wollen.

Und er spürt die Angst in sich, dass Österreich sich

kurz so erfolgreich nach vorne bewegt hat, dass es jetzt erst einmal wieder zehn Jahre nach hinten gehen muss, und sie einen von diesen alten Hawarern als Trainer vor die Nase gesetzt bekommen, einen Österreicher, oder, was fast gleich schlimm ist, einen von diesen Deutschen, die hier picken bleiben, weil sie zu schlecht für Deutschland sind.

Es ist ein trauriger Gedanke, dass die Vergangenheit die Zukunft sein könnte, weil es bedeutet, dass man sich auf nichts freuen kann, weil alles genauso beschissen sein wird, wie es früher war.

So sollte Ivo gar nicht denken. Sie haben es selbst in der Hand. Sie werden Weißrussland wegputzen und sich wieder etwas Luft verschaffen, noch ein bisschen hoffen dürfen, zumindest bis zum nächsten Spiel. Nicht an die Möglichkeit einer Niederlage denken, nicht daran, dass Jessy ihm draufkommen könnte. Überhaupt sollte er nicht schon an das Österreich-Match denken, sondern nur an die Liga nächste Woche. Nicht an Kurts Blick, als er in der Früh das Auto abgeholt hat. Noch ein letztes Mal Sex und dann Schluss machen. Von Spiel zu Spiel schauen. »Mirna, ich kann das nicht mehr machen.« Natürlich kann er es! Schluss machen, bevor aus der Untreue etwas noch Schlimmeres wird, eine Affäre oder eine Beziehung, obwohl das eigentlich schön wäre.

Wenn die älteren Spieler oder Ivos Freunde vom Betrügen geredet haben, dann ging es immer nur um die Logistik dabei. Wie anstrengend es ist, zweigleisig zu fahren, oder dreigleisig, wie Nuri damals. Wie mehr als einen Kopf in einen Hut zu stopfen. Aber für

Ivo sind es die Gedanken, die ihn anstrengen, nicht die Logistik. Dass er an keinem Ort wirklich anwesend ist, weder hier noch woanders, und er muss sich mit Gewalt aus solchen Überlegungen reißen.

Vielleicht ist es auch Ivos Beruf, der ihn auf einmal anstrengt. So unvorstellbar das klingt: Ivo hat ihn vergessen, zumindest für ein paar Tage. Und jetzt drängt sich das, was Ivo sonst immer macht, auf einmal in den Vordergrund und es gibt keinen Platz dafür in Ivo, keine Zeit, keine Energie.

Was macht ein Mensch, wenn ihm die Zeit fehlt für alles, was er machen will und alles, was er denken muss? Wenn er sich eingeengt fühlt, Albträume hat, in denen er in viel zu engen, steinharten Dressen steckt, die ihm die Luft abschnüren? Scheiß auf andere Menschen, scheiß auf das »man«. Was macht Ivo? Er fährt mit seinem Auto nach dem Training alleine durch die Gegend. Er macht alles noch schlimmer. Ivos Antwort darauf, keine Zeit zu haben, ist: sich Zeit zu nehmen, die er nicht hat, was nicht geht, und wenn er nach Hause kommt, schaut Jessy ihn an, als ob sie alles wüsste.

Am nächsten Tag wiederholt sich das Ganze. Ivo trainiert, Ivo fährt, denkt an Jessy, an seine Vorsätze, es mit ihr wieder hinzubiegen, an ihren Blick und fragt sich, wie sie glaubt, dass er die Stunden verbringt, die zwischen dem Ende des Trainings und seiner Ankunft zu Hause liegen. Er schaut auf das Armaturenbrett seines Aston Martin, ohne sich irgendwas zu denken, und als er das Navi sieht, wird ihm schlagartig klar, was Jessy weiß. Das Scheißnavi! Sie weiß ganz genau, wo er hinfährt, weil sie es auf der Computerverknüpfung vom Navi ablesen kann. Sie weiß, dass er nirgendwo hinfährt und auf eine Art ist das schlimmer, als wenn sie ihn zur immer gleichen Adresse fahren sehen würde und nachschauen könnte, was dort ist. Ein Wohnhaus (Sex), ein Puff (Sex), ein Casino (Spielsucht). Wohin Ivo fährt, verrät ihr, dass er kein Ziel hat, außer zu fahren und nicht zu Hause zu sein. Das Navi zeichnet ein Bild seiner Seele und Ivos lange eingeschlafene Wut erwacht. Das Scheißnavi. Ivo würde es am liebsten aus dem Fenster hauen. Er würde am liebsten Jessy anrufen und zur Rede stellen, aber er macht es nicht. Er schluckt seine Wut runter, stopft noch ein Tankstellen-Baguette mit Prosciutto hinterher und wartet am Parkplatz, bis das Fett und die Kohlenhydrate seine Wut aufgesaugt haben. Dann dreht er um und fährt nach Hause.

Runterschlucken ist ein Zeichen von Liebe, und nirgendwo merkt man das so wie bei einem Blowjob. Ein Blowjob an sich bedeutet gar nichts, ein Blowjob ist circa so emotional wie ein Schulterklopfer. Erst durch Augenkontakt kommen überhaupt Gefühle ins Spiel und seit Ivo Blowjobs von Jessy bekommt, weiß er, dass Runterschlucken für sie ein Zeichen von Liebe ist. Bei anderen ist das anders, sie schlucken oder eben nicht, und manche Männer wollen, dass sie es machen oder eben nicht. Ivo war es immer egal. Das passiert ja immer erst, nachdem man kommt, und warum soll es einen dann interessieren, was mit dem Scheißsperma passiert?

Jessy hat Ivo auf ihrem dritten Date einen geblasen, in ihrem Bett, und sein Sperma geschluckt. Und weil sie es auch die Male danach geschluckt hat, hat Ivo sie irgendwann gefragt, was es damit auf sich hat und ihre Antwort war: »Ich schlucke es, weil ich dich liebe«, was Ivo erst so richtig geglaubt hat, als sie das Sperma Jahre später einmal ausgespuckt hat und ihm klargeworden ist, dass sie ihn bis dahin immer geliebt hat, und in diesem Moment nicht. Ivo hat erst vor Kurzem gelernt, seine Wut runterzuschlucken. Er schluckt sie runter, für die Leute, die er liebt, aber irgendwie schon auch für sich selber.

Er kann sofort Sex mit Jessy haben, wenn er will. Er muss nur seinen Wunsch äußern und sie wird dafür sorgen, dass er kommt, weil das eben ein Teil ihres Deals ist, ein Teil der Art, wie sie leben. Und wenn sie nicht ficken, dann gibt ihm Jessy sicherlich einen Blowjob, von dem andere Männer nur träumen können, und das ist eigentlich super, aber jetzt gerade würde es Ivo wehtun, wenn Jessy danach das Sperma ausspucken würde. Und nicht nur das: Er will eben keinen Blowjob, so wie die anderen faulen Männer, die immer Sex gegen Blasen tauschen würden. Er will Sex, und noch viel mehr als das will er, dass sie den Sex mit ihm wirklich will.

Es stellt sich heraus, dass es gar nicht so leicht ist, seine eigene Frau zu Hause zu verführen und in der Zeit, die Ivo zur Verfügung steht, noch weniger. Ivo gibt sich Mühe, bringt Lena in den Kindergarten, küsst Jessy so, dass sie den Unterschied zu vorher merkt, bringt ihr einmal Blumen vom Training mit, und Jessy scheint sich über alles zu freuen, ohne ihn im Gegenzug anders zurückzuküssen.

Irgendwann fragt Ivo ganz direkt: »Wie lange hast du damals bei Lena geschlafen, als sie klein war?«

»Was?«

»Wann kommst du wieder zu mir ins Bett?«

Eindeutiger geht es nicht.

»Eh bald wahrscheinlich. Sobald ich meinen Schnupfen auskuriert hab, damit ich dich nicht anstecke.«

Jessy zwinkert ihm zu, geht etwas aus dem Keller holen und Ivo schaut ihr hinterher.

»Von einer süßen Maus wie dir würd ich mich jederzeit anstecken lassen!« Sie dreht sich um und lächelt genauso, wie Ivo sich das vorgestellt hat.

Später liegen sie mit Lena am Sofa und schauen einen Kinderfilm. Jessys Beine sind über Ivo geschlagen und wenn Lena nicht dauernd zwischen ihnen wäre, könnten sie jetzt wahrscheinlich beide geil werden. Immerhin, sie mag ihn wieder, sobald der ... und da kommt es Ivo plötzlich: Das mit dem Schnupfen ist eine glatte Lüge! Er steht auf, um sich ein Fanta zu holen und seine aufkeimende Wut wieder nach unten zu drücken und denkt an das berühmte Video von einem Typen bei einer Demo in Wien, der irgendwelche Polizisten anschreit: »Lügner, gschissener! Ich schimpf dich immer, wenn du lügst. Eine Lüge und ich schimpf dich sofort!«, was ihn aufheitert. Der sagt das einfach so gut, das kann man nicht beschreiben, das muss man sich auf Youtube ansehen. Ich lüge ja auch, denkt Ivo, und als er wieder ins Wohnzimmer kommt, fragt er nochmal ganz normal: »Das heißt, wenn ich aus Wien zurückkomm, schläfst du wieder bei mir?«

Jessy hat schon halb gedöst.

»Ja, Baby.«

»Ich freu mich drauf«, sagt Ivo sehr erwachsen und freut sich wirklich.

Ivo gibt sich auch an den restlichen fünf Tagen noch Mühe, schluckt jeden Anflug von Wut runter, um ein Klima für Verführung zu schaffen, macht am letzten Abend sogar im Bad Liegestütze und kommt nur in seinen engen weißen Unterhosen Gute Nacht sagen. Er möchte Jessys Körper geil machen, auch wenn ihre Seele es noch nicht ist, weil er weiß, dass einmal guten Sex mit ihr zu haben die letzten Wochen abwaschen würde. Er schafft es nicht, schluckt das, was inzwischen nicht mehr Wut ist, sondern Frustration, und atmet erst im Flieger nach Wien wieder auf.

37

Es gibt so viele Gründe, Österreich zu hassen: die Menschen, die Berge, die Kleingeistigkeit, die Hängengebliebenen, den Hass, die Ausländerfeindlichkeit, die Tiroler, das Hinterland, die Kleinstädte, die Provinz; aber Ivo hat sich noch nie so gefreut, nach Hause zu kommen.

Er hört den AUA-Walzer, trinkt den Rest Fanta aus und schaltet sein Handy vom Flugmodus auf normal.

Die Zahl 58 erscheint als roter Kreis über dem Whatsapp-Symbol. 34 neue Nachrichten von seinen Teamkollegen, 17 von seinen Freunden, fünf von Jessy und zwei von Mirna.

Ivo öffnet die Gruppe mit seinen Teamkollegen und liest die üblichen Wir-packen-das-Nachrichten und Muskelemojis, sowie ein paar abfällige Bemerkungen über Paul Scharner, der eine Woche vorher in einem Interview wieder einmal gegenüber dem ÖFB nachgetreten hat. Ivo hat nichts gegen den Scharner gehabt, als der noch ein aktiver Spieler war, oder, genauer gesagt, er hat *prinzipiell* nichts gegen ihn gehabt, er hat sich teilweise sogar sehr gut mit ihm verstanden, bis der Scharner halt wieder aus dem Nichts heraus eine dieser komplett depperten Aktionen geliefert hat. Aber seit er in der Fußballerpension ist, ein Teil von denen, die Österreich wirklich zugrunde richten, den Alten, den Ehemaligen, den Unlustigen, die überall die Goschn aufreißen und ihre Meinung abgeben, obwohl sie für ihre Kopfbälle oder Tacklings gefeiert wurden und nicht für ihre Meinungen zu anderen, hat niemand mehr Verständnis für ihn. Ivo spürt die aufkommende Wut darüber, dass der Scharner über Sachen redet, von denen er keine Ahnung hat, aber es kommt nicht dieses »klick«, bei dem sich die Wut über alles andere drüberstülpt und richtig flasht. Die Wut verfliegt, weil Ivo so glücklich und der Scharner so wahnsinnig irrelevant ist.

Ivo stellt sein Handy, ohne die anderen Nachrichten zu lesen, wieder in den Flugzeugmodus und denkt an

Mirna, während er sich mit seinem Trolley einen Weg durch den Flughafen Schwechat bahnt.

Am Abend scrollt er durch ihre Profile, ihr Insta, wo nur ein einziges Foto drauf ist, auf dem man sie erkennt, ihr Facebook, das voller Links zu Sachen und Diskussionen ist, die Ivo nicht interessieren, und als er wieder auf den Home-Button klickt, rutscht ein Facebook-Posting von einem ehemaligen Mitspieler aus Brügge in seine Timeline. Es ist eine Erinnerung, die dieser Mitspieler auf den Tag genau vor vier Jahren veröffentlicht und jetzt wieder geteilt hat und Ivo starrt minutenlang auf das Foto von Kai, seinem ersten richtigen Trainer, der auf dem Foto noch genau gleich aussieht, wie er ihn von damals in Erinnerung hat, und auf die drei Buchstaben, die über dem Foto stehen: RIP.

Wie immer, wenn Ivo ganz plötzlich mit dem Tod konfrontiert ist, kommt ihm als Erstes ein dummer Gedanke. Bei seinem Opa war es die Frage, ob mit seinem Tod auch seine Roter-Stern-Dauerkarten verfallen, und jetzt ist es der Zweifel daran, dass Kais Tod wirklich schon vier Jahre her ist, der Gedanke, dass Facebook sich verrechnet haben könnte.

38

Ivo ist ein Familienmensch, aber während seiner Ausbildung hat er sich nie als Teil einer Familie gefühlt; an den Akademien war er immer ein Außenseiter. Anders gesagt: Ivo war immer Ivo und nicht Teil von irgendeiner Institution. Bis er 16 war zumindest. Bis dahin hat er auf alles geschissen: auf die Austria, die Admira, Rapid, den WSC und auf die Trainingsmethoden. Er hatte nicht dieses Einheitsgefühl davon, dass einem alle sagen: «Ihr seid besonders. Ihr habt es in diese Akademie geschafft. Ihr seid die Elite«, obwohl fast alle von ihnen durch den Rost fallen.

Er ist dorthin gekommen, um den anderen zu zeigen, dass er besser ist als sie und genau aus dem gleichen Grund wieder gegangen. Er hat dieses Scheißgruppendenken einfach nicht ausgehalten, diese Scheißregeln. Ivo ist wieder gegangen, weil er gut genug war, um die Regeln zu brechen oder zu gut, um sie einzuhalten.

Seine Nachwuchstrainer geben noch immer Interviews über Ivo, obwohl es schon mehr als zehn Jahre her ist, dass sie ihn gekannt haben, und behaupten, es sei unmöglich gewesen, mit ihm zu arbeiten, weil er immer genau das Gegenteil dessen gemacht hat, was von ihm verlangt wurde, was natürlich auch nicht stimmt. Wenn man immer das Gegenteil von dem macht, was man sollte, dann ist man ja komplett berechenbar. »Wenn wir Rechtsschüsse geübt haben, hat der Trifunović aus Prinzip mit links geschossen.« Vielleicht hat Ivo das einmal gemacht, aber beim nächsten Mal hat er eine Red Bull-Dose auf den Zaun gestellt und für alle sichtbar vom anderen Ende des Felds genau getroffen, oder Fruchtzwerge aus der Kantine gefladert und in die offenen Bürofenster geworfen, oder er ist gar nicht zum Training gekommen. Unberechenbar halt.

Ivo war kein Akademie-Kind, aber wenn er daran denkt, wie viel ärger das alles geworden ist mit den Internaten, den Nachwuchsleistungszentren, dem Jugendwahn und der alles erdrückenden Disziplin, die man jetzt Werte oder Philosophie oder Corporate Identity nennt, stellt es ihm die Nackenhaare auf. Damals war es zwar scheiße, aber noch viel besser als jetzt, wo sich die Spieler schon mit vierzehn das, was sie am meisten lieben, den Fußball, wegnehmen lassen.

Ivo konnte sich erlauben, auf Sachen zu scheißen, auf Regeln, auf Autoritäten, auf sich selber. Er hat in einer Zeit gelebt, in der man noch eine Welt neben dem Fußball haben konnte.

Ivo war mit seinen Freunden im Käfig, dann ist er zum Training gefahren, und nach dem Training, wenn die anderen von der Akademie darüber geredet haben, wer angeblich zur U17 aufsteigen soll und sich gefreut haben, dass irgendein dauerfetter Sportdirektor von irgendeinem Scheißclub in ihre Richtung rülpst oder wenn sie geweint haben, weil irgendein Scout kein Interesse an ihnen gezeigt hat, war Ivo an einem Ort, wo diese ganze Welt nichts gezählt hat: bei seinen Freunden.

Jetzt sagt man: »Ohmeingott, er ist so ghetto, er ist im Käfig aufgewachsen. Er ist durch die Straßen gezogen«, dabei wurden die anderen, die nicht so ein Doppelleben hatten, vom System viel mehr gefickt und wussten es nicht mal. Sie waren 16 und hatten Respekt vor den Namen von Leuten, die Ivo inzwischen alle längst hinter sich gelassen hat.

Ivo nimmt einen Schluck von seinem Virgin-Mojito, schaut einer Möwe nach, die über dem Donaukanal kreist und denkt, dass das eigentlich eh arme Viecher sind. Er kann hier sitzen und Virgin-Mojitos trinken und sie müssen dauernd herumfliegen und immer nur von Fisch zu Fisch denken, ohne dass jemals einer groß genug wäre, um sie für den Rest ihres Lebens zu ernähren.

Ivo hat ausgesorgt. Ivo hat einen Verein, einen Vertrag bis 2021, durch den er jede Woche 100 000 Euro verdient und wenn er ihn vorzeitig um zwei weitere Jahre verlängert: 120 000. Er hat eine Familie, Freunde, ein Leben. Er hat sogar zwei Leben: eines vor sich und eines hinter sich, und diese armen kleinen Scheißer haben gar nichts.

Bei Ivo war alles ganz einfach. Er hat gespielt wie immer und als ihm gesagt wurde, dass ihn Belgier zum Probetraining einladen, hat es »klick« gemacht, und beim Scout war es noch ein erwarteter Klick, ein Ich-wusste-immer-dass-der-Moment-kommen-würde-Klick, und dann sind noch viele andere Klicks gekommen. Ein Klick, als ihm so richtig klar geworden ist, dass er Wien und seine Freunde, Mirna, die nicht mal seine Freundin war, und alle seine Bekannten hinter sich lassen würde, ein Klick, als er in den Flieger gestiegen ist, ein Klick beim Landeanflug, als er nichts als winzige Häuser, Wiesen und Kanäle gesehen hat und wusste, jetzt wird es nur um Fußball gehen. Klick. Aber der größte Klick, der Wichtigste war der, als er Kai das erste Mal gesehen hat.

Ivo fühlt sich, als ob Kai genau wie damals vor

ihm stehen würde: die großen, braunen, ständig ein bisschen zu weit aufgerissenen Augen, die glatten, schwarzen Haare, von denen jedes einzelne so perfekt dagelegen ist, als wäre es eine Einheit für sich, der lustige Mund. Kai war ein Mensch, wie Ivo nie vorher oder nachher einen gekannt hat, und als er gesprochen hat, hat Ivo das erste Mal in seinem Leben zugehört.

Wenn Kai gesprochen hat, war es nicht das Gefasel von den Leuten aus Österreich, nicht das normale Fußballgerede, bei dem es immer nur ums nächste Spiel gehen darf.

Kai hat mit Ivo über die Zukunft gesprochen, auf eine Art, wie es vorher nie jemand gemacht hat, wie über eine ganz konkrete Möglichkeit. Er hat ihm gesagt: »Nach dieser Saison wirst du in die Kampfmannschaft rutschen«, und so war es dann auch. Er hat ihm gesagt: »Ivo, du wirst noch ganz woanders hingehen als ins A-Team von Brügge, du wirst in die Welt gehen, in die große Welt, in die Welt der Großen.«

Ivo dachte immer schon, dass er besonders ist: besonders talentiert, besonders cool und er hat auch von anderen nie etwas Gegenteiliges gehört. Alle wussten es: seine Familie, seine Jugendtrainer in Wien, seine Freunde im Käfig, wo Ivo von 12 bis 15 einen Rekord darin aufgestellt hat, beim Arschfetzen kein einziges Mal danebenzuschießen. Aber bis er Kai getroffen hat, gab es gleichzeitig immer diese riesigen Selbstzweifel, die wie ein Schatten über allem gelegen sind. Die Zweifel, zwar talentiert genug zu sein, Bälle annehmen zu können wie niemand sonst, aber vielleicht die anderen Sachen nicht zu schaffen, alles rundherum, was es eben auch braucht, um nicht irgendwann von weniger talentierten Leuten überholt zu werden.

Kai hat nie an Ivo gezweifelt, kein einziges Mal, und weil Ivo ihm alles geglaubt hat, hat er auch aufgehört, an sich zu zweifeln. Und wenn er dann doch wieder gezweifelt hat, nach einem Spiel gegen den Standard-Lüttich-Nachwuchs, bei dem er drei riesige Torchancen vergeben hat und die zweite Hälfte über nur noch böse herumgestapft ist, auf der Suche nach jemandem, an dem er seinen Frust mit einem Foul auslassen kann, haben sie zu zweit gesprochen und Ivo konnte zum ersten Mal über diese Zweifel mit jemandem reden. »Ich hab Angst, dass ich das nicht schaff, was alle von mir erwarten«, hat Ivo mit Blick auf seine Füße gesagt und Kai hat noch überraschter geschaut als sonst, gelächelt und gefragt: »Warum solltest du das nicht schaffen, Ivo?« Und Ivo, der diesen Satz schon seit Jahren in sich getragen hatte, weil alle so auf ihn gebaut haben, dass er dachte, er könnte ihn nie aussprechen, war wiederum überrascht von Kais Überraschung, von seinen sympathischen Augen. »Du bist so jung, Ivo. Mach dir keine Sorgen. Es gibt nichts Normaleres, als mal ein schlechtes Spiel zu machen in deinem Alter.« Sätze wie Schmerztabletten.

Das heißt nicht, dass Kai nur nett und freundlich war. Er konnte auch streng sein, aber er hatte eben etwas, das nur die guten Lehrer haben, eine Autorität, die sich von selbst durchsetzt. Kai hat im ganzen Jahr nur zweimal wirklich mit ihnen geschimpft, und beide Male hat ein Anschiss von zehn Minuten gereicht, um monatelang zu halten. Und mit Ivo direkt hat er überhaupt nur einmal geschimpft.

Irgendwas hat Kai anders gemacht als die anderen Trainer, wodurch bei ihm die, die sich keine Mühe gegeben haben, nicht wie überall sonst auf der Welt die Coolen, sondern die Opfer waren. So hat Kai Ivo zu einem absoluten Musterschüler gemacht und ihn verstehen lassen, warum es cool sein kann, etwas zu lernen. Was vier Jahre Volksschule, vier Jahre Hauptschule, acht Jahre im Nachwuchs von verschiedenen Vereinen nicht geschafft haben, hat er im Handumdrehen mit nur zweimal schimpfen erreicht.

Kai hat ihnen von Totaalvoetbal erzählt und auf einmal waren die Jahre, die Ivo im Käfig verbracht hat, keine Verschwendung mehr, nicht etwas, worüber Schwabos die Nase rümpfen, sondern die beste Übung, die er haben konnte für das Spiel auf engem Raum und die organischen Positionswechsel. Eigentlich war das der größte Glücksfall in Ivos Leben: dass Ivo an einen Ort weit weg von Wien gekommen ist, nach Belgien, aber zu jemandem, der in Holland sein Handwerk gelernt hat und ihm zeigen konnte, dass der Widerspruch, der ihm seit Jahren eingeredet worden war, zwischen seinem Spiel im Käfig und seinem Spiel auf dem Platz, kompletter Blödsinn ist. Ivo wusste nichts über Belgien, nicht einmal, dass es neben Holland liegt, und er konnte nicht ahnen, dass er dort das bekommen würde, wofür andere zu Ajax wechseln müssen.

Die Holländer ticken nicht so wie die Österreicher, es reicht ihnen nicht, vorne einen Zweimeter-Lulatsch reinzustellen, das ganze Spiel lang Bälle in Richtung seines Kopfes dreschen zu lassen und zu hoffen, dass sie irgendwie ins Tor gehen. Bei Ajax muss jeder alles können. Die Spieler dort sind nicht wie so eine cheesy Hollywood-Truppe, bei der es einen Bombenleger, einen Schlangenmensch, eine Frau und George Clooney gibt, sondern wie ein Swat-Team, wie eine ultragute Gang und jeder, inklusive Verteidiger und Tormann, spielt seine Pässe mit dem gleichen Anspruch, mit denen Ivo seine Pässe immer schon gespielt hat: möglichst kreativ, möglichst scharf und möglichst genau.

Bis dahin hatte man versucht, Ivo seine Art abzugewöhnen, ihn vorsichtiger zu machen – und dann kommt Kai und es stellt sich heraus, dass es eine ganze Weltanschauung gibt, die Ivos Spiel propagiert und Menschen, denen das Wie wichtiger ist als das Was.

Aber Ivo hat Kai nicht nur als Lehrer bewundert, er fand ihn einfach cool. Wenn Kai ein weißes Hemd getragen hat, dann hat man gesehen, dass es ein besseres Hemd ist als alle anderen. Wenn er beim Friseur war, ist es jedem aufgefallen, obwohl vorher niemand gesagt hätte, man müsste irgendetwas an seiner Frisur ändern.

Kai war der erste elegante Mann in Ivos Leben, den er nicht schwul finden konnte, obwohl er ausgesehen hat wie jemand, der als Kind Geige gespielt hat, und genauso war es mit seinen Geschichten. Ivo weiß bis jetzt jede kleine Anekdote, die Kai je erzählt hat: Wie es war, mit 18 unter Cruyff für Ajax zu debütieren, wie er sich gefühlt hat, als zwei Jahre später klar war, dass er sich nie wieder von seiner Knieverletzung erholen würde, wie er Cruyff als Assistent nach Barcelona gefolgt ist, wie er studiert und zwei eigene Taktikbücher geschrieben und wie er Jahre später bei Carlo Ancelotti zu Hause eingeladen war und dessen selbst gemachte Pasta gegessen hat.

Gemeinsam sind sie Jugendmeister geworden, gegen die übermächtige Konkurrenz von Standard Lüttich und dem RSC Anderlecht, und genau wie Kai es versprochen hatte, wurde Ivo sofort zur ersten Mannschaft befördert. »Meine Aufgabe mit dir ist beendet«, hat Kai mit einem Lächeln gesagt und Ivo hätte glücklich sein sollen. Ivo war glücklich, aber gleichzeitig auch sehr traurig, wie er es nie wieder über einen Erfolg war.

»Du kannst dich jederzeit bei mir melden, Ivo. Du kannst mit allem zu mir kommen«, waren Kais letzte Worte und Ivo hat ein Jahr gebraucht, bis er sich getraut hat, Kais Angebot anzunehmen.

Sie waren Ende Mai Eis essen und Ivo hat sich verdammt geehrt gefühlt, dass Kai in seiner Freizeit eineinhalb Stunden mit ihm herumsitzt, wie ein Freund mit einem Freund.

Mit Kai hat es »klick« gemacht und Ivo dachte, es wäre ein endgültiges, aber danach hat es wieder »klack« gemacht und die Sachen sind anders gekommen. Ivo hat sich verletzt, konnte sein Potenzial nicht ausschöpfen, hat Fehler gemacht, in jeglicher Hinsicht und über Jahre hinweg, und in seinen schlimmsten

Momenten, oder danach, wenn er die Konsequenzen dieser Momente ausbaden musste, hat er sich gefragt, ob Kai wohl von ihm enttäuscht wäre.

Ivo ist auf einmal ur traurig, Kai nie wiedergesehen zu haben, ihm nicht zeigen zu können, was aus ihm geworden ist, wie diszipliniert und gleichzeitig unberechenbar er spielen kann. Er ist traurig über all die schönen Sachen, die Kai in den letzten vier Jahren verpasst hat: wie seine Holländer in der Gruppenphase der WM 2014 in einem der aufregendsten Spiele aller Zeiten die Spanier mit 5:1 vom Platz weggeklatscht haben. Ivo erinnert sich noch genau an dieses Spiel, bei dem Ikonen zerbrochen sind. Er sieht genau vor sich, wie Van Persie einen Flugkopfball über Casillas ins Tor lenkt und beim Jubel seine Zunge herausstreckt wie ein Drache, wie er Van Gaal fast umrammt, als er auf ihn draufspringt, wie Robben um den am Boden kriechenden Casillas herumkurvt und das fünfte Tor schießt und Iniesta auf einmal alt und klein aussieht. Niemand konnte sich überhaupt erinnern, wann die Spanier das letzte Mal verloren hatten – sie selber wahrscheinlich am allerwenigsten –, und deshalb ist, als sie gegen die Holländer untergegangen sind, allen Zuschauern tagelang der Mund offengestanden.

Kai hat miterleben müssen, wie Holland 2010 zum dritten Mal ins WM-Finale kommt und zum dritten Mal verliert. Er hat ein Finale mitansehen müssen, bei dem die Holländer niemals spielerisch, sondern nur durch ihre unpackbar brutalen Fouls aufgefallen sind und das eigentlich eine Schande für jeden holländischen Trainer war. Er hat die EM 2012 mitverfolgen müssen, bei der Holland nach der Vorrunde mit null Punkten nach Hause geschickt wurde und dann, als zumindest die Finalschmach getilgt war und ausgerechnet seine Holländer mit dem Sieg gegen Spanien eine neue Fußballära eingeleitet haben, war Kai schon tot.

Ivo denkt an Kais Frau, von der Kai oft erzählt, die Ivo aber nie kennengelernt hat. Er stellt sich vor, wie sie in völliger Stille zu Hause am Tisch sitzt und in ihrem Tee rührt, wie traurig das Begräbnis gewesen sein muss, wie verzweifelt er wäre, wenn Jessy tot wäre. Er merkt nicht, dass er schon lange begonnen hat zu weinen.

Kai ist seit vier Jahren tot und Ivo versteht es erst jetzt. Er versteht, dass Totsein heißt, der Welt für immer zu fehlen, die Welt zu verpassen. Er hat so lange nicht an Kai gedacht.

Er hat an nichts gedacht. Kai ist ja nur die Spitze des Eisbergs: Ivo hat nicht an seine Frau gedacht, nicht an seine Kinder, nicht an seinen Bruder. Er hat nicht an seine Eltern gedacht und nicht mal wirklich an Fußball. Woran hat er die ganze Zeit gedacht? An sich hat er gedacht, er hat die ganze Zeit nur an sich gedacht und an Mirna, und in diesem Moment macht es wieder »klick« und genau wie sonst auch ist es ein endgültiges »klick«. Ivo weiß, was zu tun ist.

39

Er wird mit Mirna Schluss machen wie Panenka. Sie wird im Tor stehen, ohne es zu wissen, und er wird auf sie zulaufen, genau wie er es geplant hat. Ihre Augen werden auf seinen Fuß fixiert sein. Das Wort wird der Ball sein und das Wort wird von Ivo an ihr vorbei in die Maschen segeln, so leicht, dass sie es nicht mehr erwischt, so langsam, dass es die Zeitlupe, in der bedeutsame Momente passieren, wie Zeitlupe aussehen lässt.

Beim Panenka geht es um Lockerheit und Selbstvertrauen. Man muss so anlaufen, dass allen sofort klar ist: Er wird den Ball in die Ecke knallen. Man muss die Welt auf links und rechts reduzieren, loslaufen und genau im richtigen Moment verlangsamen und schauen, wohin der andere springt. Und wenn der Torhüter schon im Eck liegt, chippt man den Ball ganz ruhig halbhoch in die Mitte, dorthin, wo ihn niemand vermutet, weil es zu leicht und logisch ist. Weil alle die Mitte vergessen haben.

Der einzige Unterschied zwischen einem Panenka und einem ultraschlecht geschossenen Elfer ist, mit wie viel Überzeugung man ihn ausführt. Wie unbekümmert und leichtfüßig man etwas machen kann, von dem alle erwarten, dass es nur mit Kraft geht. Und wann man es macht.

Ivo ist eigentlich eh ein ur lockerer Typ. Das ist seine Art. So war er immer schon. Das wirft man ihm ja auch vor, dass er alles aus dem Handgelenk schüttelt, die Pässe, die Ideen, das, was er sagt. Erst in den letzten Monaten hat er sich verspannt und jetzt, beim öffentlichen Training auf einem der Übungsplätze neben dem Happel-Stadion, der nur durch einen Metallzaun von der Liegewiese des Stadionbads getrennt ist, merkt er, wie die Lockerheit zurückkommt.

Die ganze Zeit über tätschelt Ivo seine Mitspieler, wenn er an ihnen vorbeigeht, wenn er gegen sie rennt oder einfach so, ohne Grund. Er macht Witze, fetzt einen Ball in den Himmel und einen anderen ins Freibad, wo ein paar Krähen aufschrecken. Als die Einheit nach dem Übungsmatch vorbei ist, trägt das Verliererteam mit den blauen Leiberln die Tore wieder vom Platz und die Gewinner ziehen sich ihre Straßenschuhe an. Einer geht schon Richtung Bus. Ivo steht in der Mitte des Platzes und spritzt einem von den Jungen, die noch nicht wissen, wie sich Enttäuschungen im Laufe des Lebens addieren, Wasser aus seiner Trinkflasche ins Gesicht. Er steht mit dem Rücken zum Publikum, schmeißt sein blaues Leiberl auf den Boden und weil die Zuschauer, die sich dort sammeln, wo die Spieler rausmüssen, kurz aufgelacht und geklatscht haben, dreht er sich zu ihnen um. Ein Assistenzcoach hat offenbar einen Ball mit dem Ballnetz aufgefangen. Ivo joggt langsam zum Zaun, tätschelt einem anderen von den Jungen über den Kopf und geht dann extra langsam zur Cornerfahne, wo ein Ball liegt. »Drago, Drago!« Ivo fetzt den Ball über 40 Meter ganz genau auf Dragos Fuß. »Oštro, brate, oštro, ne kao kada se igraš s majkom!«, schreit er, und ein Raunen geht durch die Zuschauer, weil sie nicht verstehen, was er sagt. Als Dragos Flanke kommt, ist Ivo schon wieder von etwas anderem abgelenkt und der Ball schießt genau auf die Zuschauertraube zu. Ein kollektiver Schreckenslaut ist zu hören, bevor Ivo im letzten Moment den Ball mit dem rechten Fuß aus der Luft fischt.

Ivo ist entspannt und will den Leuten was bieten und in seine Lockerheit platzt eine Frage: Wenn niemand es sehen würde, würde Ivo dann trotzdem Fußball spielen? Ja, aber nur, weil die anderen Spieler es sehen würden. Nur wenn sie blind wären – nein, das ist ein Blödsinn. Ivo hat jedenfalls immer mit Publikum gespielt: im Käfig, wo man um den Platz spielt, die Gewinner weiterspielen und die Verlierer zuschauen, auf den Trainingsplätzen, vor Trainern und Sportdirektoren und, wenn sie mit Rapid im Sommer auf einem dieser Plätze beim Happelstadion trainiert haben, auch vor Gruppen von Mädchen, die auf der direkt angrenzenden Liegewiese des Stadionbads ihre Hälse gereckt und gekichert haben. Ivo ist ein gottverdammter Entertainer, der es genießt, wenn Leute ihm zuschauen. Es entspannt ihn, Blicke auf sich gerichtet zu sehen, deshalb will er den Leuten auch was bieten, wenn sie an einem regnerischen Märztag eineinhalb Stunden dastehen und dem Team beim Trainieren zuschauen, oder wenn sie Geld fürs Stadion zahlen, oder wenn sie ihre Köpfe weg von den serbischen Wasserballspielern mit den rasierten Oberkörpern und den Speedos und hin zu ihm drehen. Deshalb fetzt er herum, zeigt, wie gut er gaberln kann oder spritzt eben irgendeinem jungen Mitspieler Wasser ins Gesicht. Aber wenn niemand anders da wäre, würde er alles genauso machen, nur dass er niemandem ins Gesicht spritzen könnte. Wenn niemand es sieht, dann ist niemand sonst da und alleine kann man nicht Fußball spielen. Wenn niemand sonst da wäre, wüsste Ivo nicht, was er machen soll.

Ivo geht durch das Nadelöhr, das die Securitys freihalten, damit die Spieler irgendwie rauskommen und sofort stürzen Leute auf ihn zu. »Ivo, Ivo, Ivo!« Er signiert Dressen, posiert für Fotos und Selfies und macht gleich ein paar schnelle Schritte Richtung Bus, um nicht eingekesselt zu werden. »Mia schin ekschtra ausch Tirol geckommen!« Er wird wieder zum Stehenbleiben gezwungen, unterschreibt auf noch mehr Trikots, lässt noch mehr Fotos mit sich machen und beschleunigt wieder seinen Gang, weicht den Leuten auf die Wiese des nächsten Trainingsplatzes aus und wird nach ein paar Metern wieder angehalten. Ihm fällt selbst auf, dass er gar nicht mehr locker ist, dass er zumacht, weil er dieses unmittelbare Ausgesetztsein nicht aushält. Er lächelt für die Fotos, aber es ist ein ernstes Lächeln und er versteht endlich, dass es einen Zusammenhang gibt zwischen dem Alleinsein und Menschen, die er nicht kennt.

Ivo muss seine Lockerheit zurückbekommen, denkt er, während er schnell an einer Traube von Menschen vorbeigeht, die sich um David gebildet hat. David kann das. Er ist mit fremden Leuten gleich locker wie mit seinen Freunden, aber nie zu locker, um etwas zu sagen, was er nicht sagen sollte. Ein blondes, 12-jähriges Mädchen weint vor Glück, als wäre er Justin Bieber, die anderen lachen, David grinst und Ivo sprintet an ihnen vorbei in den Bus mit den verdunkelten Scheiben, der schon auf ihn wartet. Mit Mirna war Ivo allein und er darf nicht mehr allein sein.

Das Selbstvertrauen holt Ivo sich, so wie immer in seinem Leben, aus seinem Können auf dem Platz, und wie immer funktioniert es dann am besten, wenn er an was anderes denkt. Er liefert gegen Weißrussland eine überragende Leistung ab. Das System wird auf ein 4-4-2 umgestellt und Ivo vom rechten Flügel, wo er normalerweise spielt, ins offensive Mittelfeld gestellt, Alaba auf den linken Flügel und Arnautović auf die linke Sturmposition und plötzlich schwärmt ganz Österreich von seiner neuen linken Seite. Es ist wie ein Hineinspechteln in eine Welt, in der Österreich groß ist, ein großes Land mit einem großen Team, das rund um den Globus die Menschen für sich begeistert. Ein Land wie Spanien, Deutschland oder Kroatien. Aber das stimmt natürlich nicht, es ist eine Täuschung, die nur entsteht, weil die drei besten Spieler des Landes nebeneinander spielen, voreinander und hintereinander, miteinander, und zeigen, wie es aussehen könnte, wenn alle anderen im Nationalteam so gut wären wie sie.

Der Ball kann immer nur an einem Ort sein. Wenn David, Marko und Ivo links spielen, dann geht alles über links, jede Aktion, jede Flanke, jede Kombination, und sie mussten das nicht üben. Sie sind Freunde und ihre Freundschaft überträgt sich direkt auf ihr Spiel. Sie spielen, als ob sie eine eigene Sprache sprechen, die sonst niemand versteht. Sie spielen wie Eichhörnchen zwischen Nashörnern. Und es ist nicht nur, weil sie Familie sind, weil sie sich lieben, sondern auch, weil sie Fußball gleich gelernt haben, weil sie ihn selber entdeckt haben in den Parks und Käfigen jenseits der Donau. Du kannst das Kind aus dem Käfig kriegen, es durch 1000 taktische Schulungen schicken, ihm Disziplin und Positionsspiel beibringen, aber es bleibt immer dieser Funke übrig, die Kreativität, die Eleganz, die Intuition, die beweisen, dass man den Käfig nicht aus dem Kind kriegt.

Jedes Mal, wenn Marko, Ivo oder David den Ball haben, hüpfen die Herzen der Zuschauer in die Luft und Panik blitzt in den Augen der Gegenspieler auf, weil sie merken, dass sie nichts machen können. Weil man nichts dagegen machen kann, wenn jemand perfekt spielt. Sie spielen wie Götter unter Menschen und Ivo ist scheißglücklich, mit seinen Freunden zusammenspielen zu dürfen und ein bisschen traurig, dass er wahrscheinlich nie wieder bei einem Verein spielen wird, wo zehn Spieler mit Davids und Markos Qualität neben ihm am Platz stehen.

Ivo schießt zwei Tore, die beide Alaba auflegt, Marko schießt eines und sieht Gelb. Österreich gewinnt 3:1 und jubelt, weil die Chance zur Qualifikation weiterhin besteht, bevor alle direkt wieder darüber sudern, dass Arnautović wegen seiner gelben Karte das wichtige Heimspiel gegen Belgien in Klagenfurt verpassen wird, in dem sich alles entscheidet.

Im Hotelzimmer versucht Ivo zu visualisieren, wie er mit Mirna Schluss machen wird. Er denkt an seine Mentaltrainer, an Kai, an Jessy und an die Formulierung, die er Mirna wie einen Panenka einschieben wird: »Mirna, ich kann das nicht mehr.«

Er kann sie nicht verlassen, solange er sie bewundert, deshalb nimmt er sich vor, sie mit dem Blick von jemandem anzuschauen, dessen Meinung schon feststeht, der sich gar nicht beeindrucken lassen will, einem Lehrer oder einem Sportjournalisten. Er versucht, sie weniger toll zu finden, weniger schön, weniger interessant. Er versucht, sich auf etwas von ihr zu konzentrieren, das ihm nicht gefällt. Nicht auf ihre Augen, nicht auf ihr Haar, nicht auf ihre Stimme und nicht auf ihren Hintern.

Eigentlich wird Ivo keinen Panenka machen, sondern einen umgekehrten Panenka. Er wird vollkommen locker wirken und aus dem Nichts knallhart schießen, gegen jede Erwartung.

40

Mirna öffnet dic Tür, sieht wunderschön aus, und Ivo redet sich ein, genauso selbstsicher zu sein, wie er es vorher war. Er zweifelt nicht an seinem Plan; er wartet nur.

Die Wohnung ist winzig. Ivo kommt rein und steht sofort in der Küche, sieht durch die offene Tür das Wohnzimmer. Mirna wirkt zu groß für ihre Wohnung, zu schön und bleibt immer im Blickfeld. Und eben weil sie so verdammt schön ist, schaut er nicht in ihre Augen, sondern an ihr vorbei in ihre Wohnung.

Vor drei Wochen hätte es Ivo noch gefallen, wie Mirna die Wohnung eingerichtet hat, jetzt findet er sie schiach. Türkis auf Rosa, Rosa auf Türkis, überall Holz, und alles alt: alte Lampen, alte Kästen, alte Sessel. Es schaut nicht aus wie die Wohnung einer jungen Frau, sondern wie die von einer schwulen Oma. Nach rechts geht ein kleiner Balkon und neben der Tür ist das Klo. Mehr gibt es nicht.

»Was hast du für die Wohnung gezahlt?«, fragt Ivo, weil es das Erste ist, was er sich fragt.

»Die ist nur gemietet, ich könnte mir nicht leisten, so eine Wohnung in so einer Lage zu kaufen«, sagt Mirna mit einem Lachen.

Wahnsinn. Und dafür hat Mirna studiert? *Dealen ist ein Muss, Mann, ich seh Leute, die studiert haben, trotzdem mit dem Bus fahren.* Wie viele Wochen müsste Ivo arbeiten, um die Wohnung zu kaufen? Eine, zwei, drei? Mehr als 300 000 kann so ein kleines Dings in so einem alten Haus nicht kosten. Um das Geld könnte sie in Floridsdorf ein ganzes Geschoß kaufen, mit Balkon und allem Pipapo. Und neu! Soll Ivo ihr die Wohnung kaufen und wenn ja, wie würde er es machen, ohne dass jemand es merkt? Nein, so ein dummer Gedanke. Er macht jetzt mit ihr Schluss.

»Willst du eine Wohnungsführung?«

Mirna zeigt ihm das winzige Wohnzimmer mit dem Bücherregal, das Bad, das so groß ist wie Ivos Dusche, und das Schlafzimmer mit dem niedrigen Bett, das so groß ist wie Jessys begehbarer Kleiderschrank. Ivo bleibt in Gedanken an Mirnas Bett hängen. Vielleicht sollte er seinen Plan über Bord werfen und doch noch ein letztes Mal mit Mirna schlafen. Trennungssex ist laut allen, die sich auskennen, der beste Sex, den es gibt, und wahrscheinlich die einzige Art von Sex, die Ivo noch nie hatte. Aber wenn er nicht mit ihr Schluss macht, wird sie irgendwann mit ihm Schluss machen und das wäre noch schlimmer. Dann steht Ivo im Tor und muss reagieren – und Ivo hasst es, im Tor zu stehen.

Sie gehen zurück ins Vor- und Esszimmer, das gleichzeitig noch als Küche dienen muss, und Mirna nimmt die qualmende Zigarette aus dem Aschenbecher, klemmt sie sich zwischen die Lippen und holt das Brathendl aus dem Rohr. In der Liebe gibt es kein Unentschieden, denkt Ivo, also Attacke! Aber nicht jetzt, ein bisschen später.

Das Brathendl ist ur gut, der Wein – für Wein – auch voll OK, und das Bild, das Ivo vor sich auf der anderen Seite des Tisches sieht, leider auch sehr schön. Mirna trägt einen Bleistiftrock und eine türkise Bluse, die Haare hochgesteckt. Ivo ist nicht wirklich hungrig, weil er vorher mit seinen Freunden noch ein Baguette zu seinem Fanta gegessen hat, aber er schaufelt das Brathendl trotzdem in sich hinein, so gut es mit Messer und Gabel geht. Sie reden über Bokis Hochzeit Anfang Juni, über seine tschechische Frau und Mirna erklärt, wie man den Unterschied zwischen einem Bio-Hendl und einem Nicht-Bio-Hendl erkennt.

Ivo fühlt sich irgendwie niedergeschlagen, als hätte er direkt vor dem Abendessen Zähne geputzt und könnte es deshalb jetzt nicht genießen. Seine Fragen werden weniger, seine Antworten kürzer und sein Kopf senkt sich auf den Teller vor ihm.

Nach dem Essen setzt Mirna Kaffee auf und in dem Moment, wo sie sich wegdreht, denkt Ivo: Jetzt.

Jetzt, bevor noch irgendwas anderes passiert, bevor noch ein Wort fällt, bevor sie sich auf die Couch setzen. Jetzt, jetzt, jetzt!

»Mirna«, sie dreht sich zu ihm um und schaut ihn genauso an, wie Ivo es sich vorgestellt hatte, wie ein Torwart, der nur zwei Möglichkeiten im Kopf hat: einen Schupfer nach rechts (»Das Essen war sehr gut«) und einen Schupfer nach links (»Ich liebe dich«), beide gleich harmlos. Und Ivo macht den umgekehrten Panenka und knallt ihn mit voller Wucht in die Mitte. »Mirna, ich kann das nicht mehr. Wir können uns nicht mehr sehen.«

Die Pause danach, die Ruhe, bevor der Beton des Hochhauses merkt, dass er explodiert, die Trägheit vor dem Fall. Ivo starrt geradeaus und sein Auge beginnt zu zucken, während er darauf wartet, wie Mirna aus der Überraschung in die Katastrophe fällt.

Mirna stellt das Blech ab und setzt sich ihm wieder gegenüber. »Ah«, sagt sie irgendwann, Minuten später, so als würde sie noch immer nicht verstehen, was passiert. »Schade.«

In Ivo beginnt es zu brodeln, obwohl er der Ruhige sein wollte. Mirna scheint einfach vollkommen den Verstand zu verlieren. Sie schaut ganz normal zurück, in einer Situation, in der nichts normal ist, als ob sie mitten durch einen Schützengraben spazieren würde, um Semmeln vom Bäcker zu holen.

»Ich mache Schluss mit dir«, wiederholt Ivo, so wie man den Knopf auf der Fernbedienung noch einmal drückt, wenn sie nicht reagiert.

Und wieder folgt eine gschissene Pause, wieder das

Zucken in Ivos Auge, obwohl er der ist, der sich vorbereitet hat, und sie die Überrumpelte.

»Naja.«

»Was?«, schreit Ivo, der nicht gemerkt hat, wie schnell er wütend geworden ist. Es ist ein »Was« wie in »Was willst du?«, ein »Was«, wie es sich Autofahrer zurufen. Es ist keine Frage, sondern eine Aufforderung, verdammtnochmal auszuspucken, was zum Fick gerade passiert.

»Naja, wir waren ja nicht zam, also ist Schluss machen vielleicht das falsche Wort«, antwortet Mirna viel zu ruhig.

Ivo kocht über, er verliert die Kontrolle, gemeinsam mit den Konturen der Welt. Seine Sicht verschwimmt mit der Wut zu einem Brei.

»Was meinst du, oida? Was ist mit dir?!«

»Was ist mit *dir*, Ivo!«

Pause.

»Was ist mir dir los, oida? Du sagst, wir können uns nicht mehr sehen und ich sag OK. Du sagst, dass du Schluss machst, obwohl wir uns nur dreimal gesehen haben. Du zuckst aus und schreist mich an. Was ist mit dir, Ivo? Was willst du?«

Mirnas Wut kommt für ihn genauso überraschend wie seine eigene. Sie fuckt ihn richtig an und er zuckt nur mit dem Auge und antwortet nichts.

»Ich ... was?«

Mirna nimmt einen Schluck von ihrem Wein, einen Zug von ihrer Zigarette und beruhigt sich so schnell, wie sie wütend geworden ist, und zu schnell, um Ivo eine Chance zu geben, zurückzuschreien. Er hätte eh keine Worte für das, was in ihm vorgeht.

»Schau, Ivo«, sagt Mirna, als würde sie mit einem Kind reden, »ich mag dich und es hat mir gefallen, dass wir uns wiedergesehen haben. Ich hab dich immer süß gefunden und lustig und irgendwie besonders und ich fand den Sex auch echt gut.« Ivos Herz freut sich trotz dieser absurden Situation über das Kompliment. »Und es tut mir eh irgendwie leid, dich nicht mehr zu sehen, weil es lustig war. Aber ich versteh, dass wir das nicht ewig machen können und ich bin vollkommen einverstanden damit, aufzuhören, solange nichts kaputtgegangen ist. Wir haben eh vorher gewusst, dass das nicht mehr sein kann, als es war. Also, von meiner Seite passt das. Lassen wir's. Du bist verheiratet und ...«

»Du doch auch!«, sagt Ivo zu laut, als er seine Sprache wiederfindet und ihm die ersten Worte wie etwas Glitschiges durch den Mund rutschen.

»Wie kommst du darauf?«

»Das hat der Boki gesagt.«

»Ich bin nicht verheiratet, da hast du irgendwas falsch verstanden.«

»Aber du hast einen anderen Namen!«

»Ich hab mich scheiden lassen, schon vor einem Jahr. Glaubst du, ich würde mit dir schlafen, wenn ich verheiratet wäre?«

Da kommt die Wut wieder. Ivo dachte, dass sie beide verheiratet sind und beide ihre Partner betrügen und jetzt ist es, als hätte man ausgemacht »Bei drei ziehen wir unsere Hosen runter«, und Ivo ist der Depp, weil er es gemacht hat und Mirna ist noch immer angezogen, hat ihn angelogen und macht sich auch noch über ihn lustig, dafür, dass er ehrlich war.

»Und wer war der Mann, mit dem du aus dem Merkur gekommen bist? Die Schwuchtel mit dem Kind und dem Baguette?«

»Was?«

Jetzt schreit wieder Mirna.

»Was redest du? Stalkst du mich oder was? Und hör auf mit dieser Scheißhomophobie.«

Ivo kriegt nichts mehr hin, er versteht nichts mehr und beginnt einfach zu schreien, ohne irgendein Wort zu formen.

»Ivo, reiß dich zam!«

Stille.

»Wie kann dir das so wurscht sein?«

»Was?«

»Dass ich mit dir Schluss mache!«

»Was jetzt, du bist wütend, dass ich nicht wütend bin? Dass ich nicht traurig bin und dich anheule, nicht mit mir Schluss zu machen, obwohl wir eh nie zam waren? Das ist echt krank Ivo, das ist genau dieser Scheiß-Macho-Jugo-Dreck, den ich nicht mehr wollte. Das ist so abgefuckt. Glaubst du, wir leben noch in den 90ern? Das ist der Gipfel vom Scheißnarzissmus. Wir pudern zwei Mal und …«

»Ich hab dich gepudert Mirna, nicht wir einander, sondern ich dich!«

Mirna macht ein Gesicht, an das Ivo sich noch sehr lange erinnern wird.

»Raus«, sagt sie, geht zur Wohnungstür und hält sie auf. »Raus!«

Ivo steht auf, wirft einen Teller runter und kickt seine Schuhe durch die Wohnungstür nach draußen. Er geht mit dem Gesicht ganz nah zu Mirna und sagt »Ich hab dich gefickt!« statt: »Ich hab dich geliebt!«

»Raus«, sagt Mirna und schaut durch ihn durch. Ivos Wut ist wie ein riesiger Luftballon, mit dem er nicht durch die Tür passt, der nicht mal in den Raum passt, nirgendwohin eigentlich. Solange nichts kaputtgegangen ist. Ich hau dir was kaputt, oida! Ivo reißt seine Jacke so von der Garderobe, dass das ganze Ding runterfällt und fetzt sie zu seinen Schuhen in den Gang. »Raus« ist das letzte Wort, das er von Mirna hört, bevor die Tür hinter ihm zugeht, noch bevor er ganz über der Schwelle ist. Raus. Im Erdgeschoss tritt Ivo so lange gegen die Briefkästen, bis irgendwo eine Wohnungstür aufgeht und er nach draußen in die Dunkelheit läuft. Raus.

41

Wenn Gott will, dass die Welt gut ist, wieso hat er es dann so einfach und so endgültig gemacht, etwas zu zerstören? Wieso dauert es nicht 30 Jahre, einen Baum zu fällen, und eine Minute, bis er wächst? Wieso ist es so leicht zu sterben und so schwer zu überleben? Macht Gott die Menschen mit Absicht böse, damit sie aus schlechtem Gewissen auf ihn hören?

Eigentlich ist es egal, was welcher Gott will. Die Welt existiert eh nicht. Es gibt keine Welt, sondern nur einen selber, der sie anschaut, und wenn eine Wespe dich ins Auge sticht, oder ein Arzt dir etwas sagt, das dein ganzes Leben zerstört, dann macht es keinen

Unterschied, ob der Himmel blau oder rot ist, ob ein Flugzeug mit einem ganzen Fußballteam in Brasilien abstürzt, oder in Österreich Wahlen stattfinden, oder in Schweden ein U-Boot sinkt. Nichts verändert die Welt so radikal wie etwas, das ins Auge des Betrachters fliegt, und da sollte jeder ehrlich zu sich selbst sein, ob er sein eigenes Knie oder sein Auge wirklich hergeben würde, um irgendwelche Kinder zu retten, die er nicht kennt.

Ivo sieht Mirnas viel zu enge Wohnung vor sich im Hotellift. Er hört seine eigenen harten Worte und Mirnas Verachtung. »Das ist der Gipfel von deinem Scheiß-Jugo-Narzissmus!« Er sieht die vor Wut verschwimmende Erinnerung an eine Welt von gestern in einem Nutellaglas, das wegen eines Werbevertrags am Frühstückstisch steht. Er sitzt da, isst Schinkenbrote und wartet irgendwie darauf, dass er selbst jeden Moment aufspringt und schreit, etwas von den Wänden reißt oder am Boden zerbrechen lässt. »Solange nichts kaputtgegangen ist.« Ivos rechter Fuß tut weh.

Vielleicht ist Ivo wirklich ein Arschloch. Vielleicht hat er genau in dem Moment, als er dachte, er würde das Richtige tun, schon wieder das Falsche gemacht. Ihm wird schlecht.

Ihm wird schwindlig, wenn er an gestern denkt, weil seine Wut alles so unscharf gemacht hat, und sogar hier, jetzt, in der großen Frühstückshalle, fühlt Ivo sich eingeengt, als würden die Wände aus allen Richtungen näherkommen.

Es gibt eine Eskalation in ihm, einen Dammbruch, aber Ivo weiß nicht, ob er der Damm oder das Wasser ist, und was hinter dem Damm liegt. Was liegt hinter der Wut?

Aus Angst wird Wut, aus Wut wird Hass und der Hass richtet irreparables Unglück an. Das sagt zumindest Yoda. Aber Ivo spürt keinen Hass, nicht auf Mirna und nicht auf irgendwas anderes in dieser Welt. Er spürt *ein Gefühl, tiefer als Hass,* wie die BVB-Fans es ausdrücken würden. Nur, was liegt da unter dem Hass, tiefer als dieser?

Ivo schiebt den leeren Teller von sich weg und lässt seinen Blick durch den Frühstücksraum schweifen. Er sitzt ja eigentlich sicher da, muss nichts machen, außer frühstücken und in einen Bus zum Flughafen steigen, aber er hält es einfach nicht aus. Und gleichzeitig weiß er, dass er eben nicht auszucken und etwas kaputtschlagen wird. Seine Wirbelsäule brennt und während sich die Wände des Frühstücksraums in seinen Augenwinkeln anschleichen, denkt er, dass es bei ihm genau umgekehrt ist als bei Yoda. Aus Liebe wird Wut, aus Wut Enttäuschung und aus Enttäuschung etwas viel schlimmeres als Hass: Angst.

Natürlich ist es im Flugzeug auch eng und Ivo schaut aus dem Fenster, um zumindest ein bisschen Platz zu gewinnen. Sie fliegen über die Berge und auf einmal geht es ihm wieder besser. Er glaubt aus jedem Kaff, aus jeder entlegenen Hütte die Leute zu ihm heraufwinken zu sehen, als wären sie seine Familie.

Erst in Klagenfurt im Hotelzimmer, als der See und die Berge Ivo wieder einsperren, wie die Wände eines riesigen Raums, kommt das Gefühl des Eingezwicktseins zurück, das Gefühl, eine Maus zu sein, in einem Raum ohne Ausgang.

Nach einem kurzen öffentlichen Training gehen seine Freunde und er irgendwo im Zentrum, wenn man das so nennen kann, Kaffee trinken. Kleine Bauernkinder holen sich Autogramme von Marko und ihm und Ivo denkt daran, wie sie damals vor ein paar Jahren in Klagenfurt ausgepfiffen wurden, ohne irgendwas falsch gemacht zu haben, nur weil die Leute dort ausländerfeindliche Scheißgeburten sind. Er trinkt einen Iced Out Ginger Spice Chai Latte und lacht über die Witze seiner Freunde.

Es ist schön, unter Menschen zu sein, es tut Ivo gut, aber schon, als die anderen für einen Moment alle gleichzeitig auf ihre Handys schauen, kippt etwas und Ivo ist plötzlich nicht mehr unter Menschen, sondern mitten zwischen ihnen allein, was noch viel schlimmer ist, als allein allein zu sein. Er schaut aus dem Fenster und der See kommt näher, um ihn zu ertränken.

Er sieht Mirnas Gesicht, nur Zentimeter von seinem entfernt (»Ich hab dich gefickt!«), den Zorn und die Verachtung in ihren Augen, und bekommt Angst wie ein Mörder, der noch nicht erwischt wurde.

Ivo ist es schon oft genug schlecht gegangen in seinem Leben. Er hat genug Zeit damit verbracht, enttäuscht von sich zu sein. Er hat ja nur einen Wunsch an die Welt: glücklich zu sein, gesund und erfolgreich, und dass es seiner Familie gut geht. Also her damit! Deshalb wollte er mit Mirna Schluss machen, nicht wegen seinem schlechten Gewissen, sondern weil er nicht glücklich war. Mirna hat ihn nicht glücklich gemacht.

Gut, wenn sie sich gesehen haben, hat Mirna Ivo schon glücklich gemacht, aber das war ja nicht so oft. Sie hat ihn glücklich gemacht, wie ein Wal einen Fischer glücklich macht. Sein Schiff schaukelt, Wasser rinnt hinein und der Fischer schaut auf den Rücken des Wals, der größer ist als alles, was er kennt, größer als alle anderen Fische zusammen und irgendwann kommt entweder der Punkt, wo er die Schnur seiner Angel durchschneidet oder in die Tiefe gezogen wird. Ist es so?

Der Fischer muss traurig werden, wenn er den Wal wegschwimmen sieht, aber wissen, dass es die richtige Entscheidung war. Oder Ivo ist der Wal und Mirna der traurige Fischer, der ihn wegschwimmen sieht und ihn gern bei sich behalten hätte, obwohl beide eigentlich schon von Anfang an wussten, dass sich das von den Größenverhältnissen her nicht ausgeht.

Eigentlich ist das ja auch unfair, dass es Ivo jetzt schlecht geht. Wenn man zum Beispiel sagt: OK, er hat den Fehler gemacht, er hat was falsch gemacht, warum geht es ihm dann schlecht? Wenn er der Böse ist, dann sollte es wem anderen schlecht gehen. Aber Jessy sitzt zu Hause mit Lena oder tanzt Ballett oder macht weiß Gott was, und Mirna geht es sicher auch viel besser als ihm. Für sie war das alles nichts. Für sie war Ivo kein Wal, sondern nur ein Fisch, der sich zu wichtig nimmt.

Als Ivo ins Hotelzimmer in Klagenfurt zurückkommt, schlägt sein Herz schneller und er kann nicht richtig atmen. Ist das wegen der Höhe? Ihm wird auf einmal ur heiß und schlecht und er haut sich auf den Sessel, dann vom Sessel auf den Boden vor den Fernseher, liegt dort eingerollt wie ein verletzter Seestern und kann den Blick nicht von der Decke wegbewegen. Er ist wie paralysiert und ein warmes Gefühl breitet sich in Wellen durch seinen ganzen Körper aus.

Kollabieren seine Lungen? Fühlt sich so ein Herzkasperl an?

Ivo stirbt. Er weiß nicht, woran, aber es ist so. Er weiß das in dem Moment, er weiß, dass er stirbt und er wartet darauf, sein ganzes Leben an sich vorbeiziehen zu sehen, seine Kindheit, seine Jugend, aber es kommt nichts. Ivo stirbt, ohne ein Geräusch zu machen, ohne, dass jemand es merkt und ohne noch eine gute Clipshow zu Gesicht zu bekommen. Er merkt, wie ihm der Sauerstoff ausgeht und wundert sich nur deppert, dass er gerade noch Kaffee trinken war, nach Kärnten geflogen ist, für etwas, das gar keinen Sinn mehr hat, einen Teller auf dem Boden zerschlagen und seine Geliebte angeschrien hat, und dann schließen sich seine Augen und er stirbt, ganz alleine mitten in der Welt.

42

Als Ivo aufwacht, ist es schon dunkel geworden. Er ist nicht gestorben, deshalb dreht er den Fernseher auf, trinkt einen Schluck Wasser und schaut auf sein Handy. Es läuft *Curvy Supermodel* auf RTL und *Sport und Talk aus dem Hangar 7* auf ServusTV. Wenn Ivo gestorben wäre, hätte sich nichts verändert. Die Menschen hätten weiter *Curvy Supermodel* geschaut oder irgendwelchen Männern beim Reden über Sport zugehört.

Ivo schaut noch ein bisschen fern und dreht den Fernseher wieder ab. Er checkt seinen Puls und hört auf seine Atmung. Beide sind normal.

Ivo möchte mit jemandem reden, aber es ist halb zehn und er kann keinen von seinen Teamkollegen treffen. Er braucht jemanden, der da ist, nicht auf der anderen Seite des Ärmelkanals wie Dušan oder auf der anderen Seite Österreichs wie Nuri. Er braucht jemanden, dem er in die Augen schauen kann. Wieder kommen die schiachen Wortfetzen von gestern in ihm hoch, das Gefühl, ein Arschloch zu sein. Ivo googelt das Wort, mit dem Mirna ihn beschimpft hat, Narzissmus: *Die narzisstische Persönlichkeitsstörung (NPS) ist eine Persönlichkeitsstörung, die sich durch einen Mangel an Empathie, Überschätzung der eigenen Fähigkeiten und gesteigertes Verlangen nach Anerkennung auszeichnet.*

Er scrollt probeweise nach unten. Oida, der Artikel ist lang! Er scrollt zurück nach oben und liest noch einmal den ersten Satz. Ist er krank? Hat er eine narzisstische Jugo-Persönlichkeitsstörung, wie Mirna sagt? Hat das etwas mit seinem Zusammenbruch gerade eben zu tun?

Nein, so ein Blödsinn. Ivo hat eh Einfühlungsvermögen und menschliche Wärme. Er ist der wärmste Mensch auf der Welt! Nur halt nicht immer und nicht zu jedem.

Trotzdem denkt er weiter darüber nach, während er zum Einschlafen RTL schaut und er träumt von einem der Curvy Supermodels, Hanna, der Braunhaarigen, die sicher gewinnen wird.

Am nächsten Tag funktioniert Ivo überraschend gut, anders als früher, als sich sein Gemütszustand direkt auf seine Leistung ausgewirkt hat. Ivo funktioniert als Fußballer und als Mensch und erst, als er am Abend ins Hotelzimmer zurückkommt und eben nicht mehr funktionieren muss, taucht ganz klein und leise die Angst wieder auf. Sie beginnt mit einem Pfeifen, das die Stille durchstößt, und Ivo sieht sie schon größer werden. Fick die Angst! Fick das Alleinsein!

Er durchsucht seinen Gewandhaufen nach dem Zettel vom ÖFB und wählt nicht die Handynummer, die dort neben *Ferdinand* steht, sondern ruft von seinem Festnetz aus direkt auf dessen Zimmer an.

»Hallo Ferdinand, da ist der Ivo. Magst du ein Bier an der Bar mit mir trinken?«

Er hat den ganzen Weg hin überlegt, was er den Ferdinand fragen, was er ihm erzählen soll, was er überhaupt von ihm will und schon sitzt er ihm gegenüber. Auf Ferdinands polierter Glatze spiegelt sich das rote Licht der Bar.

Ivo hat bei der EM gemerkt, dass der Ferdinand einen ernsten Klopfer hat, alleine dadurch, wie penetrant er sie alle ständig begrüßt hat und wie er bei den Gruppensitzungen bei bestimmten Wörtern bestimmte Spieler angeschaut hat, aber vielleicht hat Ivo genau deshalb, weil der Ferdinand selber ein

Koffer ist, das Vertrauen gefasst, ihn anzurufen. Damals wollte Ivo natürlich nicht mit ihm reden, oder was heißt natürlich, er wollte einfach nicht, weil es nichts zu besprechen gab, genau wie die anderen Key Players nicht mit ihm reden wollten, Marko nicht und David auch nicht.

»Also, Ivo, das ist natürlich keine richtige Sitzung oder so, aber alles, was du hier sagst, werde ich vollkommen vertraulich behandeln und wir müssen auch kein richtiges Therapiegespräch führen. Wir können über alles reden, worüber du reden willst.«

Man merkt dem Ferdinand an, wie aufgeregt er ist, dass Ivo ihn angerufen hat und wie groß seine Neugier ist.

»Cool, dann Prost«, sagt Ivo und beim Anstoßen setzt der Ferdinand wieder diesen bemüht penetranten Blick auf, den Lehrer und Pfarrer haben und Psychologen anscheinend auch.

»Willst du über irgendwas Bestimmtes reden?«

Ivo antwortet nicht.

»Oder erzähl einfach«, Ferdinands Stimme wird ein bisschen höher, »wie es dir geht.«

Der Ferdinand schaut wirklich elegant aus, denkt Ivo, mit seiner Anzugweste und den spitzen Stiefeletten.

»Gut eigentlich. Eigentlich sehr gut.«

Ferdinands Augen bekommen beim Wort *eigentlich* ein seltsames Leuchten, so ein Jetzt-geht-es-los-Leuchten, ein Jetzt-sagst-du-es-mir-Leuchten, das er nicht ganz schafft zu unterdrücken. Aber das macht nichts, denkt Ivo, das ist sein Job, und wahrscheinlich ist das Wort *eigentlich* für ihn so, wie es sich für Ivo anfühlt, wenn jemand nach einer Konditionseinheit einen Ball in Aussicht stellt. Außerdem geht es Ivo wirklich schon viel besser.

»Ich weiß nicht«, sagt Ivo, weil er merkt, dass der Ferdinand ihn noch weiterreden hören will, »bist du verheiratet?«

»Ich hab eine Lebenspartnerin, seit 20 Jahren, und wir haben gemeinsam eine wunderbare Tochter großgezogen, die professionell Fußball spielt.«

Was ist das für ein Penner, der seine Frau nach 20 Jahren nicht heiratet, obwohl sie eh schon eine gemeinsame Tochter haben? Put a ring on that, motherfucker!

»Und hat dir deine Frau, oder ... deine Lebenspartnerin je vorgeworfen, dass du nur an dich denkst? Du weißt schon, so wie dieser schwule Grieche, Narziss.«

Ferdinand lacht beim Ausdruck *schwuler Grieche* kurz unkontrolliert auf, reißt sich aber gleich wieder zusammen und überlegt dann offensichtlich, ob er darauf ehrlich antworten soll, damit Ivo ihm vertraut, oder ob es ihm wichtiger ist, dass Ivo glaubt, in seiner Pseudoehe wäre alles pipifein. Seine Glatze zerknautscht sich währenddessen in ur viele glänzende Falten.

»Das ist nicht leicht für Fußballer. Glaub mir, ich hab einige Fußballer als Klienten und fast alle haben dieses Problem. Aber nicht nur die Fußballer, auch die Rechtsanwälte und die Oberärzte, eigentlich alle, die erfolgreich sind. Es dreht sich einfach viel um dich, du stehst immer sehr im Fokus und deine Familie ist abhängig von dir.«

Mirna ist nicht abhängig von Ivo gewesen.

»Aber aus psychologischer Sicht muss man da trotzdem klar trennen, zwischen dem, was man gemeinhin als narzisstisch bezeichnet und einer narzisstischen Persönlichkeitsstörung im klinischen Sinne, oder F60.8, wie wir in der Fachsprache sagen. Menschen mit narzisstischen Persönlichkeitsstörungen sind meistens vollkommen depressiv, drogenabhängig, autodestruktiv, also Menschen, die sich selber schaden mit ihren Entscheidungen. Narzissten wollen immer im Fokus stehen, um jeden Preis, die würden dafür jede Freundschaft opfern und auch sonst alles tun. Ich hab ein paar Patienten mit F60.8 und das sind wahnsinnig schwierige Typen, großteils Rechtsanwälte. Wenn du die sehen würdest, wüsstest du sofort, dass du das nicht hast.«

Ivo zieht an seinem Bier.

»Aber ist es dann nicht möglich, dass Fußballer das auch haben, wenn das Rechtsanwälte haben?«

Ferdinand lächelt und schaut sehr sicher aus.

»Schau, Ivo, es gibt einen Test, den man machen kann. Er dauert nur zehn Minuten. Aber ich sags dir, du hast das nicht. Wir kennen uns ja jetzt auch schon eine Weile ...«, oida, wir kennen uns gar nicht, wir haben noch nie miteinander geredet, denkt Ivo, »und ich glaub wirklich nicht, dass du dir da Sorgen machen musst.«

»OK, das reicht mir«, sagt Ivo und lächelt befreit über den Tisch und der Ferdinand lächelt zurück, wie ein guter Bekannter. Jetzt wäre der Moment, um zu fragen, warum Ivos Herz im Hotelzimmer so schnell geschlagen hat, aber er hat keine Lust. Er ist eh schon wieder gesund.

Sie bestellen noch zwei kleine Biere und weil dann eine Pause entsteht und Ivo nicht weiß, worüber sie sonst reden sollen, weil er eigentlich nichts mehr von sich preisgeben möchte, fragt er noch weiter zum gleichen Thema, obwohl er eigentlich alle Antworten bekommen hat, die er wollte.

»Kennst du irgendwelche Kicker, die so richtige Narzissten sind?«

Ferdinand richtet seine Weste zurecht und setzt wieder ein neutraleres Gesicht auf. »Es wäre nicht professionell von mir, Ferndiagnosen zu erstellen, über Leute, die ich nicht persönlich kenne und zum Beispiel zu sagen, dass der Ronaldo ein F60.8 ist.« Er schaut auf sein Bierglas und schweigt ein paar Momente, bevor er dann sehr wohl anfängt das Verhalten von Fußballern, mit denen er noch nie geredet hat, mit verschiedenen Krankheitsbildern in Verbindung zu bringen.

Während sie das zweite kleine Bier trinken, kommt Ivo der Gedanke, dass der Ferdinand auch schon relativ dringend wen zum Reden gebraucht hat, so wie er jetzt vor sich hinplappert. Er erzählt von anderen Leuten mit einer narzisstischen Persönlichkeitsstörung und bestätigt genau das, was Ivo geglaubt hat, dass nämlich Psychologen *andauernd* Ferndiagnosen über alle Leute erstellen und ihre Familien und Freunde damit in den Wahnsinn treiben. Aber der Ferdinand hat ihm geholfen, er hat ihm die Absolution gegeben und ihn dadurch geheilt, ohne dass er noch mehr fragen musste, deshalb hört Ivo jetzt geduldig zu und während der Ferdinand so über Narzissmus redet und Ivo schon weiß, dass er das nicht hat, und sogar sehr gut lieben kann, vielleicht zu gut, üben die Geschichten etwas Beruhigendes auf ihn aus, als ob ihm jemand den Stundenplan eines Schultags vorlesen würde, den er gerade schwänzt.

Sie trinken noch ein drittes kleines Bier, das der Kellner schon gar nicht mehr servieren will, und Ivo spürt minimal etwas davon, weil er heute viel geschwitzt und nicht viel zu Abend gegessen hat, aber der Ferdinand ist von dem bisschen Bier schon voll in Fahrt und erzählt mit immer ehrlicherem Blick von sich, von seiner Kindheit im Gemeindebau in Mauer mit seinen fünf Geschwistern, von seinem Vater, der nie Geld hatte, weil er ein verrückter Künstler war, der sein ganzes Leben nur über Halbkreise nachgedacht hat und dessen bekanntestes Kunstwerk es war, mit irgendwelchen alten Typen etwas Rundes am Stephansplatz in zwei Halbkreise zu zersägen.

Ivo wird müde und fühlt sich ein bisschen wie ein Kind, dessen Tür angelehnt bleibt, damit es zum gedämpften Geräusch der Eltern, die sich im Wohnzimmer unterhalten, einschlafen kann.

Während der Ferdinand seine Schulzeit in irgendeiner Hippieschule in Mauer schildert, wo sie nicht Fußball spielen durften, weil die Lehrer fanden, dass der Ball für die Weltkugel steht, und wenn sie ihn treten, dann treten sie die Welt, wird Ivo immer schweigsamer und denkt, dass eigentlich der Ferdinand selbst ein bisschen ein Narzisst ist, so wie er dauernd von sich selber und seiner Kindheit redet, aber es passt eh. Ivo ist happy und dem Ferdinand dankbar, dass er cool war und Ivos Anruf nicht wie seinen Job behandelt hat, sondern wie ein ganz normales Biergespräch und deshalb macht es ihm auch nichts aus, zuzuhören.

Ivo nimmt einen großen Schluck, während der Ferdinand die nächste Geschichte beginnt, darüber, wie er als 11-Jähriger alleine zur Eröffnung der SCS gefahren ist, wo irgendein Expräsident, dessen Name Ivo sofort wieder vergisst, ein Schaumrollenwettessen moderiert hat, bei dem der kleine Ferdinand mitgemacht und das er mit 21 verputzten Schaumrollen gewonnen hat. Danach, als alles vorbei war, hat er sich an den vier roten IKEA-Plastiksesseln, die er gewonnen hat, zwei Stunden lang abgeschleppt, von der SCS nach Mauer, weil er so klein war und niemand von seiner Familie mit ihm mitgekommen ist.

Der Kellner sagt sehr höflich: »Wir schließen jetzt«, und Ivo trinkt sofort das Lackerl in seinem Glas aus und zieht seinen Hoodie an, weil er von seinem Vater schon als Kind diesen Respekt vor Sperrstunden eingeimpft bekommen hat und weil er findet, dass das jetzt eigentlich schon genug vom Ferdinand war, schließlich geht es nicht um ihn. Der Psycho schaut aber weiter verträumt in sein Glas und macht keine Anstalten aufzustehen. Es ist 20 nach elf, also sind sie schon 20 Minuten über der Zeit und es kommt Ivo so vor, als wäre er Ferdinands Psychotherapeut, der sagt: »I'm sorry, but that's all the time we have for today«, und als würde sich der Ferdinand dagegen wehren, das einzusehen. Nachdem sie die Bar endlich verlassen haben, stehen sie eine halbe Minute lang am Gang, von dem aus sie in unterschiedliche Richtungen müssen und Ferdinand redet wieder von den Schaumrollen und seine Augen leuchten treuherzig, weil er gern noch mehr erzählen würde.

Irgendwann geht Ivo endlich auf sein Zimmer und ist froh, dass sich alle anderen auch immer als gestört herausstellen, wenn man sie ein bisschen besser kennenlernt.

43

Jessy steht auf echte Männer. Sie ist keine von diesen neuen Frauen, die auf irgendwelche Lutscher mit Brillen und Baguettes und Hendlbrust stehen. Jessy ist eine echte Frau, und sie braucht einen echten Mann, einen Mann wie Ivo.

Nur weil Ivo ein echter Mann ist, heißt das ja nicht, dass er Jessy nicht auch das geben kann, was ihr die Lutscher geben würden. Blumen hier, romantischer Sex da, eine Brille irgendwo. Ivo hat an dem Tag, als er um Jessys Hand angehalten hat, eine Brille mit Fensterglas getragen und bei der Hochzeit einen türkisen Anzug mit Einsteckblume und an beiden Tagen ausgeschaut wie der perfekte Schwiegersohn, wie jemand, der sich gerne gesund ernährt. Und jetzt kauft Ivo Kerzen, Blumen, Erdbeeren und Schokolade am Flughafen, um seine Frau, die nach vier Monaten in sein Bett zurückkommt, mit romantischem Sex zu überraschen.

Ivo ist nämlich nicht so, wie alle glauben, ein Prolet, dem alle egal sind und der sich nur für Autos und Silikontitten interessiert. Schön wärs! Ivo hat

Gedanken und Gefühle und heute Abend wird er so sensibel sein, als wäre er Peter Hackmair.

Wie bringt man Schokolade zum Schmelzen? Ivo steht unschlüssig im Delikatessengeschäft. Irgendwo in Ivos Haus gibt es einen Schokobrunnen, im Keller oder in einem der Kästen in der Küche, aber Ivo müsste Jessy fragen, wo genau, und dann wäre es keine Überraschung mehr.

»Have you self-melting chocolate?«

Der Mann in der Samtjacke schaut Ivo arrogant und trotzdem entschuldigend an. »I'm afraid we in fact do not carry self-melting chocolate.«

»OK, then ten candles.«

»I'm very sorry Sir, but unfortunately we do not carry those here either.«

Fuck. Wo kauft man Kerzen? Zu Hause gibt es sicher welche, in irgendeiner Lade von irgendeiner Kommode. Breite, romantische Kerzen. Egal, Ivo wird einfach die vom Kerzenleuchter am Esstisch nehmen, und wenn er den Schokobrunnen nicht findet, wird er die Schoko direkt an den Scheißkerzen schmelzen.

»Will that be all, Sir?« Ivo schaut in seinen Einkaufskorb: Rosen, zwei Schokotafeln und daneben das Sackerl von Victoria's Secret. Du Hurensohn brauchst gar nicht so tun. Diese Engländer. Es gibt nur zwei Arten von ihnen: die mit den roten Köpfen, bei denen alle Geschichten irgendwann damit enden, dass jemand jemanden in einem Pub stabbt oder einen Aschenbecher auf jemanden wirft, und die anderen, die sogar dann, wenn sie Verkäufer sind und Samtsakkos tragen, reden, als ob sie was Besseres wären. Ich weiß genau, was du denkst, denkt Ivo. Du tust so auf edel, aber du weißt genau, wofür ich das kaufe, und ich weiß, dass du das weißt. Du kleiner arroganter Wichser, wehe, du stellst dir grad meine Frau vor!

Ivo spaziert durch den Flughafen, findet schokoüberzogene Erdbeeren, was sehr sexy ist, und überlegt, Jessy noch ein Geschenk zu kaufen: einen Ring oder einen neuen Burberry-Mantel.

Er kommt nach Hause, als Lena sich gerade die Zähne putzt, lässt den Trolley mit seinem Gewand vor der Waschküche stehen, versteckt die Einkaufstasche vom Flughafen hinter einem Kasten und geht seine Tochter begrüßen, die ihn mit ihrer pinken *Frozen*-Zahnpasta anpatzt. Er holt die Kerzen aus dem Esszimmer, sucht kurz unmotiviert nach dem Schokobrunnen und bringt alles ins Schlafzimmer. Er stellt die Kerzen auf, zerfleddert ein paar Rosen über dem Bett und verteilt die restlichen im Raum. Als er fertig ist, betrachtet er sein Werk. Das Zimmer schaut wirklich sehr romantisch aus, so als hätte sich Gwen Stefani in den 90ern dort für ein Musikvideo geräkelt: Rosen, Kerzen, gedämpftes Licht. Das einzig Unromantische ist das Babyfon auf dem Nachtkasterl. Ivo dreht es auf, hört Jessys Singsang zwei Zimmer weiter und schaut auf sein Handy, während er auf sie wartet.

Er möchte nicht der Mensch sein, der seine Geliebte in ihrer winzigen Wohnung anschreit und Sachen runterschmeißt. Der Mensch, der einen Postkasten eintritt und Angst hat. Er möchte diesen Menschen hinter sich lassen, so wie alles andere, was er bereut, und ein neuer Mensch sein. Ein zärtlicher und einfühlsamer Mann, der tollen Sex mit seiner Frau hat und ihr Geschenke bringt.

Jessy lächelt überrascht, als sie ins Zimmer kommt und schließt hinter sich ab. »Ich hab ein Geschenk für dich«, sagt Ivo und zeigt auf die Tasche neben dem Bett.

»Danke Ivo, das ist sehr schön«, sagt Jessy, nachdem sie die zugeschnürte Tasche von Victoria's Secret geöffnet hat. Sie gibt ihm einen Kuss auf die Wange.

»Schau mal ...«

Er nimmt eine Schokoerdbeere aus der Plastiktasse und hält sie ihr hin. Jessy schaut kurz auf die Erdbeere und dann in Ivos Augen, während sie den Mund ganz weit aufmacht und die Erdbeere mit ihren Lippen umschließt. Geil. Ivos Schwanz beginnt schon, sich ein bisschen aufzurichten.

»Wart kurz, ich geh mich schnell frisch machen und mein Geschenk anziehen.«

Jessy geht ins Bad und Ivos Schwanz sinkt erschöpft runter.

Jessy schaut ur geil aus, als sie rauskommt. Das Dessous passt ihr genau. Was will Ivo mehr, als eine geile Frau, die ihn liebt? Nichts, er will absolut nichts mehr. Er will nicht einmal etwas anderes wollen müssen.

Er hält eine Schokotafel über die Kerze und wendet sie langsam hin und her. Mit der anderen Hand füttert er Jessy noch eine Erdbeere, die sie isst, als wäre sie in einem Porno, was Ivo sehr geil findet. Er hält die

Schokoladentafel über seinen Penis, damit sie drauftropft und endlich die Vereinigung von sexy Essen und den Geschlechtsteilen beginnt. Damit Jessy seinen Beidl abschleckt. Fuck!

Die Scheißschoko ist ur heiß und verbrennt ihm die Haut. Er nimmt die Tafel und zerquetscht sie in seiner Hand, versucht, sich den Schmerz nicht anmerken zu lassen und verschmiert die halb geschmolzene Schokolade auf Jessys Titten, auf seinem Schwanz und in der Gegend von Jessys Muschi. Jessy geht mit dem Kopf nach unten, schaut Ivo mit großen Augen an und beginnt die Schoko runterzuschlecken.

Sein Beidl wird steifer, er legt seine Hände auf Jessys Titten und wird noch geiler. Sie hat schon den ganzen Schwanz im Mund, und Ivo hebt sie am Hintern hoch, um sie so zur Seite zu ziehen, dass er in ihre Muschi greifen kann, während sie ihm einen bläst. Er weiß nicht, ob das, was dort rinnt, Schoko oder Muschisaft ist, und denkt kurz an Analsex.

Ivos Schwanz ist vollkommen steif, Jessy liegt unter ihm, den Hintern rausgestreckt und den Kopf in den schokoverschmierten Polster gedrückt. Eine Kerze fällt um und Ivo flutscht aus seiner Frau raus, um sie wieder aufzustellen.

Im Abstand von ein paar Minuten fallen fünf Kerzen um und hinterlassen Wachsflecken auf der Kommode und auf dem Teppichboden und da merkt man, dass es nicht der Sex ist, den Ivo wollte, weil sie nicht einfach weiterficken, wenn die Kerzen umfallen, sondern sie aufstellen. Weil sie sich unterbrechen lassen.

Lena klopft an die Tür, und sie erschrecken, komplett mit Schoko angesaut. »Du kannst jetzt nicht zu uns, Lena!«

»Aber ich hab Angst!« Jessy schaut Ivo an. »Geh in dein Zimmer, Lena, ich komm in fünf Minuten zu dir.«

Am Ende ist es für alle das Einfachste, wenn Jessy ihm einen bläst, und daran, wie sie es macht, merkt er, dass sie nur noch fertig werden will. Sie denkt sicher schon daran, wie sie danach das Laken wechseln und für nächste Woche den Teppichreiniger bestellen wird, und Ivo ist auch nicht wirklich voll bei der Sache, sonst würde er nicht darüber nachdenken, woran seine Frau denkt. Konzentration! Kommen, Sex, Titten, Mund, Sex, ja, schneller, geil, Titten. OK.

Jessy geht sich duschen.

44

27 ist ein komisches Alter für Fußballer. Für normale Menschen geht gerade erst alles los, für Rockstars und Rapper ist es oft schon vorbei, und die Fußballer sind genau dazwischen, mitten in einem großen Nichts. Fußballer sind mit 27 an dem gleichen Punkt im Leben, den normale Menschen mit 45 erreichen, wo man zu jung ist, um keine Träume mehr zu haben und zu alt, um sie noch verwirklichen zu können. Am 12. März, Ivos 27. Geburtstag, fühlt er sich, als ob er gleichzeitig 17, 37 und 47 wäre, gefangen zwischen Vergangenheit und Zukunft, und sein Vater redet, wie

jedes Jahr, darüber, was passiert wäre, wenn 1991 irgendein serbischer Bosnier bei irgendeiner Sitzung in Belgrad, die sie damals live im Fernsehen geschaut haben, eine andere Entscheidung getroffen hätte.

Ivo sitzt noch immer ganz hinten im Teambus, lässt sich lieber die Snapchats der Dates von den Nachwuchsspielern zeigen als die Kinderfotos der Gleichaltrigen, redet lieber über Mode als über Pensionsversicherungen, aber er ist trotzdem nicht mehr 17, er hat eine Pensionsversicherung und einen Vermögensberater. Ivo will gar kein Alter haben, er möchte eigentlich nur weg, neu anfangen, aber das Interesse der AS Roma ist weiterhin nicht wirklich konkret und der Präsident möchte ihn noch immer nicht verkaufen, also wird er bald seinen Vertrag verlängern und genau dort bleiben, wo er ist.

Der letzte Monat ist vergangen, wie sonst wenige Stunden vergehen, weil Ivo von Spiel zu Spiel geschaut hat, so wie man beim Wandern nicht zum Gipfel schaut, sondern abwechselnd auf seine eigenen Füße und auf die nächste Bergkuppe. Die Wanderung dauert trotzdem gleich lang, aber sie kommt einem kürzer vor. Wenn man also davon ausgeht, dass man gern wandert, dass es einem gefällt, in seiner Freizeit irgendwo rauf- und wieder runterzukraxeln, ist es eigentlich absurd, nicht auf den Gipfel zu schauen. Dann hätte man ja mehr vom Leben, mehr Zeit von der Zeit.

In Ivos Leben gibt es keinen Gipfel. Er geht durchs Hügelland, von links nach rechts, wie in einem Computerspiel aus den 90ern, bevor es die Open World gab. Sein Blick war auf das Spiel gegen Man City gerichtet, auf das Spiel gegen Stoke, auf seinen Geburtstag am 12. März, und jetzt, wo er den Geburtstagshügel erklommen hat, geht der Blick aufs nächste Wochenende, aufs nächste Spiel.

Ivo kann nichts entscheiden, weil er sich die Optionen nicht aussuchen kann. Er kann sich ausrechnen, wie alt er 2021 sein wird, wenn sein Vertrag ausläuft und darauf hoffen, mit 31 ablösefrei noch für zwei Jahre bei einem Topverein unterzukommen, aber es wäre dann genauso wie vor zehn Jahren bei Chelsea: Ivo wäre dabei, aber nur als Ersatz. Oder er kann gleich drauf scheißen, seinen Vertrag bis 2023 verlängern und sich sicher sein, dass sein nächster Wechsel ihn maximal in die USA oder nach China führt, zu den Fußballpensionisten.

»Bist du sicher, Ivo?« Nein, inzwischen ist Ivo sich nicht mehr sicher, warum er, der nie für etwas Zeit hat, mit Lena zum Geburtstagsfest vom kleinen Jakob mitgefahren ist, an seinem eigenen Geburtstag. Bei der Hinfahrt hat er noch gedacht, dass es eine gute Idee ist. Jetzt sitzt er im winzigen Wohnzimmer einer Erdgeschoßwohnung mit sechs Frauen, mit denen er über nichts reden kann, und sieben Kindern, die im Kreis rennen. Er stopft sich ein Würstchen im Teigmantel in den Mund und denkt an Mirna, an ihre Wohnung und ihr letztes Wort. »Raus.« Ivo will aus dieser Situation raus. Er schaut auf die Uhr. Kann es wirklich sein, dass er erst 15 Minuten hier ist?

»Entschuldigung, können Sie beim Zusammenbauen von Jakobs Geburtstagsgeschenk helfen? Sie sind der einzige Mann hier.«

»Na und?«, würde Ivo gern antworten, »das heißt nicht, dass ich deswegen diesen Scheiß besser zusammenbauen kann als ihr.« Aber die Frage nach Jakobs Vater, der noch immer krank oder schon tot sein könnte, steht wie ein Elefant im Raum, deshalb kniet sich Ivo auf den Boden und beginnt die Anleitung für den Mini-Wuzzler zu lesen, den Jakob von seiner Mutter bekommen hat.

Irgendwie ist es seltsam: In dem Moment, als der kleine Jakob ihn zu seinem Geburtstag eingeladen hat, war klar, dass Ivo zusagt, genauso wie klar war, dass er sich nicht daran gebunden fühlen würde. Aber als er selbst Geschenke und Tausende Glückwunschnachrichten bekommen hat, wollte er kommen, etwas für diesen traurigen kleinen Jungen machen, der ihn heute gar nicht richtig wiedererkennt.

So ein billiger Plastikscheiß! Das Ding wackelt jetzt schon und wird nach ein paarmal spielen kaputt sein. Ivo baut es trotzdem zusammen, bricht dabei ein kleines Teil von der Halterung der Griffe ab. »Sorry, besser gehts nicht.«

»Ach, vielen Dank, dass Sie das machen und danke, dass Sie gekommen sind. Das bedeutet dem Jakob sehr viel.«

Ivo schaut zum kleinen Jakob, der in einer Ecke sitzt und eine Batman-Figur in seinen Händen hin und her dreht. Es ist schon etwas weit hergeholt zu sagen, dass ihm Ivos Anwesenheit viel bedeutet.

»Ich bin gerne gekommen. Leider muss ich aber schon los. Meine Frau holt Lena in ein paar Stunden ab.« Ivo ruft ein allgemeines Aufwiedersehen in die

Runde, Lena schickt ihm einen Luftkuss, und er steigt noch mehr aufs Gas als sonst, um die Traurigkeit dieser Restfamilie in ihrer kleinen Wohnung und die Enge hinter sich zu lassen.

Ivos Gedanken zu den Bösen und den Guten waren schwachsinnig. Die Bösen erkennt man nicht daran, dass es ihretwegen anderen schlecht geht (Jessy oder Mirna oder Simba), sondern daran, dass es ihnen am Ende selbst schlecht geht. Das heißt ja Happy End: dass es den Guten gut geht und den Bösen schlecht. Sie sterben, ohne dass einer von den Guten sie umbringen muss, ohne Fremdeinwirkung, ohne dabei gesehen zu werden, fallen von Häusern oder Brücken in die Tiefe oder verbrennen in einem explodierenden Gebäude. Sie sterben so, wie Ivo in Klagenfurt zu sterben geglaubt hat.

Ivo hatte immer schon Mitleid mit den Bösen. Mit dem Kojoten, der in einer Scheißwüste lebt, wo es sonst nichts gibt und der jedes Mal dafür bestraft wird, wenn er seiner Natur folgt und versucht, diesen arroganten Vogel zu erwischen. Mit dem Team Rocket, mit Tom von Tom und Jerry, mit den Panzerknackern. Die Guten sind meistens langweilige Scheißkinder, und trotzdem kriegt am Ende Calimero die Bitches und Toni, die coole Ente, geht leer aus.

Ist man einer von den Bösen, wenn man Mitleid mit ihnen hat? Ist man böse, wenn man einmal etwas Böses macht, oder nach fünfmal, oder wenn man immer nur böse ist? Irgendwas wird ja auch Simbas Vater falsch gemacht haben, damit ihn sein eigener Bruder so hasst. Klar, Scar will König sein, und König wird immer der Sohn vom König und nicht sein Bruder, aber ist es so falsch, gegen diese Ordnung anzukämpfen? Ist es falsch, wenn ein Löwe König sein will? Wenn er es nicht wollen würde, wäre es ja noch schlimmer, dann würde man ihn in die Kategorie von Bernard Tomic und Nick Kyrgios stecken, in die Kategorie der Ausländer, die nicht genug aus ihrem Talent machen, denen es nichts mehr gibt, zu gewinnen, und die deshalb für immer Ausländer bleiben.

Zu den Bösen zu halten heißt meistens auch, zu den Underdogs zu halten, weil man weiß, dass die Guten immer gewinnen, weil man jeden Film schon einmal gesehen hat. Ivo versteht die Fans nicht, die sich daran aufgeilen, dass PSG mal wieder 8:0 gegen Dijon oder Rennes gewinnt. Das ist doch unfair und unspannend! Ivo interessiert sich mehr für Dimitri Payet und Ricardo Quaresma als für Ronaldo und Messi, für die, die nicht immer die Guten waren, die Nicht-Lieblinge, die Nicht-Perfekten.

Sogar bei Bond-Filmen ist Ivo manchmal für die Bösen, für Mads Mikkelsen und für Javier Bardem. Er ist nicht für die Nazis und für die Brutalos, die Raonics dieser Welt, aber das ist ja auch nicht seine Angst, so zu sein wie diese Nebenrollen, diese Handlanger des Bösen. Wenn er sich vor etwas fürchtet, dann davor, einer der Verbitterten zu werden, die vielleicht früher selbst gut waren, so wie der böse Ritter bei *Ritter aus Leidenschaft*, einem von Jessys Lieblingsfilmen. Der böse Ritter will nur, dass ihn die Frau zurückliebt, so wie sie Heath Ledger liebt, was soll er also sonst machen, als zu versuchen, Heath Ledger umzubringen?

Ivo ist keiner von den Bösen. Er möchte, dass Mirna das weiß und dass er selbst es sich glaubt. Er hat nie jemanden umgebracht oder verprügelt, obwohl er René, Mirnas Exfreund, damals mit 20 schon immer wieder angerufen hat, um ihn zu einem Treffen zu überreden (»Ich will nur reden«) und ihm bei diesem Treffen in die Goschn zu hauen. Aber René hat nie zugesagt und so Ivo die Entscheidung abgenommen, ob er ihn schlagen wird.

Wenn man die Bösen daran erkennt, dass es ihnen am Ende immer schlecht geht, dann muss Ivo nur dafür sorgen, dass es ihm gut geht, um zu wissen, dass er einer von den Guten ist. Er muss nur glücklich sein, aber er zweifelt daran, dass das so läuft, wie irgendein dummer Freund von ihm es neulich auf Instagram geschrieben hat: Man muss nur merken, dass man eh glücklich ist und sofort ist man es.

Ivo ist kein Fan von Entwicklung. Wenn sich schon etwas ändern muss, dann bitte radikal und sofort, nicht zizerlweise. Er ist zu ungeduldig, um an Entwicklung zu glauben. Sein Blick geht nicht auf den Gipfel und nicht auf die eigenen Füße. Sein Blick geht ins Leere, ins Nichts, ins Narrenkastl und dort ziehen Gedanken durch wie im Zeitraffer auf einer Wetterkarte, mit schnellen Hochs und Tiefs, oder laufen wie ein Uhrwerk im Kreis.

Es ist alles nicht so einfach, es geht alles nicht so schnell. Das lernt er jetzt, mit 27, wo die Zeit ihm durch die Finger rinnt. Ivo wollte immer alles sofort. Er hat nicht jahrelang geplant, was er machen will. Es war ihm so lange egal, bis er es wollte, aber dann wollte er es dafür sofort. Sogar beim Essen war das so, bevor Jessy und der Verein seine Ernährung übernommen und durchstrukturiert haben. Als er sich noch selber um sein Essen gekümmert hat, war es nicht so, dass Ivo sich um vier gedacht hat: »Ich werde schon ein bisschen hungrig und sollte mich in den nächsten zwei Stunden bemühen, was zum Essen zu finden.« Ivo hat nicht an seinen Hunger gedacht, bis er so groß war, dass er sofort was essen musste und wenn die Kellner dann ewig gebraucht haben, oder es zu Hause kein Essen gab, oder die einzige Essensbude in der Nähe geschlossen hatte und er nicht innerhalb von 15 Minuten etwas in seinen Mund stopfen konnte, hat er die Nerven geschmissen. Jetzt geht ihm wieder alles zu langsam. Das Glück kommt nicht auf einen Schlag zurück, mit einem Wechsel oder mit einem Blumenstrauß, sondern Stück für Stück, in Wochen, die in Zeitlupe an Ivo vorbeiziehen. Es kommt so langsam zurück, dass er gar nicht weiß, ob wirklich alles besser wird, oder nur immer hin und her geht, auf und ab.

In der Nacht träumt er davon, wie er mit einer in die Luft gestemmten Boombox im Garten von jemandem steht, den er gar nicht kennt, und das Einzige, was er im Traum mit Sicherheit weiß, ist, dass er sich gerade nicht in England befindet.

45

Ivo steht im Tankstellenshop und ärgert sich darüber, gegen Southampton nicht eingewechselt worden zu sein. Da kommen seine Frau und seine Tochter extra, um ihn spielen zu sehen, und dann sitzt er 90 Minuten auf der Bank, nur weil der Präsident ihn für seine Vertragsverlängerung unter Druck setzen möchte. Ivo war deswegen so wütend, dass er, ohne auf Jessy und Lena zu warten, direkt nach dem Spiel weggefahren ist. Er war zu wütend, um auf sie zu warten, zu wütend, um dem Präsidenten zum hundertsten Mal zu sagen, dass er nicht mit ihm im Helikopter fliegen will und während er einen Bissen von seinem Snickers nimmt und dann aus Gewohnheit in seine rechte Hosentasche greift, um Jessy zu schreiben, fällt ihm ein, dass sein Handy kaputt ist. Er steht da, mit dem Snickers in der Hand, und schaut auf den Fernseher hinter dem Tresen, als die Angst über ihn hereinbricht. Die Angst ist ein Loch im Bauch. Ivo starrt mit offenem Mund auf den Fernseher. Die Angst ist ein Loch in der Welt und Ivo plumpst zwei Meter runter, hundert Meter. Breaking News.

Er lässt das Snickers fallen und rennt aus dem Shop, auf das Auto zu, das ganz vorne parkt. Er will Dreieck drücken wie bei GTA und einfach einsteigen, damit es schneller geht, korrigiert sich aber im letzten Moment, der Autobesitzer starrt ihn an, und Ivo rennt zu seinem eigenen Auto, setzt sich hinein und greift wieder nach seinem Handy. Fuck, fuck, fuck!

Er fährt los und fühlt sich, als ob ihm jemand mit voller Kraft in die Goschn gehaut hätte, weil das

Elend dieser Welt, der Abgrund, auf einmal mitten in sein Leben hineinreicht, ins Allerheiligste, zu seiner Familie, die nicht damit rechnet, weil sie so sorgenfrei lebt und zu Ivo selbst, der bis gerade eben genauso sorglos war, genauso sicher. Sie sind nicht mitgeflogen, sagt sich Ivo, sie waren nicht dabei. Er dreht das Radio auf. *First reports of an explosion just outside of St. Mary's Park, shortly after the Premier League match between Everton and Southampton, are now being followed by eye witness accounts of a helicopter crashing on the parking lot. Whether the helicopter belonged to Vincent Khan, the club's owner, is unconfirmed at the moment. There are no indications of a terrorist attack.* Jessy und Lena waren in diesem Helikopter! Ivo sieht den Präsidenten vor sich, wie er es anbietet, wie er es schon mehrmals angeboten hat, er sieht Jessy aus Höflichkeit nachgeben und mit Lena einsteigen, sieht den Heli genau auf Jessys Range Rover explodieren. Sie waren nicht dort, sie waren nicht dort. Ivo weiß, dass sie nicht dort waren, nicht tot sein können, aber er kann es nicht wissen, bis er sie leibhaftig vor sich sieht. Bilder vom gestrigen Streit mit Jessy flimmern durch seinen Kopf. Wie sie die Konzertkarten auf den Boden wirft und er sein Handy hinterherschmeißt, wie Lena weint, weil Ivo nicht mitkommt, wie er schreit, dass er keine Zeit hat und Jessy schreit: »Wir haben uns so darauf gefreut und du hast es kaputtgemacht. Weil du nicht hinwillst, hast es wieder mal für alle ruiniert, bis niemand mehr Freude daran hat.« Ivo wird wahnsinnig, weil der Typ vor ihm so scheißlangsam fährt. Er hupt wütend und überholt ihn über zwei Sperrlinien hinweg. Die Regeln gelten nicht mehr und es war nicht Ivo, der sie außer Kraft gesetzt hat, sondern das Schicksal, an einem Tag, als er und Jessy sich in der Früh so verabschiedet haben, als könnten sie sich am Abend versöhnen und nicht so, als wäre es vielleicht das letzte Mal. Das letzte Mal.

Ivo greift wieder in seine leere Hosentasche und stellt sich vor, wie Jessy ihn zu erreichen versucht. Er würde sein Handy aus Verzweiflung gerne nochmal zerschlagen oder wie bei Harry Potter wieder zusammenzaubern. Er wünschte, er hätte einen Schutzzauber über seine Familie gelegt, eine Blase, damit die Welt draußen ihnen nichts anhaben kann. Er wird es gleich morgen machen, denkt er, in der gleichen Logik, in der er vorher Dreieck drücken wollte. Wenn es seine Familie überhaupt noch gibt. Ivo kann sich nicht mehr vorstellen, wie unbeschwert er bis gerade eben war, wie sorglos seine Kinder aufwachsen, ohne Wissen um den Tod, ohne Gewalt, ohne Probleme, in einer Welt, in der das Schlimmste, was passieren kann, ist, dass Elsa in der Mitte des Films kurz das Herz ihrer Schwester einfriert und man dann ins Bett muss, und er fühlt sich hoffnungslos, weil diese Logik nicht mehr gilt, weil die Welt zerbrochen ist, in der alles so war. Er denkt an den Typen von *The Fast and the Furious*, der tot ist, aber nicht im Film, sondern in echt. In echt, Ivo kann einfach nicht verstehen, dass gerade alles echt ist, dass er gerade in einem Horrorfilm aufwacht und dass es gar kein Traum ist.

Er weiß nicht einmal die Nummer seiner Frau auswendig. Er könnte nicht mal stehen bleiben und sie von irgendwo anders aus anrufen. Gleich ist er da.

Ivo rast über einen Zebrastreifen und biegt mit quietschenden Reifen in seine Straße ein. Im zweiten Gang fährt er durch die Einfahrt und springt aus seinem Auto, bevor es noch endgültig zum Stehen kommt. Er rennt mit klopfendem Herzen zur Tür, registriert Jessys Auto und erwartet trotzdem, ein leeres Haus vorzufinden, alles verloren zu haben, was ihm wichtig ist. Jessy!

Jessy steht im Wohnzimmer mit gekrümmtem Rücken vor dem Fernseher und schluchzt. »Jessy!« Sie dreht sich um, mit leeren Augen, weggetreten und breitet die Arme aus. Ivo hat sie noch nie so gesehen. »Wo ist Lena?«, fragt er, während er auf seine Frau zusprintet. Jessy zeigt nach oben und flüstert »Frozen«, mit einem Ausdruck im Gesicht, als ob sie nichts mehr erkennen würde. Ivo nimmt sie in die Arme, wo sie sich so zerbrechlich anfühlt wie ein Zwerghamster.

Ivo hat es noch nie ausgehalten, Menschen weinen zu sehen, bei seiner Mutter nicht, bei seinen Freunden nicht, und Jessy so zu sehen bricht ihm das Herz, so wie er gestern sein Display zerbrochen hat, in tausend Scherben, von denen jede einzelne wehtut. »Ich hab so oft versucht, dich anzurufen.«

Ivo hat Angst vor Jessys Schluchzen, vor diesem haltlosen Schluchzen, vor dem Nichts, auf das es verweist. »Es war so knapp«, presst sie heraus, sodass Ivo zuerst gar nicht versteht, was sie sagt, »wir wären fast eingestiegen, wenn Lena nicht ...«

Ivo hält Jessy nicht nur, er schließt sie in seinen Körper ein, seine Schultern um ihre herum, seine Arme um ihren Rücken, seine Beine um ihre. Er schließt seine Frau ein, und sie füllt ihn aus. Sie gibt ihm etwas, um das herum er sein kann, einen Mittelpunkt und gemeinsam, ineinander verschlungen stehen sie sehr lange da, ohne noch ein weiteres Wort zu sagen, während Jessys Schluchzen langsam verebbt und ihr Gesicht sich tiefer in seine Brust gräbt. Ivo schaut über ihre Schultern hinweg auf den Fernseher, wo weinende Menschen vor einer Polizeiabsperrung stehen. Er sieht eine Rauchwolke an einem Ort, wo sie nicht hingehört, und die Realität, die der Fernseher zeigt, wirkt falsch.

Jessy hat die Augen geschlossen und umfasst Ivos Körper so fest, als wäre sie ein Äffchen, das sich an seiner Mutter festkrallt, weil unter ihm nichts mehr ist, das es auffangen könnte, kein Boden, nur Blätter und Luft. Sie hat aufgehört zu weinen.

Ivo streichelt den Kopf seiner Frau, Tränen rinnen ihm runter und irgendwie sind es weniger die Menschen, die wirklich gestorben sind, die ihn zum Weinen bringen, als Jessy so traurig zu sehen.

Irgendwann hebt sie langsam ihren Kopf, küsst Ivo, schaut ihn mit einem Blick an, der mehr bedeutet als alles andere auf dieser Welt und geht ins Bad, um ihre verronnene Wimperntusche abzuwischen. Sie schalten den Fernseher aus und holen Lena aus ihrem Zimmer, um ihr zu erklären, dass es Unfälle gibt, die einfach so passieren, und bei denen ihre Freundinnen sterben oder die Eltern verlieren können.

»Warum?«

»Weil es ungerecht ist«, antwortet Ivo und wechselt das Thema, indem er eine Frage zu *Frozen* stellt, die Lena ihm schon hundertmal beantwortet hat. »Nein

Tata, der Schneemann ist kein Bösewicht und er heißt Olaf, nicht Sven!«

Um neun geht er in Lenas Zimmer, um ihr Gute Nacht zu sagen. Sie liegt in ihrem Bett, gewaschen, gebürstet und mit einem Gesichtchen wie diese kleine russische Disney-Prinzessin, deren ganze Familie in einem Keller erschossen wurde. »Hast du schon Zähne geputzt?«

Lena nickt. »Zeig her!« Sie lächelt ganz breit und zeigt ihre winzigen, weißen Zähne. Diese Zähne, diese winzigen, süßen Zähnchen könnten heute verkohlt vor einem Fußballstadion liegen. »Lass mich riechen«, sagt Ivo pseudostreng und nähert sich mit der Nase dem Mund seiner Tochter, als würde er ihren Atem kontrollieren. Sie macht den Mund auf, beginnt mit Schluckauf zu lachen, und Ivo ändert im letzten Moment die Richtung und gibt ihr einen Kuss auf die Stirn.

»Tata, ich glaube, Parvin und Maya waren in dem Helikopter. Sind die jetzt auch tot?«

»Nein, denen geht es sicher gut«, sagt Ivo, ohne es zu wissen.

»Muss ich morgen in den Kindergarten?«

»Ich glaube schon, aber wenn du willst, können wir morgen früh mit deiner Mama reden und sie fragen, ob wir eine Ausnahme machen.«

»Können wir alle zu Hause bleiben?«

»Nein, ich muss morgen leider trotzdem zum Training.«

»Obwohl Menschen tot sind?«

Jeden Tag sterben Menschen, denkt Ivo.

»Weißt du, manche Sachen haben einfach keinen Sinn, aber sie passieren trotzdem und wir müssen weiterleben, weil uns sonst nichts übrigbleibt. Wir dürfen keine Angst davor haben, dass immer etwas Schlimmes passieren kann, weil man mit Angst nicht leben kann.«

Lena macht große Augen, und Ivo schaut ganz lang in sie hinein und fragt sich, wie sich das alles für seine Tochter anfühlen muss. Bevor er darüber nachdenken konnte, ob sie Angst hat oder traurig ist, sagt sie: »Ich hab sowieso keine Angst, du beschützt mich ja. Ich will nur gerne mit Mama und dir zu Hause bleiben!«

Lena sieht wirklich nicht aus, als hätte sie Angst oder wäre ur traurig, obwohl sie zum Beispiel bei *König der Löwen* manchmal so zu weinen beginnt, dass man glaubt, sie könnte nie wieder aufhören, weshalb Jessys Eso-Tante aus der Schweiz mal behauptet hat, Lena hätte ganz schlimme Erinnerungen aus einem früheren Leben. »Ja«, hat Ivo geantwortet, »wahrscheinlich war sie im letzten Leben Simba.«

In ihrem Gesicht ist mehr Verwunderung, darüber, dass Menschen, die sie kennt, sterben können, als Angst oder Schock.

»Ja, ich weiß, dass du keine Angst hast, Jelena Trifunović, weil du so stark bist wie dein Vater und so klug wie deine Mutter.«

»Und wer ist schuld daran?«

»Das weiß man noch nicht, aber wahrscheinlich der Pilot.«

»Kommt der Pilot dann in die Hölle?«

»Wenn er es mit Absicht gemacht hat, schon.«

»Und stimmt es, dass man vom Himmel in die Hölle runterspucken kann?«

Ivo fängt an zu lachen, fragt sie, von wem sie das hat und Lena lacht, wie immer, mit, ohne zu wissen, was genau so lustig ist.

»Und kommt Parvins Papa in den Himmel?«

»Lena, denk jetzt nicht mehr an das, was passiert ist. Denk an dein Malbuch, an Elsa und Anna, an deinen Kuschelpinguin und schlaf, sonst schimpft deine Mama wieder mit mir, weil ich dich vor dem Schlafengehen so wurlert gemacht hab. OK?«

»OK. Aber darf ich zu euch ins Bett kommen, wenn ich in der Nacht Angst hab?«

»Natürlich, immer.«

Ivo richtet Lenas Decke, wie Eltern das so machen, drückt ihr noch einen Kuss auf die blasse Stirn, löscht das Licht und geht zur Tür. »Gute Nacht, Lena, ich lass dir die Tür einen Spalt offen.«

»Kannst du eure Tür auch einen Spalt offen lassen?«

Ivo schickt seiner Tochter einen Luftkuss.

Jessy sitzt aufrecht im Bett und starrt geradeaus zur Tür, als ob sie seit 20 Minuten mit keiner Wimper gezuckt hätte.

Es ist nichts passiert. Ivo wiederholt diesen Satz Hunderte Male. Er flüstert ihn, er stöhnt ihn, er sagt ihn aus voller Überzeugung, und von Jessy kommen nur Geräusche, keine Worte. Es geht uns gut. Wir sind alle hier. Von Jessy kommen nur Küsse und schon beim ersten, als Ivo reingekommen ist, hat es sich anders angefühlt als sonst. Jeder Kuss hat eine Dringlichkeit, als wäre es der allererste oder der allerletzte, und ihre Tränen sind so unheimlich warm, als würde ihr Herz schmelzen.

Ivo hatte noch nie Sex mit jemandem, der dabei weint, und sie müssen leise sein, weil beide Türen nur angelehnt sind. Sie sollten eigentlich gar keinen Sex haben. Lena könnte jederzeit reinkommen, es wäre verständlich, wenn sie jetzt Angst hätte, aber Jessy weiß das nicht mehr, sie denkt nicht daran, und Ivo zittert vor Geilheit und versucht sie zu beruhigen, während er selbst nicht mehr weiß, was passiert. Er möchte Jessy trösten und gleichzeitig ficken. Ist das normal?

Auf jeden Fall ist es arg und aufregend. Es ist ganz anders als alle anderen Male bis dahin. Die Mischung aus Traurigkeit und Geilheit fühlt sich an wie Salt & Vinegar Chips.

Kann man mit offenen Augen weinen? »Es ist alles in Ordnung«, wiederholt Ivo, während er seinen Schwanz in Jessy hineinsteckt und wieder rauszieht. Sein Kopf ist zwischen ihren Beinen eingeklemmt und ihr Gesicht auf ihn gerichtet, mit offenen und gleichzeitig geschlossenen, verheulten Augen. Die warmen Tränen, der Rotz, ihr leises Aufheulen. Ivo zärtlich und wütend und traurig. Alles gleichzeitig und immer mit dem Gefühl, bei etwas erwischt zu werden und einander näher zu sein als jemals zuvor.

Ist Jessy gekommen? Kommt sie dauernd? Kommt sie nie? Wo endet der Schmerz und wo beginnt die Geilheit? Ivos Hände zittern. Er zieht seinen Schwanz raus, schaut ihn an und dann genau in Jessys Augen, während er mit einer Hand Jessys Arsch nach oben drückt und seine Eichel in die Kerbe von ihrem Arschloch legt. Jessys Augenbrauen gehen an den äußeren Enden nach unten, und sie schiebt ihr Becken vor und Ivo in sich hinein. Jessy schluchzt, und er dreht seinen Satz von vorher um: »Ist alles OK?« Jessy nickt und weint mit Ivo in sich drinnen, sie schluchzt, und Ivo kommt so schnell, wie eine Welle am Strand bricht. Badummtsch.

Sie liegen nackt auf dem Bett, Ivo wie ein Seestern und Jessy wie ein Löffel, vollkommen friedlich, und er nimmt sich vor, ab jetzt jeden Tag so glücklich darüber zu sein, dass seine Familie lebt.

46

Ivo trägt fast immer schwarz, so wie alle, die sich mit Mode auskennen. Natürlich setzt er manchmal Farbakzente, helle Schuhe, ein buntes T-Shirt unter dem schwarzen Hoodie, aber immer mit Schwarz als Basis. Vielleicht ist das auch eine Frage der Weltsicht: was man als Ausgangsfarbe sieht, als Hintergrund. Auf welche Farbe alle anderen draufgepinselt werden. Was zuerst war, die Nacht oder der Tag, schwarz oder weiß, wobei unabhängig davon schwarz wahrscheinlich einfach cooler ausschaut.

Ivo steht vor dem Spiegel und kann nicht mehr sagen, wie was ist, in welcher Farbe die Welt ihren Ursprung hat und ob er sie gut oder böse findet.

Zum Beispiel weiß Ivo, dass er eigentlich kein positiver Mensch ist, kein wirklich guter, niemand, der einfach so ständig gute Sachen für andere macht, kein selbstloser Mensch; aber heute spielt das keine Rolle mehr, so wie überhaupt nichts mehr eine Rolle spielt. Wie egal einem von einem Moment auf den anderen alles werden kann! Eigentlich könnte das, was letzte Woche passiert ist, Ivo ja als Bestätigung für seinen Pessimismus dienen, für das, was ihn sich schwarz anziehen und schwarz denken lässt, aber es passiert genau umgekehrt. Solange alles gut war, konnte Ivo viel mehr Wut und Traurigkeit in sich spüren als jetzt, wo es vollkommen berechtigt wäre, deprimiert zu sein, weil seine Tochter dem Tod ins Auge gesehen hat und der ganze Verein um seinen Präsidenten und dessen Frau trauert.

Es ist viel passiert in dieser Woche, aber eine Sache ist gleich geblieben: Jedes Mal, wenn Ivo aufwacht, ist es, als würde er die Welt zum ersten Mal in HD sehen, oder in 4K, jedenfalls aber in höherer Auflösung, als sie wirklich ist. Er öffnet die Augen und alles ist deutlich, alles ist unglaublich, einfach, weil es existiert.

Ivo steht vor dem Spiegel und probiert verschiedene Outfits durch. Er tauscht, ohne darüber nachzudenken, den schwarzen Hoodie mit den Reißverschlüssen an den Seiten gegen ein weißes Sweatshirt, die schwarzen Jeans gegen ausgewaschene weiße mit Löchern, zieht dazu strahlend weiße Yeezys an und betrachtet sich wieder im Spiegel.

Wie viele Menschen haben schon Zeit verschwendet mit Fragen wie »Was ist Liebe?«, obwohl die Antwort so leicht ist: Liebe ist, wenn man es weiß. Liebe ist, was Ivo jetzt gerade spürt, und er übertreibt nicht, wenn er denkt, dass er für Jessy, Lena und Adnan sich selbst hergeben würde. Er würde sterben, damit sie leben können, und sonst will er eigentlich für niemanden mehr irgendwas machen.

Von allen schlimmen Sachen auf dieser Welt ist der Zufall die schlimmste, die Beliebigkeit, die entscheidet, ob man ein kleberschnüffelndes Straßenkind in Rio oder das Kind von zwei Lehrern in der Schweiz ist, ob man vollkommen glücklich seine Frau von ihrer Ballettvorführung abholt oder vor dem Nichts steht, weil seine Frau und seine Tochter nicht mehr da sind, einfach *weg*, von einem Moment auf den anderen. Kein Mensch kann das wirklich nachvollziehen, weil es so unfair ist, und solange man selbst Glück hat, ist es einem wurscht, und wenn man Pech hat, ist es einem wahrscheinlich auch wurscht, dass jemand anders Glück hat, weil man dann nicht mehr so denkt.

Wie anders einem alles wurscht sein kann! Letzte Woche, im Auto, mit der Unsicherheit, ob Lena und Jessy noch leben, war Ivo alles egal, weil er wusste, dass nichts anderes wichtig ist, wenn sie tot sind. Es war ihm auf eine trostlose Art egal, in einer sinnlosen, kaputten Welt. Heute ist alles auf eine zuversichtliche Art egal, die den Gang leicht werden lässt, so wie wenn man aus einem Film, der schlecht ausgeht, rauskommt und wieder auf der Straße steht, mit der wunderschönen Erleichterung, dass man selbst echt ist und dieses Kind mit Leukämie, das von Johnny Depp Geschichten erzählt bekommt, nicht, und die Puppe auf dem Dreirad, die Menschen foltert, auch nicht. Wenn Ivo nie wieder Champions League spielt, wenn er sich beide Kreuzbänder reißt, wenn er seine Karriere beenden muss, wenn er nie wieder Fußball spielt – es macht nichts. Sogar wenn Ivo am Tag nach dem Helikopterabsturz gestorben wäre, würde es keinen Unterschied machen, weil er dann noch diesen einen Tag gehabt hätte, an dem er wusste, was in seinem Leben wichtig war, und der ihm sehr fehlen würde, wenn er schon gestern gestorben wäre. Kein Tag würde ihm so fehlen wie der letzte.

Ivo sieht sich im Spiegel an, ganz in Weiß gekleidet wie eine Braut, setzt eine schwarze Kappe mit der Aufschrift »It's not my fault, it's my attitude« auf und denkt an sein gestriges Telefonat mit Milo. Es macht Ivo nicht glücklich, dass der Wechsel nach Rom doch etwas werden könnte, es macht ihn glücklich, dass er glücklich ist, unabhängig davon, was sonst passiert.

Ivo geht runter in die Küche, trinkt ein Fanta Blutorange aus dem Kühlschrank und spürt die Liebe durch sich durchgehen, als wäre sie ein Teil seines Körpers. Sie ist kein Gedanke und kein Gefühl wie Heimweh oder Leere. Ivos Liebe ist wie die Sonne: total unwiderlegbar, immer sichtbar, mit einem festen Platz in der Welt, außerhalb von ihr, aber in sie hineinschauend, riesig. Ivos Liebe ist wie die Sonne und wie alle Sonnen auf einmal: die gelben, die orangen, die tiefroten. Wie jede Sonne, die ein Kind ins obere Eck eines Bilds malt, jede Comic-Sonne, jedes Sonnenlogo, jeder Strahl, jeder Wärmeschauer, der irgendwo über ein Stück Haut huscht. So groß ist Ivos Liebe heute. Die Sonne kann auch nichts dafür, dass sie scheint, in allen Farben der Fanta-Geschmacksrichtungen. Sie scheint, weil es ihre einzige Aufgabe ist, und wenn man sie nicht sieht, dann hat sich die Welt von ihr abgewandt, oder Nebel und Nieselregen haben sich zwischen sie und die Welt geschoben. Aber sie scheint trotzdem, sie scheint und scheint und scheint, so wie Jessy, und Ivo fühlt sich wie ein mittelalterlicher Bauer, dem es, nachdem er eine Sonnenfinsternis gesehen hat, für den Rest seines Lebens genügen wird, dass die Welt wieder in ihre Verankerung eingerastet, dass sie auf eine Art in Ordnung ist, die bis gerade eben ganz normal war.

Und wenn Jessy mit Kata gefickt hätte (was sie sicher nicht hat), und wenn sie wirklich kurz in sie verliebt war, wenn Kata Jessys Mirna war (was schon sein könnte), dann wäre das auch vollkommen egal, eine Fußnote in der großen Geschichte von Ivo und Jessy, der Geschichte von Sonne und Mond.

Mit diesem Gefühl fährt Ivo im Familienkombi zur Ballettaufführung seiner Frau, so gibt er ihr Blumen, so schließt er sie in seine Arme und so sitzt er danach, seinen Arm um ihre Schultern gelegt, am Cocktailtisch, mit ihr und Kata und lächelt in Katas grüne Augen, wie man im Kino jemanden anlächelt, ohne darauf zu achten, dass der andere ein Schauspieler in einem Film auf einer Leinwand ist und man selbst ein echter Mensch in einem echten Leben.

Kata und Ivo sind sich sympathisch. Sie lacht über seine Witze, er stellt ihr Fragen und macht Jessy stolz, indem er vor ihrer Freundin demonstriert, dass er ein wertvoller Mann ist: cool, entspannt, sexy, klug, einfühlsam, freundlich, glücklich, witzig. Kata erzählt von ihrem Leben, das gar nicht so mysteriös ist, wie Ivo es sich vorgestellt hat, und irgendwann reden sie auch über den Anschlag, und Jessy weint fast noch einmal, als sie erzählt, wie Ivo sie gehalten hat, wie viel Angst sie hatte, und Ivo weint auch fast. »Und dann«, sagt Jessy mit einem Lächeln in die betretene Stille hinein an Kata gewandt, während sie ihre Hand auf Ivos Schulter legt, »dann, naja, wie soll ich sagen, eigentlich sollte ich den Ivo heute zu Red Lobster einladen.«

Die beiden lachen so arg auf, dass sich Leute von anderen Tischen zu ihnen umdrehen, während Ivo ein cooles Gesicht macht und lächelt, ohne zu wissen, was das mit dem Hummer heißen soll.

47

»Man kann über die Deutschen sagen, was man will, aber – nein, es gibt kein *Aber*. Man kann wirklich über sie sagen, was man will.« Diesen Witz hat Ivo schon mehrmals gemacht und immer Lachen geerntet, weil alle Sätze nach einem *Aber* unnötig sind. Aber eigentlich stimmt es nicht, eigentlich gibt es sehr wohl ein *Aber*. Man kann über die Deutschen sagen, was man will, aber nur, weil sie es aushalten, weil sie einstecken können, und einen, wenn man was Schlechtes über ihr Land sagt, nicht gleich umbringen. Man kann sagen, dass sie sogar Gut-in-etwas-zu-Sein ruiniert haben, indem sie es fad machen, spätestens, seit sie 2014 Weltmeister geworden sind. Man kann noch sehr viel mehr schlechte Sachen über die Deutschen sagen, ABER niemand feiert Italien so wie sie, nicht mal die Italiener selber oder die Jugos, weil beide es einfach nicht so nötig haben. Und dadurch, dass Italien ganz objektiv das schönste Land der Welt ist, sagt das schon etwas Gutes über die Deutschen aus. Sie lieben Italien, wie der schiache Bub aus der Klasse das schöne Mädchen liebt, und das ist einfach eine stärkere Liebe, als wenn beide gleichberechtigt sind. Außerdem ist die Schweiz auch nicht wirklich besser als Deutschland, nur teurer, und Jessy ist aus der Schweiz und die Allerbeste.

Ivo liebt Italien, und Ivo liebt Jessy, und er liebt Urlaub mit ihr und wenn man Style und das Geld hat, Italien liebt und nicht Hans-Uwe heißt, dann liebt es einen genauso zurück.

Die Kinder sind mit Ivos Eltern in Wien und Jessy und Ivo gehen shoppen auf der Via Borgogna und pudern die ganze Zeit; direkt nach dem Aufwachen, und bevor Jessy sich schick macht und ur super ausschaut und sie abendessen gehen, oder am Nachmittag bei der Siesta und in der Nacht, wenn sie ein bisschen angeheitert ins Hotel zurückkommen. Sie schlagen sich die Bäuche mit Pasta voll und schauen sich den Sonnenuntergang auf irgendwelchen Klippen an, schmusen immer mit Zunge wie 16-Jährige. Sie sind wieder ein *Sie.* Ivo findet, was er die ganze Zeit gesucht hat, aber nicht so, wie wenn er im Traum eine Uhr wiederfinden würde, die schon längst verloren ist, sondern so, wie wenn er überhaupt nur geträumt hätte, sie zu verlieren und sie jetzt dort finden würde, wo sie die ganze Zeit über war.

Überall läuft *Despacito* und Ivo ist froh, jung und glücklich zu sein, genau während das beste Lied aller Zeiten seinen Siegeszug feiert. Sie tanzen zu dem Lied auf einer Tanzfläche, die sich langsam dreht, sie essen zu dem Lied, sie schauen sich auf Ivos Handy ein Video an, in dem ein Vater seiner kleinen Tochter in Südamerika das Lied in verschiedenen Situationen vorspielt und sie sofort lostanzt, als wäre sie eine Tänzerin für Madonna.

Alles, was Ivo gerade fühlt, wird durch dieses Lied ausgedrückt und 2,8 Milliarden Youtube-Klicks zeigen, dass er nicht der Einzige ist, dem es so geht. *Despacito*: langsam leben, langsam lieben, corazón Bam Bam und irgendwas mit Puerto Rico. Alle wollen, dass das Leben ein bisschen länger so bleibt, wie es ist, weil niemand weiß, was danach kommt. Alle wollen Zeit gewinnen durch die Langsamkeit, aber sie wollen, dass diese Langsamkeit schnell und rhythmisch gesungen und in vier Minuten zusammengefasst wird. *Des-pa-cito*.

Sie fahren in einem gemieteten weißen Jaguar durch die Stadt, besichtigen eine Villa und sind sich sofort einig, dass sie keine zweite sehen müssen. Um alles andere, um Lenas Schule, den Transport ihrer Sachen und das Visum für ihr Kindermädchen, kümmert sich diesmal nicht Jessy, sondern eine Frau, die sie dafür bezahlen. Jessy hat genauso frei wie Ivo und diese eine Woche in Italien haben sie nicht nur frei von ihren Jobs, sondern auch frei von anderen Menschen. Ivo spürt statt der Enttäuschung von der EM, die er letztes Jahr in den Urlaub mitgeschleppt hat, eine fast gefährliche Leichtigkeit. Das ist das Happy End, das es für den Rest des Lebens zu konservieren gilt, der Punkt, an dem man die Augen schließen sollte.

Ivo sitzt im Taxi, um das Mietauto abzuholen, das er gestern nach ein paar Cocktails stehen gelassen hat, und Jessy liegt noch schlafend in ihrem Bett, ihr Körper gerade so ein bisschen vom weißen Leintuch bedeckt, dass ihr Hintern herausschaut.

Fußballer heiraten immer in den ersten beiden Juniwochen, weil es die einzige Zeit im Jahr ist, in der sie frei haben, und jemand wie Ivo, jemand mit vielen Freunden, kann in seinen zwei Wochen Urlaub normalerweise aus zehn verschiedenen Hochzeiten auswählen. Deshalb haben Jessy und er, bevor sie losgefahren sind, alle Einladungen auf dem Boden vor sich ausgebreitet und besprochen, wo sie am liebsten hinwollen. Ivo hat sich die Hochzeit von Lorenzo in Palermo ausgesucht und Jessy die von Heidi und Thomas in München. Zur Hochzeit von Boki wollte keiner von ihnen wirklich und Ivo ist erleichtert, das stechende Schuldgefühl losgeworden zu sein, das die Vorstellung ausgelöst hat, er könnte dort mit Jessy auf Mirna treffen.

Nicht der Unfall hat Ivos Leben gefährdet, sondern er selber, mit seiner dummen Gedankenlosigkeit und seinem Egoismus, und so entsteht das widersprüchliche Gefühl, dass ihm die ganze Geschichte mit Mirna einerseits vollkommen unbedeutend erscheint, unwichtig im Vergleich zu allem anderen, er aber gleichzeitig Angst hat, sein Leben könnte jeden Moment daran zerbrechen.

Er träumt sogar davon. Einmal sieht er eine Tanzfläche irgendwo am Land, auf der Hochzeit, hört Beyoncé singen *All my ladies now let's get information* und wacht genau in dem Moment auf, als Jessys und Mirnas Blicke sich treffen. Einmal sieht er sich und Jessy in einer mehrere Jahre entfernten Zukunft über eine Düne zum Strand gehen und Mirna ihnen entgegenkommen, in einem schwarzen Badeanzug. Alle, Mirna, Jessy und Ivo sind in diesem Traum schön, sehen jünger aus, obwohl sie älter sind, und das Licht strahlt gerade und gelb. Sie begrüßen sich, Ivo stellt Mirna und Jessy einander vor, und dann gehen sie in entgegengesetzte Richtungen weiter, und Jessy sagt: »Wir reden nie wieder über das.«

Alles ist gut, sagt er sich, als das Taxi an einem Geschäft mit Hochzeitsmode vorbeifährt, alles endet gut für mich. Die ersten Gitarrenakkorde von *Despacito* erklingen im Taxi und plötzlich hat Ivo eine Einsicht, die so dumm ist, dass er es selbst nicht glauben kann: Es hört ja nie auf! Es gibt kein Ende, weder happy noch unhappy, weil Ivo erst 27 ist und noch ur viel leben muss! Weil Lena und Adnan noch erwachsen werden, sich verlieben und alt werden müssen, und für ein Happy End dürfen sie bis 85 nie krank, verletzt oder unglücklich sein und eigentlich nicht einmal dann sterben.

Und plötzlich kommt die Angst wieder, aber nicht die Angst um seine Familie, sondern die Angst, bald schon das Gefühl vergessen zu haben, das ihn jetzt so sicher macht, wie man immer alle Sachen vergisst, bei denen man nochmal davonkommt, gefährliche Fahrmanöver, die einen fast das Leben gekostet hätten, Affären, die man hat, obwohl man seine Familie liebt, und er denkt an eine schöne Frau, die ihn vor ein paar Tagen angelächelt hat, als Jessy gerade am Klo war.

Ivo hat sich bei Mirna entschuldigt. Er hat getan, was getan werden musste. Und eigentlich sollte sie sich auch bei ihm entschuldigen. Ivo hat zwei Teller runtergehaut, aber aus Liebe, und sie hat ihm aus Gleichgültigkeit wehgetan, was noch viel schlimmer ist.

Ivo war verliebt, aber das macht nichts, weil es eh schon wieder vorbei ist. Und Mirna war offensichtlich nicht verliebt, und das ist natürlich scheiße, aber man kann da trotzdem nichts machen, und es passt eigentlich auch, weil es nur Verliebtheit war und keine Liebe. Viele verlieben sich, alle verknallen sich, und solange es nicht anhält und wirkliche Liebe wird, spielt dieses Verliebtsein überhaupt keine Rolle.

Mirna hat Ivos Entschuldigung am 27.5. um 20:17 gesehen, aber nicht darauf geantwortet. Passt schon, denkt Ivo und löscht ihren Kontakt mitsamt aller Nachrichten, die sie einander geschrieben haben, von seinem Handy. Er will eh keine Antwort, kein *OK*, kein *Macht nichts* und schon gar kein *Was tut dir leid?*, bei dem er etwas erklären müsste, was er selbst nicht versteht und was er auch gar nicht mehr klären will, weil es ihm egal geworden ist. Die einzige Antwort, die er gewollt hätte, wäre eigentlich *Ich habe dich auch geliebt, Ivo,* natürlich, ohne ihr selbst so etwas geschrieben zu haben. Aber jetzt, wo er glücklich ist, braucht er nicht einmal das.

Ivo weiß, dass sie ihn geliebt hat. Wieso hätte sie ihm sonst das Mixtape gemacht?

Man muss vorsichtig sein, was man anderen schenkt, weil man es nicht wieder zurücknehmen kann, so wie man nichts zurücknehmen kann, keinen Pass, keinen Ausrutscher, keinen Schmäh. Was einmal war, existiert für immer. Es ist egal, ob man sich zerstreitet wie Eko Fresh und Kool Savas, weil die Freundschaft weiterexistiert, solange es Lieder aus der Zeit davor gibt, vielleicht nicht zwischen den beiden, aber zwischen ihnen und der Vergangenheit. Und für die Fans ist es auch egal, ob man sich wieder versöhnt wie Eko Fresh und Kool Savas, solange es die Zeugnisse für den Hass gibt, der vor der Versöhnung lag, genau wie der Hass vielen egal war, solange sie die Lieder aus der Zeit der Freundschaft davor hören konnten. *Eko und Savas irgendwann so wie* Blade *im Kino, irgendwann auf dem Cover der »Source« wie Ray Benzino*. Und denen, die nachkommen, ist sowieso alles egal, weil sie nicht wissen, was die »Source« und wer Ray Benzino war, sie *Blade* nicht gesehen haben und Eko und Savas nur als fette, alte Männer kennen und nicht als coole, wütende Jugendliche. Und weil diesen Kids die Zukunft gehört und ihren Kindern, die noch nicht einmal geboren sind, ist eigentlich sowieso alles wurscht.

Oft hört Ivo das Mixtape sowieso nicht mehr. Am liebsten noch die Lieder von der jungen Deutschen ganz am Schluss. *Wohin sollen wir fahahaharn?* Aber dazu muss er nicht das Mixtape hören, das kann er auf Spotify auch. Dort sind auch ihre neuen Songs. *Er ist Napolitano, doch spielt AC Milano, holt mich ab im Gallardo. La dolce vita doch amaro.*

Ivo weiß, dass es diesen Spieler nicht gibt, einen Neapolitaner Anfang 20 namens Juliano, der beim AC Mailand spielt und diese Rapperin mit seinem Gallardo abholt. Er weiß, dass sich im Leben nichts je so reimt wie in dem Lied, dass die Sängerin wahrscheinlich gar kein Kleid von Galliano hat, dass niemand vom AC Mailand mit jemandem wie ihr zusammen sein dürfte und sich die beiden, so wie die Welt gestrickt ist, nie kennenlernen würden. Aber ihm gefällt die Vorstellung, dass es so sein könnte.

48

Es ist das dritte Spiel der Saison und die letzten beiden sind schon vergessen. 3:0 auswärts verloren gegen Juve, 0:1 zu Hause gegen Cagliari. Im ersten Spiel hatten sie überhaupt keine Chance und im zweiten hat Ivo alle vergeben. Der beschissene Start in die neue Saison ist vergessen. Heute ist ein neuer Start, beginnt ein neuer Tag, ein neues Leben, bei einem neuen Verein, in einem neuen Land. Ab jetzt kann es bergauf gehen, und die Luft schmeckt staubig und süß.

Ivo geht raus aufs Feld und beim Handshake mit den Gegenspielern versucht er, sich vorzustellen, wie er ein Tor schießt. Das Stadio Olimpico ist nicht ausverkauft, aber Ivo weiß, dass alle Augen auf ihn gerichtet sind, weil die Roma mehr für ihn gezahlt hat als jemals vorher für irgendwen anderen. Er brennt vor Stolz und Vorfreude.

Nach fünf Minuten sind die ersten Geplänkel vorbei, die Gedanken sowieso, und El Shaarawy steckt den Ball gerade rechts durch. Ivo sprintet von seiner Seite in den freien Raum hinein, nimmt den Ball kurz an und schießt ur knapp an der Stange vorbei. Er ärgert sich, steht wieder auf und läuft zurück. Wenig später kommt der Ball ungenau per Seitenverlagerung zu ihm, und er wirft sich in ihn hinein, kratzt den Ball von der Outlinie und hält ihn im Spiel, bevor ein Gegenspieler ihn wegrammt. Es gibt Applaus für Ivos Einsatz und einen Freistoß, aber der Freistoß wird scheiße geschossen und genau in die Arme des gegnerischen Torwarts verlängert, und im Gegenzug kontert Genua und macht aus seiner ersten Chance ein Tor. Fuck. 10 Minuten und es steht schon 1:0 für die anderen. Ivo holt tief Luft.

Nach dem Wiederanpfiff kriegt er überhaupt keinen Ball mehr, minutenlang, als würden größere Kinder seine Sachen über seinen Kopf hinweg hin und her werfen. Die Rossoblu passen genau, gewinnen die Zweikämpfe und spielen über ihre rechte Seite, weit weg von Ivo. Die Zeit vergeht, er wird grantig und – endlich! Der Ball kommt wieder zu ihm. Er will mit dem rechten Fuß nach innen ziehen, aber jemand rennt ihn von hinten nieder, haut ihn in die Erde, dass seine Knochen krachen. Fuck! Wieder Freistoß, wieder keine Karte für den anderen.

Nach einem brutalen Foul an De Rossi spielen sie die erste richtig schöne Kombination, eingeleitet von Ivo, über Strootman und Nainggolan, von ihm zurück zu Ivo, der mit der Ferse verlängert, aber Radjas Schuss danach ist so schlecht, dass alles umsonst war. Chance vergeben.

Wieder spielen die anderen und Ivo schaut zu, steht isoliert auf der linken Seite und rennt sinnlos vor und zurück. Er versucht, seinem Gegenspieler den Ball abzuluchsen, und sofort wird ein Foul für den anderen gepfiffen. Oida! Genua verlagert nach links, Ivo bleibt stehen und sieht aus dem Augenwinkel, wie auf der großen Video-Wall sein erster Schuss aufs Tor wiederholt wird.

Jetzt! Ja! Endlich! Vorwärts! Ivo rennt, so schnell er kann, von links vorne in den Strafraum, immer mit dem Blick auf die Flanke von der Seite. Sie kommt niedrig, er wirft sich auf die Knie, auf den Boden, um den Ball noch irgendwie mit dem Kopf zu erwischen. Ja!

Nein. Fuck. Ivo bleibt auf den Knien und schlägt mit beiden Händen auf den Rasen ein, wie auf einen ungerechten Gott.

Schon wieder hat jemand den Ball verloren. Ivo rennt nach hinten, um ihn irgendwie zurückzuerobern, bekommt ihn und rennt aufs Tor zu, er weiß schon, wie er schießen wird, als ihn jemand von hinten trifft und er fällt. Er springt auf, der andere Spieler stößt ihn, Ivo stößt zurück und schaut zum Schiedsrichter. Es wird jetzt Elfmeter geben und Ivo will ihn selber schießen. Der Schiedsrichter greift in seine Brust statt nach hinten. Nur Gelb? Bist du deppert? Ivo nimmt sich den Ball und will ihn zum Elferpunkt legen, aber ein Spieler von Genua nimmt ihm den Ball weg. Was mit dir? Der Schiedsrichter stellt sich zwischen sie und zeigt auf Ivo, immer wieder. Er versteht nicht. Der Schiedsrichter zeigt wieder auf ihn und schreit »You, you!« Was?

Er hat Schwalbe gepfiffen! Ivo kann es nicht glauben. Er hat Ivo Gelb gezeigt, nicht dem anderen Spieler, und als dieser Typ auf ihn zukommt, mit einem widerlichen Grinser im Gesicht, passiert etwas, und eine Sekunde später liegt er am Boden und hält sich den Kopf. Der Schiedsrichter holt die rote Karte aus seiner hinteren Hosentasche und hält sie in Ivos Gesicht.

Wie weit der Weg vom Feld in den Kabinengang ist, merkt man erst, wenn man ihn alleine geht, unter den enttäuschten Augen Zehntausender, und man als einzige Erinnerung an seinen Fehler ein Kribbeln im Ellenbogen spürt.

www.kremayr-scheriau.at

ISBN 978-3-218-01153-2

MIX
Papier aus verantwortungsvollen Quellen
FSC® C012536
FSC www.fsc.org

Zweite Auflage

Schutzumschlaggestaltung: Christine Fischer
Unter Verwendung einer Grafik von shutterstock.com/Zoo.By
Lektorat: Paul Maercker
Satz und typografische Gestaltung: Ekke Wolf, www.typic.at
Druck und Bindung: Christian Theiss GmbH, St. Stefan i. Lavanttal

Gedruckt mit freundlicher Unterstützung
durch die Kulturabteilung der Stadt Wien.